Über die Autorin

Alex Wagner, geboren 1972, wohnt in Wien. Ursprünglich Betriebswirtin, aber immer schon selbst leidenschaftliche Leserin, war es ganz unvermeidlich, dass sie schließlich die Autorenlaufbahn einschlug.
Neben historischen Krimis sind auch zeitgenössische Spannungsromane der Autorin erhältlich, wie z.B. die Cosy Crime Serie "Die edle Kunst des Mordens".

Besuchen Sie Alex Wagner auch im Internet oder auf Facebook!

www.alexwagner.at
www.facebook.com/AlexWagnerAuthor

ALEX WAGNER

DIE TOTEN VON VINDOBONA

HISTORISCHER
KRIMINALROMAN

ISBN-Nr. 9781724104823

Umschlaggestaltung:
© U1berlin / Patrizia Di Stefano
unter Verwendung eines Fotos von
© Stephen Mulcahey / Arcangel

www.alexwagner.at

Unter der Herrschaft des Kaisers Hadrian (117 - 138 n. Chr.) reicht die Macht des römischen Imperiums bis an die Grenzen der bekannten Welt, und selbst die abgelegensten Provinzen genießen nie gekannten Frieden und Wohlstand.

An der gut befestigten nördlichen Grenze des Reiches, dem Limes, liegt die zukünftige Weltstadt Wien – zu diesem Zeitpunkt nicht mehr als ein Legionsstützpunkt, flankiert von zwei unbedeutenden zivilen Siedlungen. Die einheimische, keltisch-germanische Bevölkerung und die angesiedelten römischen Bürger nennen sie bei dem gleichen Namen: Vindobona.

Doch es ist nicht alles, wie es sein soll, in diesem abgelegenen Winkel des Imperiums ...

I.

Die römischen Soldaten kamen zur dritten Stunde nach Sonnenaufgang. Eine Zeit, zu der ich an diesem hochsommerlichen Tag noch arglos träumend im Bett lag. Statt in die nachtschwarzen Augen von Layla, meiner Lieblingssklavin, zu blicken, die mich normalerweise mit zärtlichen Küssen weckte, wurde ich von Darius, meinem Handelsgehilfen, unsanft aus dem Schlaf gerissen.

"Ein Tribun der Legion möchte dich sprechen, Thanar", verkündete er, und spätestens bei diesen Worten war ich vollends erwacht.

Darius war ein tüchtiger und kluger Bursche. Wenn er *Tribun* sagte, meinte er *Tribun*. Keinen gewöhnlichen Legionär oder einen der zahlreichen Verwaltungsbeamten des Legionslagers, die gelegentlich Waren von mir kauften, sondern einen der ranghöchsten Offiziere der römischen Armee.

Mit einem Satz war ich aus dem Bett, kletterte in Hemd und Hosen, die Darius mir bereits entgegenhielt, und eilte ins Atrium.

Der Anblick, der sich mir dort bot, versetzte mich in höchste Alarmbereitschaft. Es war Tribun Titus Granius Marcellus, der da auf mich wartete, ein junger römischer Ritter, der erst vor wenigen Wochen sein Amt im Legionslager von Vindobona angetreten hatte. Wie viele andere Söhne römischer Adeliger erwarb er sich wohl die ersten politischen Lorbeeren als Offizier bei den Grenzlegionen. Das war gängige Praxis. Diese jungen Ritter blieben meist zwei oder drei Jahre, um sich dann höheren Aufgaben in Rom oder in der Provinzverwaltung zuzuwenden.

Ich war Marcellus noch nicht persönlich begegnet, aber natürlich klatschte man in unserem verschlafenen Winkel der Provinz begierig über jeden Neuzugang in den höchsten Rängen der Legion, und so hatte ich schon einiges über den jungen Tribun gehört. Wie es aussah, war er keiner jener verwöhnten Rittersöhne, die ihre Zeit in Vindobona lediglich dem Müßiggang frönend abzusitzen gedachten, sondern nahm seine Stellung sehr ernst. Angeblich mischte er sich sogar in Angelegenheiten ein, die nicht unbedingt in seine Zuständigkeit fielen. Es wollte etwas heißen, wenn ein Mann sich innerhalb einiger Wochen einen solchen Ruf erwarb.

Was mich in Alarm versetzte, als ich mein Atrium betrat, war nicht nur die Tatsache, wie angeregt Marcellus mit meiner Sklavin Layla plauderte. Daran war soweit nichts Ungewöhnliches. Jeder Mann wollte mit Layla plaudern und mehr als das, wenn man ihn ließe. Layla war eine seltene Schönheit und obendrein noch eine kluge und gebildete Gesprächspartnerin. Sie stammte aus Nubien, dem sagenumwobenen Königreich südlich von Aegypten. Mit ihren schwarzen Augen und Haaren und ihrer Haut, so dunkel wie Ebenholz, sah sie aus wie eine Tochter der Nachtgöttin.

Tribun Marcellus mochte in Laylas Alter sein, nicht viel mehr als zwanzig Jahre alt, und er war ein ausgesprochen gut aussehender Mann. So viel musste man ihm lassen. Während er sprach, wanderten seine Augen unermüdlich über Laylas Gesicht, über ihre schlanke, hochgewachsene Figur. Ich kann nicht leugnen, dass es mir dabei einen Stich der Eifersucht versetzte.

Allerdings war das, was der Tribun eben zu Layla sagte, als ich hinzu kam, noch viel alarmierender als seine offensichtliche Begeisterung für meine Lieblingssklavin. "Wann kehrte dein Herr denn heim, letzte Nacht?", hörte ich ihn fragen, im beiläufigen Plauderton zwar, aber bestimmt nicht, um zwanglose Konversation zu betreiben.

Ich wartete nicht ab, welche Antwort ihm Layla auf diese Frage geben würde, sondern schaltete mich selbst in das Gespräch ein. Meine Aktivitäten der letzten Nacht waren eine höchst heikle Angelegenheit. Warum interessierte sich der Tribun ausgerechnet dafür? War ich beobachtet worden? Hatte man mich verraten?

Aus dem Augenwinkel konnte ich vor dem offen stehenden Tor meines Hauses ein gutes Dutzend schwer bewaffneter Legionäre ausmachen. Nicht das übliche Gefolge, wenn ein römischer Offizier einem germanischen Nachbarn einen reinen Höflichkeitsbesuch abstatten wollte. Abgesehen davon, dass ich bei weitem nicht bedeutend genug war, den Besuch eines Tribuns zu rechtfertigen. Was das anbelangte, gab ich mich keinen Illusionen hin.

Mein Bruder - und unser Vater vor ihm - war zwar der Gaufürst des Gebiets, das nördlich des Danubius Flusses und damit direkt an der Grenze des römischen Imperiums lag. Das wusste jedermann in Vindobona, aber ebenso bekannt war, dass ich als das schwarze Schaf der Familie galt, oder vielmehr als der Schandfleck, wenn es nach meinem Bruder ging. Ich war ganz bestimmt keinen Besuch eines römischen Adligen wert. Was, bei allen Göttern, ging hier vor?

Ich setzte das freundlichste Gastgeberlächeln auf, das ich aufbringen konnte. "Willkommen in meinem bescheidenen Haus, Tribun Marcellus. Was verschafft mir die Ehre deines Besuchs?"

Marcellus erwiderte meinen Gruß und lobte mit einer ausladenden Handbewegung, die Layla einschloss, die Eleganz meines Anwesens. Dabei musterte er mich ebenso eindringlich, wie er es eben noch bei meiner Sklavin getan hatte. Allerdings ohne dem charismatischen Lächeln.

Ich las Erstaunen in seinen großen dunklen Augen. Offensichtlich entsprachen weder mein Heim noch ich selbst annähernd dem, was er sich von einem Ausflug ins Barbaricum erwartet hatte.

Was mein Haus anbelangte, hatte ich mir die Villae Rusticae, die römischen Landgüter, die in den letzten Jahrzehnten südlich des Danubius förmlich aus dem Boden schossen, zum Vorbild genommen, und mich darüber hinaus von dem einen oder anderen architektonischen Kunstgriff inspirieren lassen, der mir auf meinen Handelsreisen untergekommen war. So verfügte mein Heim eben über ein römisches Atrium, geschmückt mit schlanken Säulen und einem marmornen Wasserbecken, mit Bronzestatuen und Wandmalereien und einem kunstvollen Bodenmosaik, auf dem der Tribun und ich uns just in diesem Moment gegenüber standen.

In den Augen meines Bruders war das Hochverrat an unserem Volk, und ich ein erbärmlicher Speichellecker, der um die Gunst der Römer buhlte. Unsere Todfeinde, wenn es nach ihm ging.

Das war eine Einstellung, die ich nicht teilen konnte. Ich hatte gar keine besondere Vorliebe für die Römer an sich, ich bewunderte einfach ihre Errungenschaften, ihre straffe militärische Organisation, die Annehmlichkeiten ihrer Kultur und eben ihre Häuser, im Sommer luftig und hell, im Winter behaglich beheizt.

Ich selbst gab darüber hinaus wohl auch nicht das typische Bild des wilden Barbaren aus dem Norden ab. Jenes Vorurteil, das Tribun Marcellus – wie so viele seiner Landsleute – zweifellos im Hinterkopf hatte, wenn von Germanen die Rede war. Selbst in unseren aufgeklärten Zeiten, wo wir schon lange nicht mehr der gefürchtete Feind, sondern Nachbarn und Vertragspartner der Römer waren, und die besten diplomatischen und wirtschaftlichen Beziehungen pflegten, hielt sich dieses Bild meines Volkes, als hätte man es in Stein gemeißelt.

Die Götter hatten mich zwar mit jenem hünenhaften Körperbau gesegnet, den man uns Barbaren im Allgemeinen zuschrieb, sodass ich den Tribun um einen guten halben Kopf überragte. Obwohl Marcellus durchaus groß für einen Römer war. Und seine Schultern so breit wie die meinen. Darüber hinaus war er attraktiver als ich. Warum fiel mir das auf? Vielleicht weil Layla noch immer neben uns stand, stumm und unbeweglich, als gehöre sie zur Dekoration des Atriums, während ihre Augen unablässig den jungen römischen Adeligen musterten.

Aber von meiner Statur abgesehen, wäre ich wohl durchaus als 'zivilisierter' Römer durchgegangen. Ich trug mein Haar kurz und gut frisiert und seit einigen Monaten sogar die Art von Bart, die Kaiser Hadrianus höchstselbst zum letzten Schrei der Mode im Imperium gemacht hatte. Auch das tat ich nicht, weil ich mein eigenes Volk geringschätzte, sondern schlicht weil das Barthaar mein ansonsten schmales Gesicht etwas voller wirken ließ. Jedenfalls fand Layla das.

Ohne sich in weiteren höflichen Plaudereien zu ergehen, stellte der Tribun mir jetzt ähnlich seltsame Fragen, wie vorhin schon Layla: Wo hatte ich die letzte Nacht verbracht und wann war ich heim gekommen?

Eine Auskunft, die ich ihm beim besten Willen nicht geben konnte.

Ich überlegte kurz, zu behaupten, ich wäre erst heute Morgen von einer meiner Handelsfahrten zurückgekehrt. Aber was, wenn Layla bereits etwas Gegenteiliges angegeben hatte? Sie hätte niemals etwas gesagt, dass mich in Schwierigkeiten brächte, aber ich konnte auch nicht von ihr erwarten, dass sie einen römischen Tribun um meinetwillen belog.

Ich entschied mich also für eine Gegenfrage. Nicht gerade höflich, aber immer noch besser, als mich gleich um Kopf und Kragen zu reden. Ich setzte ein ehrerbietiges Lächeln auf. "Warum interessiert sich ein Tribun der ruhmreichen Legio X Gemina für die nächtlichen Lustbarkeiten eines unbedeutenden Barbaren?"

Die in Vindobona ansässige Legion zu loben, war nie verkehrt und keine reine Schmeichelei. Schon Iulius Caesar hatte die zehnte Legion, die nun schon seit vielen Jahren südlich des Danubius zur Sicherung der Reichsgrenze stationiert war, seine bevorzugte genannt.

In den dunklen Augen des Tribuns glomm etwas auf, obwohl seine Miene ansonsten unbewegt blieb.

Ewiger Optimist, der ich bin, deutete ich es als Erfolg meiner Schmeichelei, vielleicht sogar als Funke der Anerkennung für meine Kühnheit. Außerdem war Marcellus wohl zu der Erkenntnis gelangt, dass er kein leichtes Spiel mit mir haben würde. Was immer er tatsächlich mit seinem Besuch bei mir bezweckte. Und mit seinen seltsamen Fragen.

"Wir haben heute Morgen einen Toten in deinem Hafen geborgen, Thanar", sagte der Tribun geradeheraus, während ich mich noch im Glanz meines vermeintlichen Erfolges sonnte.

II.

Layla entfuhr ein spitzer Schrei. Mehr ein Laut des Erstaunens als der Angst, dessen war ich mir sicher, denn zu Furchtsamkeit neigte meine schöne Nubierin im Allgemeinen nicht.

Der Tribun lächelte sie milde an, als wolle er sich für den Schrecken, den er ihr eingeflößt hatte, entschuldigen. Er pflegte die allerbesten Umgangsformen – Layla gegenüber.

Wieder an mich gewandt, sprach er in hartem Tonfall weiter: "Bei dem Toten handelt es sich um Lucius Pompeius Falco, unseren Primus Pilus. Er wurde im Morgengrauen von einem Patrouillenboot gefunden. Keine zehn Fuß von deinem Landungssteg entfernt. Mit einer Barbarenaxt in der Brust."

Jetzt war ich es, dem ein Laut des Entsetzens entfuhr. Der Primus Pilus war der ranghöchste Centurio in der römischen Legion, und Falco galt als lebende Legende in Vindobona. Er stand in seinem letzten Dienstjahr und hatte in seiner langen Laufbahn militärische Auszeichnungen und Ehrungen angehäuft wie kein Zweiter.

Ein ermordeter Offizier. In *meinem* Hafen. Getötet mit einer *Barbarenaxt*. Mit einem Schlag wurde mir klar, was der Tribun von mir wollte. Warum er in mein Haus gekommen war, mit einem Dutzend gut bewaffneter Legionäre. Er interessierte sich nicht für meine geheimen nächtlichen Geschäfte, er beabsichtigte, einen Mörder festzunehmen.

Ich trat einen Schritt zurück und mühte mich, mir meine Bestürzung nicht anmerken zu lassen. "Du denkst doch wohl nicht, dass ich etwas damit zu schaffen habe?", sagte ich zu Marcellus und straffte meine Schultern.

"Nicht?", fragte der Tribun. Seine buschigen Augenbrauen wölbten sich. "Meine Soldaten fanden Falcos Leiche im Morgengrauen bereits kalt und steif vor, trotz der warmen

Nacht. Das heißt, zu diesem Zeitpunkt war er bereits mehrere Stunden tot. Was mich zu meiner Frage zurückbringt, wo du dich gestern Nacht aufgehalten hast. Wenn du unschuldig bist, kannst du mir ja gewiss Rede und Antwort stehen?"

Zu dumm, dass ich genau das nicht konnte. "Ich war hier, in meinem Haus, und habe noch spät gearbeitet", blieb ich so nahe wie möglich bei der Wahrheit, ohne potenziell gefährliche Details zu offenbaren.

Rasch fügte ich hinzu: "Wenn ich euren Primus Pilus ermorden wollte, wäre ich wohl kaum so töricht, das in meinem eigenen Hafen zu tun. Und warum, bei allen Göttern, sollte ich ihm nach dem Leben trachten?"

"Ich hörte, dein Bruder hatte kürzlich Streit mit Falco", gab der Tribun zurück.

Marcellus war gut informiert, das musste man ihm lassen.

"Nur ein Handgemenge an einer Straßenkreuzung", entgegnete ich, "das auf einem Missverständnis beruhte. Soweit ich weiß. Wie man dir bestimmt gesagt hat, sind mein Bruder und ich entzweit. Ich würde also kaum um seiner Ehre willen einen Primus Pilus töten."

"So manch ein Barbar klärt Missverständnisse gerne mit seiner Axt, habe ich mir sagen lassen", erwiderte Marcellus. "Und was euren Ehrenkodex anbelangt –"

"Jeder römische Bürger, Kelte oder sonstige Einwohner Vindobonas kann eine Barbarenaxt kaufen", fiel ich ihm ins Wort. "Bei jedem Waffenschmied diesseits und jenseits des Danubius. Das weißt du so gut wie ich, Tribun."

Er tat, als habe er diesen Einwand überhört. "Und was wollte der Primus Pilus gestern Abend bei dir?", fragte er weiter.

"Er war nicht bei mir. Wenn er zu mir wollte, so hat ihn sein Mörder wohl davon abgehalten."

"Aber er hat dich bei früherer Gelegenheit schon besucht?"

"Ein oder zwei Mal. Um etwas von mir zu kaufen."

Marcellus musterte mich skeptisch.

Ich hielt seinen Blick. "Falco war kein sehr beliebter Mann, nicht wahr?", sagte ich. "Bei all seinen kriegerischen Ruhmestaten. Oder gerade deswegen? Ich könnte mir vorstellen, dass er jede Menge Feinde hatte. Und das nicht nur *außerhalb* der Lagermauern."

Der Tribun warf mir einen verächtlichen Blick zu. "Er war vielleicht nicht beliebt. Aber respektiert. Von seinen Männern verehrt und gefürchtet! Keiner von ihnen würde auch nur die Hand gegen ihn erheben. Geschweige denn, ihn ermorden. Noch dazu mit einer Axt. Falco war einer unserer ruhmreichsten Kämpfer."

"Und ich friedliebender Händler soll diesen Veteranen der Legio X getötet haben? Mit einem Axthieb in die Brust, wenn ich dich recht verstehe? Also von vorne? Ohne selbst auch nur einen Kratzer davonzutragen?"

Ich streckte Marcellus meine nackten, gänzlich unversehrten Arme entgegen. "Dein Vertrauen in mein Kampfgeschick ehrt mich, Tribun, aber ich bin nicht der Mann, den du suchst!"

Einen Augenblick lang starrten wir uns wortlos an.

"Haben deine Männer Falcos Leichnam bereits fortgeschafft?", fragte ich daraufhin.

Der Tribun verneinte.

"Dann lass uns zum Hafen hinuntergehen. Ich möchte ihn mir mit eigenen Augen besehen. Wenn du erlaubst", fügte ich in versöhnlicherem Ton hinzu. Damit war einem Mann wie Marcellus wohl eher beizukommen.

"In Ordnung", sagte er, begleitet von einer lässigen Geste seiner Hand.

***

Mein Haus lag direkt oberhalb des Flussufers, und so waren es nur wenige Schritte hinunter zu dem, was Marcellus so großzügig meinen *Hafen* genannte hatte. Die Anlage bestand aus nichts weiter als einem Landungssteg, einem Bootshaus und einigen Schuppen, in denen ich gelegentlich weniger wertvolle Waren für ein paar Tage zwischenlagerte.

Fast direkt gegenüber, am Südufer des Danubius, das an dieser Stelle steil anstieg, ragten die imposanten Mauern des Legionslagers gute dreißig Fuß in den Himmel. Eine eindrucksvolle Erinnerung daran, wer an diesem Fluss das Sagen hatte.

Die Männer des Tribuns waren uns zum Wasser hinunter gefolgt, und auf meinem Landungssteg erwarteten uns zwei weitere Legionäre, die die Leiche des Primus Pilus bewachten.

An Flucht brauchte ich also gar nicht erst zu denken. Doch das lag mir sowieso fern. Der Tribun hatte mich immerhin nicht auf der Stelle verhaften lassen und trat jetzt sogar einen Schritt zur Seite, damit ich mir Falcos Leiche selbst besehen konnte.

Ich kniete neben dem Toten nieder, musterte ihn eingehend und versuchte dabei, meine Gedanken etwas zu ordnen. Ich musste einen kühlen Kopf bewahren. Auch wenn das im Beisein eines Mannes wie Marcellus durchaus schwer fiel. Wenn ich jetzt das Falsche sagte oder tat, würde es mich den Kopf kosten. Dem Tribun lag bestimmt viel daran, den Mord an einem römischen Offizier so rasch wie möglich zu sühnen. Ob ich die Tat tatsächlich begangen hatte, war da zweitrangig. Hauptsache, er hatte einen Schuldigen. Und wenn ihm beliebte, mich auf der Stelle mit seinem Schwert zu richten, so gab es kaum etwas, das ihn davon abhalten konnte. Meinen Bruder hätte eine solche Tat zwar brüskiert – so hoffte ich zumindest, trotz unserer zerrütteten Familienverhältnisse – aber nicht einmal er wäre lebensmüde genug, deswegen mit seinen Männern gegen Vindobona zu marschieren.

Ich schob die düsteren Gedanken so gut es ging beiseite und wandte meine Aufmerksamkeit dem toten Soldaten zu.

Nach der großen Blutlache zu schließen, in der er lag, war Falco tatsächlich hier auf meinem Steg getötet worden. Bloß warum? War der Ort nur eine Laune der Schicksalsgöttinnen? Hatte einer der Feinde des Primus Pilus ihm ausgerechnet an dieser abgelegenen Stelle aufgelauert, ohne sich darum zu scheren, wem der Hafen gehörte? Aber was führte einen römischen Soldaten überhaupt spätabends hierher, ans Nordufer des Danubius? Hatte er tatsächlich *mir* einen Besuch abstatten wollen?

Auszuschließen war das nicht. Östlich des Legionslagers führte eine Brücke über den Danubius, und die Wegstrecke vom Legionslager zu meinem Haus betrug keine zwei Meilen. Darüber hinaus konnte man natürlich auch mit dem Boot übersetzen. Es kamen häufiger unangekündigte Besucher in mein Haus, wenn auch nicht unbedingt spätabends. Ohne mir allzu sehr selbst zu schmeicheln, konnte ich doch von mir behaupten, dass ich in Vindobona beliebt war. Geschätzt als Geschäftspartner vor allem, auch wenn sich manche Anhänger meines Bruders lieber die Hand abgehackt hätten, als von mir zu kaufen.

Etwas störte mich an der Art, wie die Leiche auf meinem Steg lag. Es wirkte beinahe, als habe der ruhmreiche Krieger sich nur eben ein Weilchen von seiner jüngsten Heldentat ausruhen wollen. Nichts deutete auf einen langen und harten Kampf hin, an dessen Ende der Angreifer die Oberhand behalten hatte. Kein gesplittertes Holz am Steg, keine Blutspuren im weiteren Umkreis der Leiche.

Und abgesehen von der Axt, die Falcos Brustkorb gespalten hatte, waren auch keinerlei Kampfspuren an seinem Körper zu erkennen. Als habe jemand nur einen einzigen Axthieb ausführen müssen, um ihn zu besiegen. Das war unvorstellbar.

Noch etwas störte mich. Falcos Gesichtsausdruck. Es lag ein geradezu friedlicher Ausdruck in seinen Zügen. Fast als habe er freiwillig mit dem Leben abgeschlossen.

Was ebenso unvorstellbar war. Falco hatte sich die Axt bestimmt nicht selbst in den Leib geschlagen. Abgesehen davon, dass ein Mann wie er niemals auf so unehrenhafte Weise aus dem Leben geschieden wäre.

Ich hatte den Primus Pilus zu Lebzeiten gut gekannt. Er hatte viele Jahre in Vindobona gedient. Selbst noch im Tode gab er einen eindrucksvollen Krieger ab, voller gestählter Muskeln und von Narben übersät, die er stets stolz wie Ehrenzeichen zur Schau getragen hatte. Wahrlich kein Mann, den man so leicht in einem Zweikampf besiegte. Genau genommen musste man verrückt sein, sich mit ihm anzulegen.

Und dennoch war ihm sein Angreifer anscheinend ebenbürtig gewesen. Abgesehen von der Tatsache, dass es ihm gelungen war, Falco zu ermorden: Wer immer die Axt in den Brustkorb des Primus Pilus geschlagen hatte, musste selbst über erstaunliche Muskelkraft verfügen. Die scharfe Klinge steckte eine gute Handbreit tief in der Leiche. Und ja, es war eine Axt, wie sie viele Männer meines Stammes gerne trugen.

"Nun, Thanar, was hast du zu sagen?", erinnerte mich Tribun Marcellus an seine Anwesenheit. Seine Stimme dröhnte mir in den Ohren. Anklagend deutete er auf den toten Primus Pilus.

Ich erhob mich, ohne meinen Blick von der Leiche zu lösen. "Er wurde an dieser Stelle ermordet, das gestehe ich dir zu, Tribun. Aber nicht von mir! Denkst du wirklich, ich wäre so töricht gewesen, ihn hier liegen zu lassen? Was hätte mich davon abgehalten, die Leiche einfach in den Fluss zu werfen?"

"Sag du es mir. Vielleicht wurdest du entdeckt und hattest nur noch Zeit zu fliehen?"

"Und dann kehrte ich in mein Haus zurück, wo ich mich friedlich schlafen legte? Um zu warten, bis du und deine Männer mich holen kommt, um mich ans Kreuz zu schlagen?"

Darauf erwiderte Marcellus nichts.

"Nein, Tribun", fuhr ich fort, "wie ich es sehe, gibt es nur zwei Möglichkeiten: Entweder Feinde lauerten Falco rein zufällig an dieser Stelle hier auf, oder jemand will mir etwas anhängen. Vielleicht nicht einmal mir persönlich, sondern meinem Stamm. Deshalb die Barbarenaxt."

War es darum gegangen, bei diesem seltsamen Mord? Wollte jemand Zwietracht säen, zwischen uns und den Römern?

Für einen Moment beschlich mich der Gedanke, mein Bruder könnte seine Hände im Spiel haben. Niemand hasste die Römer wie er. Einen Offizier des Imperiums zu töten, wenn sich ihm die Gelegenheit bot, und er hoffen durfte, ungestraft davonzukommen – das traute ich ihm ohne weiteres zu. Aber die Untat dann bewusst mir anzuhängen – würde er soweit gehen? Ich weigerte mich, das zu glauben.

Mein Bruder verabscheute mich, aber es hätte ihm wohl kaum zur Ehre gereicht, mich ans Kreuz zu bringen. Oder *ad bestias* – zu den wilden Tieren ins Amphitheater.

Ich schüttelte den Gedanken ab. "Wurde Falco ausgeraubt?", wandte ich mich wieder Marcellus zu.

"Nein. Wir fanden seinen Geldbeutel bei ihm. Mit ein paar Silberstücken darin."

III.

Es ergab einfach keinen Sinn. Alles an diesem Mord war falsch. Straßenräuber hätten wohl kaum einen gut gefüllten Geldbeutel zurückgelassen, abgesehen davon, dass ich mir nicht vorstellen konnte, wie gemeine Banditen es mit einem Veteranen der Legion vom Schlage eines Falco aufnehmen wollten. Selbst wenn sie zu zweit oder zu dritt waren.

Ich blickte dem Tribun direkt in die Augen. "Ich werde herausfinden, wer das getan hat", sagte ich mit weit mehr Überzeugung, als ich empfand. "Ich werde dir beweisen, dass ich unschuldig bin!"

Marcellus verharrte einen Augenblick schweigend, während ihn die Legionäre, die uns umringten, erwartungsvoll beobachteten. Auch sie hätten den Tod ihres Primus Pilus bestimmt lieber heute als morgen gesühnt gewusst.

"Wer garantiert mir, dass du nicht einfach feige das Weite suchst?", fragte Marcellus in noch härterem Tonfall als schon zuvor. Obwohl ich ihn an Körpergröße überragte, gab er mir dabei das Gefühl, auf mich herabzublicken. Für seine jungen Jahre konnte er einen eindrucksvollen Anführer abgeben, wenn er es darauf anlegte – so viel musste ich ihm lassen.

Ich wies mit der Hand auf mein Haus, das oberhalb der Uferböschung lag. "Denkst du, ich gebe alles auf, wofür ich lange Jahre gearbeitet habe? Mein Heim, mein Geschäft? Du kannst Erkundigungen einholen über meinen Charakter. Ich stehe in gutem Ruf in Vindobona."

"Das habe ich bereits getan", erwiderte Marcellus, "und was das anbelangt, sprichst du wohl die Wahrheit. Selbst der Lagerkommandant hat schon bei dir eingekauft, wie es aussieht. Er lobte ausdrücklich die Qualität deiner Pelze und deine günstigen Preise."

Glomm da ein Lächeln auf, in den dunklen Augen des Tribuns? Amüsierte sich der Mann gar, während ich hier um mein Leben rang?

"Du kannst meinem Ehrenwort vertrauen", sagte ich, ohne mir den Zorn anmerken zu lassen, der in mir aufstieg. "Ich werde den Schuldigen finden und meinen Namen reinwaschen!"

Noch einmal musterten mich die Augen des Tribuns, so eindringlich, als könnten sie durch mich hindurchsehen. Und er nahm sich eine gefühlte Ewigkeit dafür Zeit. "Nun gut", sagte er schließlich. "Ich erwarte deine volle Unterstützung, Thanar. Der Mörder muss rasch gefasst und mit aller Härte bestraft werden!"

Wir besiegelten die Vereinbarung mit einem Handschlag, dann gab Marcellus seinen Männern das Zeichen zum Abzug.

Äußerlich ließ ich mir nichts anmerken, aber innerlich dankte ich mit einem Stoßgebet der Erleichterung den Göttern. Ich hatte mich schon im Sand der Arena gesehen, Auge in Auge mit einer geifernden Bestie, die danach lechzte, mir die Eingeweide herauszureißen. Über mir die Schreie des Publikums, die meiner Hinrichtung beiwohnten. Und danach, als Leichnam, an der Limesstraße aufgepfählt, so lange, bis die Aasvögel meine Knochen blankgepickt hatten.

Warum ließ der Tribun mich laufen? Bloß weil ich der Bruder des Gaufürsten war, entzweit oder nicht? Wogen die freundlichen Nachbarschaftsbeziehungen mit einem unbedeutenden Germanenstamm für Marcellus das Leben eines Primus Pilus auf? Ich bezweifelte es. Um die Krieger meiner gesamten Sippe auszulöschen, hätte eine römische Hilfstruppe gereicht.

Hielt der Tribun mich schlicht für nicht einfältig genug, einen Ermordeten so auffällig in meinem eigenen Hafen liegen zu lassen? Oder war er zu dem gleichen Schluss gekommen wie ich selbst? Dass mit dieser Leiche eindeutig etwas nicht stimmte?

***

Als ich in mein Haus zurückkehrte, erwartete Layla mich schon im Atrium. Sie legte ihre schmale dunkle Hand auf meinen Arm und fragte: "Ist alles in Ordnung, Herr?"

"Für den Augenblick, ja. Die Soldaten sind abgezogen. Aber ich musste mich verbürgen, den Mörder des Primus Pilus selbst ans Messer zu liefern, um mich von jedem Verdacht reinzuwaschen. Und ich habe nicht die geringste Ahnung, wie ich das anstellen soll."

"Es wird dir bestimmt gelingen", erwiderte Layla und lächelte mich voller Zuversicht an. Sie traute mir im Allgemeinen weitaus größere Fähigkeiten zu als ich selbst. In diesem Fall erst recht.

"Hör mal, Layla", begann ich, "als du vorhin allein mit dem Tribun warst - hat er dir da noch andere Fragen gestellt? Bevor ich dazu kam? Er schien ja überaus angeregt mit dir zu plaudern."

Sie erwiderte erst nichts, schien still in sich hinein zu lächeln und sah dabei so geheimnisvoll aus wie eine Sphinx. Dann fragte sie mit ihrer dunklen, melodiösen Stimme: "Sorgst du dich deiner geheimen Geschäfte wegen, Herr? Daran schien der Tribun nicht interessiert, und ich habe nichts erwähnt, was dir schaden könnte."

Ihre Worte trafen mich so unvorbereitet, als habe sie mir einen Schlag in die Magengrube versetzt. Ich hatte Layla gegenüber nie auch nur angedeutet, dass das eine oder andere meiner Handelsgüter auf nicht ganz legale Weise den Weg in mein Lager gefunden hatte.

Layla entging meine Bestürzung nicht. "Keine Angst", sagte sie rasch, "keiner deiner Gehilfen hat etwas ausgeplaudert. Sie sind dir alle treu ergeben und würden dich niemals verraten."

"Woher weißt du es dann?", fragte ich, nachdem ich kurz erwogen hatte, alles abzuleugnen.

"Es ist nicht schwer, sich das zusammenzureimen, wenn man unter deinem Dach wohnt, Herr. Da ist dieser eine Raum in deinem Keller, den stets nur du selbst auf- oder zuschließt. Die Tür zu diesem Lager sieht von außen nicht anders aus als all die anderen Kellertüren, wohl um nicht die Neugier des Gesindes oder von Gästen zu erwecken, die sich zufällig einmal in den Keller verirren. Außerdem achtest du darauf, deinen Reichtum nicht öffentlich zur Schau zu stellen, was sehr seltsam ist, wo sich doch ansonsten jedermann bemüht, Besucher seines Hauses mit seinen Schätzen zu beeindrucken. Und dann sind da noch deine Handelspartner. Manche von ihnen erwähnst du zwar namentlich oft, wenn du mir von deinen Geschäften erzählst, triffst sie aber stets im Schutz der Dunkelheit, an Orten, die du mir verschweigst. Und du lädst sie niemals in dein Haus ein, wie du es mit deinen respektablen Partnern zu tun pflegst. Wenn man das alles zusammen fügt, liegt der Schluss doch nahe, dass manche deiner Geschäfte besser im Verborgenen bleiben, nicht wahr, Herr?"

Layla lächelte wieder ihr geheimnisvolles Sphinx-Lächeln und machte eine kleine Verbeugung. Als habe sie mir nichts weiter als ein paar hübsche klassische Verse vorgetragen.

Ich wusste nicht, was ich sagen sollte. War ich wirklich so leicht zu durchschauen? Oder war meine Lieblingssklavin, die ich doch eigentlich um ihrer beeindruckenden Schönheit willen gekauft hatte und wegen ihres sanften Wesens, schlauer als ich es mir leisten konnte?

"Ich denke, die Götter zürnen dir ob dieser Geschäfte nicht", fuhr sie fort, als habe sie mich nicht schon genug erstaunt. "Du stiehlst nicht von deinem Volk, und nur von Menschen, die deswegen keinen Hunger leiden müssen." Es war eine Feststellung, keine Frage.

Auch damit hatte sie recht, aber woher wusste sie nun das schon wieder? "Vertraust du so blind auf meinen Edelmut, liebes Kind?", fragte ich sie.

"Ich weiß, dass du ein guter Mensch bist, Herr, der beste, dem ich je diente. Und deine Taten beweisen es. Die Waren, die du in deinem geheimen Keller lagerst, werden dir stets aus Süden kommend geliefert, und du handelst sie weiter in den Norden. Waren aus dem Imperium also, die du an dein Volk verkaufst, niemals umgekehrt. Außerdem sind es stets sehr kleine Güter, die großen Wert haben müssen, damit sich das gefährliche Unterfangen auch lohnt. Also vermutlich Juwelen und Geschmeide. Und die Menschen, bei denen man dergleichen entwenden kann, leiden keinen Hunger, auch wenn man sie um das eine oder andere Kleinod erleichtert."

Ich musste unwillkürlich lachen und zog Layla in meine Arme. "Du bist die gerissenste kleine Spionin, die mir je begegnet ist", flüsterte ich ihr ins Ohr. "Wenn du dich je gegen mich wendest, bin ich verloren!"

"Das würde ich niemals tun, Herr", erwiderte sie ernst. Dann hauchte sie mir einen so zärtlichen Kuss auf die Wange, dass mir warm ums Herz wurde.

Was war ich bloß für ein Mann? Dass ich es kämpferisch mit einem Krieger wie dem Primus Pilus niemals aufnehmen konnte, auch wenn Tribun Marcellus das zu glauben schien, ließ sich ja noch verschmerzen. Aber dass ich selbst in den Händen dieses Mädchens bloß Wachs war, das setzte meinem Stolz schon ein wenig zu.

Layla hatte mit ihrer Analyse, die einem griechischen Logiker zur Ehre gereicht hätte, in jeder Hinsicht ins Schwarze getroffen. Natürlich war ich selbst kein Dieb, aber unter meinen Geschäftspartnern – eben jenen, die ich niemals in mein Haus einlud, wie sie so treffend beobachtet hatte – war der eine oder andere Bursche, der es mit den Eigentumsverhältnissen nicht so genau nahm. Ich konnte nicht leugnen, dass ich das wusste, denn es hatte einen Grund, wenn einem Waren weit unterhalb ihres Handelswertes angeboten wurden.

Gestern Nacht hatte ich eine dieser Fuhren aus meinem geheimen Keller verladen und in den hohen Norden Germaniens gesandt, was ich dem Tribun leider nicht zum Beweis meiner Unschuld hatte vorbringen können.

Manchmal wusste ich selbst nicht mehr, warum ich das erhebliche Risiko dieser dunklen Geschäfte überhaupt noch auf mich nahm. Natürlich musste ein Mann sehen, wo er blieb. Und am Anfang meiner Laufbahn, als ich noch selbst auf klapprigen Karren über die Straßen des Imperiums und durch die Schlaglöcher Germaniens gerumpelt war, da hatte ich es mir nicht leisten können, wählerisch zu sein, was die Herkunft meiner Waren betraf.

Doch das lag nun schon viele Jahre hinter mir. Jetzt besaß ich die modernsten Reisewagen und Flussschiffe und überließ die strapaziösen Reisen weitgehend meinen Gehilfen. Vielleicht war die Tatsache, dass ich noch immer reiche Römer um ihre Kostbarkeiten brachte – wenn auch nicht mit eigener Hand – ja nichts weiter als mein bescheidener Akt der Rebellion gegen die Allmacht des Imperium Romanum. Was mein Bruder mir wohl niemals zugetraut hätte.

Doch konnte es irgendeinen Zusammenhang geben, zwischen der dunklen Seite meines Geschäfts und dem toten Primus Pilus in meinem Hafen? Es schien ganz unmöglich, ich bezahlte meine Partner stets gerecht und pünktlich, genau wie meine Gehilfen, und konnte beim besten Willen keinen Feind benennen, der mir eine Leiche auf meinem Landungssteg hinterlassen würde.

***

Ich haderte den halben Vormittag lang mit mir, ob ich meinem Bruder einen Besuch abstatten sollte. Wenn er schon nicht selbst hinter der Sache steckte, so hatte er als Stammesführer vielleicht zumindest eine Ahnung davon, wo ich nach dem Mörder des Primus Pilus suchen musste. Wenn Falco denn tatsächlich von einem Germanen getötet worden war, was für mich keineswegs feststand.

Ich hatte schon mein Pferd satteln lassen, entschied mich letztendlich jedoch gegen einen Ritt nach Norden. Die Burg meines Bruders lag eine gute Tagesreise von meinem Haus entfernt, und ich konnte mir nicht einmal sicher sein, dort überhaupt Einlass zu finden. Seit er unserem Vater als Gaufürst nachgefolgt war, hatte ich ihn kaum noch besucht. Und er hatte sich seit dem Tag, an dem ich eine behagliche römische Fußbodenheizung in meinem Haus installiert hatte, überhaupt geweigert, noch einen Fuß über meine Schwelle zu setzen.

Nein, selbst wenn mein Bruder von dem Mord wusste – auch nur ein Sterbenswort darüber aus ihm herauszubekommen, war ein hoffnungsloses Unterfangen. Wenn einer seiner Männer einen römischen Offizier getötet hatte, wäre er der letzte gewesen, diesen 'Helden' an mich zu verraten.

Doch die Schicksalsgöttinnen waren mir wohlgesonnen, denn in diesem Augenblick kam mir die rettende Idee. Mir fiel ein, dass ich just heute Abend mit genau dem richtigen Mann verabredet war, um der Mordtat in meinem Hafen auf den Grund zu gehen. Jemand der Vindobona samt seiner Einwohner kannte wie kein zweiter. Der stets wusste, welche Familien verfehdet waren, welcher Emporkömmling gerade einem alteingesessenen Bürger den Rang abgelaufen hatte, was Ansehen und Vermögen anbelangte. Oder auch welcher Mann gegen seinen Nachbarn intrigierte, ja ihm gar nach dem Leben trachtete. Und warum.

Dieser unerschöpfliche Quell des Wissens war Septimus Moltinus Belius, schwerreicher Ziegelfabrikant, Mitglied im Rat der Hundert der Zivilstadt – und seit vielen Jahren mein bester Freund.

IV.

Belius und ich waren an jenem Ort verabredet, den jeder Mann Vindobonas, der es sich leisten konnte, als die *Villa des Griechen* kannte.

Vindobona, insbesondere die Lagervorstadt, bot eine ganze Reihe von Vergnügungen: Man mochte die Therme besuchen, ins Theater gehen oder sich im Amphitheater an Gladiatorenspielen, Hinrichtungen und Tierhetzen ergötzen. Es gab Tavernen, Garküchen, Lasterhöhlen, in denen man dem verbotenen Glücksspiel frönen konnte, wie in jeder anderen Kleinstadt des Imperiums auch. Die Villa des Griechen jedoch war etwas ganz und gar besonderes. Nicht nur für ein verschlafenes Nest wie Vindobona. Selbst in Carnuntum, der Provinzhauptstadt, fand man keinen vergleichbaren Hort der *Luxuria*, der Tafelfreuden, Schwelgerei und Sinneslust.

Hier trafen sich die Reichen und Mächtigen Vindobonas zu anregenden Gesprächen, lukullischen Mahlzeiten oder schlicht einem guten Becher Wein. Aber die Hauptattraktion waren zweifelsohne die Mädchen, ohne Frage die schönsten und anmutigsten in der gesamten Provinz.

Es fühlte sich an, als wäre man hier Gast im Landdomizil einer alten römischen Patrizierfamilie, nur dass der Grieche noch nicht einmal das römische Bürgerrecht besaß, und dass er sich die Besuche in seinem Haus teuer bezahlen ließ.

Der besagte Grieche hieß eigentlich Lycortas, aber niemand außer seinen Untergebenen nannte ihn je bei diesem Namen. Seinem Beruf nach war er Sklavenhändler, aber irgendwann hatte er wohl festgestellt, dass er mit der Vermietung seiner Mädchen – und Knaben – nicht nur deren Verkauf förderte, sondern auch ein einträgliches Nebeneinkommen einstreifen konnte.

Eine ganze Reihe von Geheimnissen umgab den Alten. Keiner seiner Gäste – mich eingeschlossen – hätte sagen können, wann oder warum er sich in Vindobona niedergelassen hatte, oder wo und wie es ihm gelang, stets die herausragendsten Sklaven einzukaufen. Zahlreiche Legenden rankten sich um seinen Reichtum oder auch schlicht um die Frage, wie alt er eigentlich war. Mit seinem zerknitterten Gesicht und der Hakennase sah Lycortas aus wie einer der Kobolde, die in den Wäldern hausten. Und dichter Wald war es auch, der bis an die Mauern seiner Villa wucherte. Der Alte weigerte sich, die Bäume schlägern zu lassen, ausgenommen dort, wo sie seinen Gästen den Blick auf Vindobona nahmen. Wie die alten Kelten auf den Hügelkämmen gesiedelt hatten, lange bevor die Römer eingefallen waren, so thronte die Villa des Griechen über der Stadt und dem Fluss. Man musste vom Legionslager gesehen rund anderthalb Meilen nach Südwesten reiten, um sie zu erreichen.

Ich selbst hätte niemals die finanziellen Mittel aufgebracht, hier regelmäßig Gast zu sein. Mein Freund Belius war es, der beim Griechen mehr Zeit verbrachte als in seinem eigenen Haus, und der mich ein bis zweimal pro Woche in die Villa einlud. Belius war nicht nur einer der reichsten Männer Vindobonas, sondern bestimmt auch einer der großzügigsten.

Vor den Stallungen des Anwesens, die in Sichtweite des Haupthauses lagen, standen einige Sklaven tratschend beisammen. Unter ihnen konnte ich Belius′ Laternenträger, seine beiden Wächter und die vier stämmigen Burschen ausmachen, deren Bürde es war, die beachtliche Leibesfülle ihres Herrn per Tragsessel durch ganz Vindobona zu befördern. Belius verließ sein Haus niemals ohne ein angemessenes Gefolge, wie es sich für einen Mann von Rang und Stand seiner Meinung nach gehörte. Mein Freund war also bereits hier.

Ich übergab mein Pferd einem herbeieilenden Knecht und schritt unter den Säulen des Porticus hindurch ins Haus. Einen Augenblick lang erwartete ich, dass sich die verhutzelte Gestalt des alten Griechen auf mich stürzen würde, wie er es all die Jahre getan hatte – mit ausgestreckten Armen und einem euphorischen Grinsen im Gesicht, als habe er schon den ganze Abend gerade auf mich gewartet. Ich musste mir erst wieder ins Gedächtnis zurückrufen, dass der Alte nicht mehr war. Dass er mich nie wieder auf jene seltsam übertriebene Art begrüßen würde, die er all seinen Gästen hatte angedeihen lassen.

Denn Lycortas, der Grieche, war tot. Erst wenige Wochen war es her, dass er einer Bärenattacke zum Opfer gefallen war, in eben jenem Wald, dem er niemals Einhalt geboten hatte. Tagelang hatten die Stammgäste von nichts anderem gesprochen, als von dieser grausamen Laune der Schicksalsgöttinnen. Doch irgendwann hatte man sich damit abgefunden, dass jetzt der *junge* Grieche Hausherr und Gastgeber war. Der Sohn des Alten hatte die vierzig längst überschritten, er hieß Philippos und war mir zu Lebzeiten des Vaters kaum je unter die Augen gekommen. Die paar Mal, die ich ihm in der Villa über den Weg gelaufen war, hatte ich ihn für einen der Sklaven gehalten, die den Haushalt führten. Er schien stets bemüht gewesen, so unsichtbar wie möglich durchs Haus zu huschen.

Seither war die Villa nicht mehr dieselbe, denn Philippos hatte kein Jota der Geschäftstüchtigkeit oder Gastfreundschaft seines Vaters geerbt. Innerhalb weniger Wochen lächelten die Mädchen nur mehr halb so strahlend, die gebotenen Speisen waren zwar noch schmackhaft aber nicht mehr hervorragend, und der Gästeempfang hatte sich so gut wie in Luft aufgelöst. Wo einem früher der Alte mit seinem Koboldgrinsen entgegen gelaufen kam, kaum dass man den Fuß über die Schwelle gesetzt hatte, da trat man heute praktisch unbemerkt ins Haus.

Ich hatte bereits das Atrium durchquert und war auf halbem Weg ins Sommertriclinium, dem zum Garten hin offenen Speiseraum, bis man überhaupt von mir Notiz nahm. Und es war nicht Philippos, der neue Hausherr, der mich begrüßte, sondern Orodes, der oberste Wächtersklave, in dessen Zuständigkeit die Gästebetreuung wahrlich nicht fiel.

Mich kümmerte das nicht weiter. Formalitäten und Etikette hatten mich noch nie besonders interessiert, aber ich wagte gar nicht, mir vorzustellen, wie mein Freund Belius so einen Fehltritt aufnehmen mochte. Ihm lag viel an makellosen Umgangsformen.

Orodes führte mich in die Ecke des Tricliniums, wo Belius seinen Stammplatz hatte, und ich ließ mich neben meinem alten Freund auf dem Speisesofa nieder. Von hier aus hatte man einen herrlichen Ausblick über die Gartenterrassen, die nächtlichen Umrisse des Legionslagers und den Danubius, der silbrig im Mondlicht glänzte. Musik von einer Gruppe Flöte und Leier spielender Mädchen drang zu uns herüber, vermischt mit dem leisen Plätschern der Springbrunnen. Weiter links ließ eine Tänzerin ihre nackten Hüften kreisen, und Sklaven mit überbordenden Speisetabletts eilten kreuz und quer durch den Raum.

Am liebsten wäre ich sofort auf mein Anliegen zu sprechen gekommen, nachdem mir Belius seine goldberingte Hand zum Gruße entgegengestreckt hatte – aber das war mir nicht vergönnt.

Mein Freund war gerade in die Beobachtung eines anderen Gastes vertieft, eines mir unbekannten Mannes, der ein grellbuntes Gewand trug und eben im Begriff war, das seidig lange Haar eines halbnackten Jünglings als Handtuch für seine frischgewaschenen Füße zu benutzen. Ein Akt der Dekadenz, den Belius nicht gutheißen konnte, und der ihn zu einer atemlosen Tirade über eines seiner Lieblingsthemen anstiftete: die Luxussucht. Wenn es nach Belius ging, so war die gesamte Oberschicht Vindobonas dem süßen

Gift der Luxuria verfallen und das rettungslos. Er selbst natürlich ausgenommen.

"*Parsimonia* und *Modestia*, danach gilt es zu streben!", verkündete er mit theatralisch erhobenem Zeigefinger. Sparsamkeit und Bescheidenheit, ja, darin war Belius eindeutig Meister. Zumindest schien er das zu denken. Er war mein bester Freund, und ich liebte ihn von Herzen, aber an seiner Selbsteinschätzung krankte es manchmal ein wenig.

Ich nickte, ungeduldig, endlich auf den Mord in meinem Hafen zu sprechen zu kommen. Aber es sollte nicht sein, denn just in diesem Augenblick durchkreuzte ein weiteres von Belius´ Lieblingsthemen meine Pläne. Oder besser gesagt sein Lieblingsmädchen. Ihr Name war Suavis, und ich war mir absolut sicher, dass weder Sparsamkeit noch Bescheidenheit zu ihrem Vokabular gehörten. Sie war in der Villa geboren, ein bei Sklavenhaltern beliebter und günstiger Weg, an neue Sklaven zu kommen, und hatte das goldblonde Haar sowie die blauen Augen einer Nordgermanin. Belius war schon seit Jahren wie besessen von ihr, selbst als ihr Körper noch eher dem eines Knaben geähnelt hatte. Mittlerweile jedoch war Suavis zu einer wahren Schönheit gereift und bestimmt das begehrteste Mädchen in der ganzen Villa.

Mit nichts als einem hauchdünnen Gesichtsschleier und einem sehr tief sitzenden Brustband bekleidet, tanzte sie jetzt vor unserem Sofa, wog ihren schneeweißen, noch immer sehr mädchenhaften Körper zu den Klängen der Musik. Ich unternahm erst gar nicht den Versuch, eine wie auch immer geartete Konversation mit meinem Freund zu beginnen.

Die Art, wie Suavis Belius anlächelte, rief mir unvermittelt die morgendliche Szene in meinem Atrium ins Gedächtnis zurück. Wie herzlich meine Layla den Tribun empfangen hatte – und den Stich der Eifersucht, den es mir altem Narren dabei versetzt hatte. Dabei war Layla bestimmt nur darauf aus gewesen, Marcellus milde zu stimmen. Ja, womöglich hatte ich es sogar ihr zu verdanken, dass ich jetzt noch hier sitzen und einem Freudenmädchen beim Tanzen zusehen konnte, anstatt im Kerker des Legionslagers auf meine Hinrichtung zu warten.

In diesem Augenblick tauchte ein weiteres Mädchen auf: Chloe, eine dunkelhaarige Schönheit, die sich mit katzenhafter Anmut auf meinem Oberschenkel niederließ. Sie war in ein buntes Seidengewand nach der asiatischen Mode gehüllt, das mehr entblößte als verbarg. Und sie verströmte eine Duftwolke aus Nardenöl, die mir fast den Atem nahm.

Wenn man den Worten von Lycortas, dem alten Griechen, trauen durfte, reichte Chloes Stammbaum bis zu den legendären griechischen Hetären zurück. Den erlesensten Prostituierten, die die Welt je gesehen hatte. Doch ihrem Wesen nach glich Chloe eher einem verspielten jungen Raubtier, stets gut gelaunt und für jeden Unsinn zu haben. Sie mochte im gleichen Alter sein wie Suavis, aber ansonsten hätten die beiden Mädchen nicht unterschiedlicher sein können. Die kühle Schönheit aus dem Norden, die sich gerne unnahbar und geheimnisvoll gab, und die sinnliche Griechin, die auch den trübseligsten Mann mit ihrem Lachen aufzuheitern wusste.

Chloe war meine Favoritin in der Villa. Oder besser, sie war es gewesen – bevor die Götter mir Layla zugeführt hatten. Seither zog ich ein gutes Mahl, einen Besuch in der Badegrotte oder eine schlichte Massage Chloes Liebeskünsten vor. Obwohl die wirklich nichts zu wünschen übrig ließen. Das Feuer in meinen Lenden, das stets unfehlbar entflammt war, wann immer ich das Atrium der Villa betreten hatte, wollte jetzt nur noch für Layla brennen. Nicht einmal ein paar Becher Falerner Wein konnten daran etwas ändern. Manchmal sorgte ich mich ernsthaft, dass meine schöne Nubierin mich verhext hatte. Seit dem Tod meiner Frau hatte mich kein weibliches Wesen mehr so in ihren Bann geschlagen – und diese dunkelste aller Zeiten lag jetzt schon eine halbe Ewigkeit zurück.

Heute Nacht allerdings stand es noch schlimmer um mich. Nicht einmal der Duft all der Delikatessen, die man uns kredenzte, vermochte mich zu erfreuen. Überhaupt hing etwas Seltsames in der Luft – etwas, das ich vermutlich selbst mitgebracht hatte. Es war, als habe sich der Totengott an meine Fersen geheftet. Die Leiche des Primus Pilus in meinem Hafen ließ mich nicht los.

Ich konnte einfach nicht mehr länger an mich halten, ich musste mich Belius anvertrauen. Er war gerade im Begriff, sich zu erheben und Suavis in eines der Gästezimmer zu folgen, da wandte ich mich brüsk an die beiden Mädchen und bat sie, uns allein zu lassen. Sie gehorchten widerspruchslos und verschwanden so plötzlich, wie sie aufgetaucht waren.

Belius jedoch sah mich erschrocken an. "Was ist denn in dich gefahren, Thanar? Geht es dir nicht gut?"

V.

"Nein", sagte ich wahrheitsgemäß, und dann berichtete ich Belius alles, was mir widerfahren war. Von der Leiche des Primus Pilus in meinem Hafen, und dass Tribun Marcellus in mir den Mörder sehen wollte. Dass ich raschest den wahren Schuldigen ausforschen musste und keine Ahnung hatte, wie ich es anstellen sollte. "Deswegen brauche ich deine Hilfe, alter Freund", schloss ich und sah Belius erwartungsvoll an.

"Meine Hilfe? Soll ich beim Tribun für dich bürgen? Ich bin sicher, ich werde Gehör bei ihm finden, auch wenn Marcellus neu in der Stadt ist. Mein Wort wird ein gewisses Gewicht haben, so viel kann ich dir versprechen - aber ob es einen toten Primus Pilus aufwiegen kann, daran hege ich doch meine Zweifel."

"Das ist sehr großzügig von dir", erwiderte ich, "und womöglich werde ich noch auf deine Fürsprache zurückkommen müssen - aber ich dachte eigentlich, du wüsstest vielleicht Rat. Dass du mir bei der Suche nach dem Mörder helfen könntest. Weißt du nicht von jemandem, der Falco nach dem Leben trachtete? Oder der mich ins Verderben stürzen will? Habe ich Feinde in Vindobona, von denen ich nichts ahne?"

Belius Stirn legte sich in tiefe Falten. "Also was Ersteres anbelangt", brummte er, "sollte die Frage wohl eher lauten: Wer trachtete Falco nicht nach dem Leben? Ich kann dir gut zwei Dutzend Männer nennen, die diesen Wüstling nur allzu gerne ins Totenreich befördert hätten. Die Legionäre seiner Kohorte nicht eingerechnet. Die hat er angeblich geschunden wie die Galeerensklaven. Ich bin selten einem so brutalen und rücksichtslosen Mann begegnet. Sogar hier in der Villa gebärdete er sich wie der übelste Pöbel. Ich kann wahrlich nicht behaupten, dass mich sein Tod zu

Tränen rührt. Wer auch immer ihm diese Axt in die Brust schlug, hat Vindobona einen Gefallen getan."

"Falco war hier Gast?" fragte ich nach. Ich selbst war dem Primus Pilus noch niemals in der Villa begegnet, aber ich verkehrte hier auch bei weitem nicht so oft wie Belius.

"Nur alle paar Monate einmal. Mehr konnte er sich wohl von seinem Sold nicht leisten. Ansonsten quälte er sicherlich die Lagerhuren."

Belius winkte einem Sklaven und ließ sich Veilchenwein nachschenken. Nachdem er einen kräftigen Schluck genommen hatte, fuhr er fort: "Jetzt wo ich darüber nachdenke – ich glaube, dass Falco sogar gestern Abend hier war. Ja doch! Ich habe ihn gesehen, kurz nachdem ich eintraf. Ein Wunder, dass ich ihn überhaupt bemerkt habe, obwohl er ausnahmsweise mal keinen Radau schlug. Ansonsten hatte er immer etwas auszusetzen, wenn er uns mit seiner Anwesenheit hier beehrte. Zum Glück war das wirklich nicht oft, sonst hätte ich am Ende selbst noch einen Mörder gedungen, dass er diesem Rohling den Brustkorb spaltet! Mal bemäkelte Falco das Essen, mal entsprach ein Mädchen nicht seinen Wünschen – und immer trug er seine Beschwerden so laut vor, dass man es noch im Garten hören konnte. Vor ein paar Wochen, da brach er doch tatsächlich mit *mir* einen Streit vom Zaun, kannst du dir das vorstellen!?"

"Im Ernst?"

"Wenn ich es dir doch sage! Ich war auf dem Weg, mich mit Suavis in die Badegrotte zurückzuziehen. Da stellte er sich mir in den Weg wie ein Straßenräuber und beanspruchte die Kleine für sich. Wo es doch hier in der Villa wahrlich keinen Mangel an Mädchen hat!" Belius schüttelte indigniert den Kopf. "Als römischer Offizier stünde ihm der Vorzug zu, meinte er."

"Und wie hast du reagiert?"

"Ich ließ ihn natürlich gewähren. Was hätte ich denn tun sollen. Mich mit so einem Rohling anlegen?"

"Und gestern Abend, da war er auch hier, sagst du? Wann hast du ihn gesehen?"

"Kurz nachdem ich eintraf – muss eine halbe Stunde nach Sonnenuntergang gewesen sein, denke ich."

"Und wie lange blieb er?"

"Keine Ahnung, mein Bester. Ich war mit Geschäftspartnern hier und habe wirklich nicht auf ihn geachtet. So ein Typ ist es nicht einmal wert, ignoriert zu werden."

"Da stimme ich dir zu. Nur seine Leiche in meinem Hafen kann ich leider nicht ignorieren. Ich frage mich, ob er gestern Abend vielleicht auch wieder einen Streit angezettelt hat, mit einem der Gäste hier? Der dann weniger stoisch als du reagiert hat?"

Belius kratzte sich am Kinn. "Ich denke, das hätten alle Anwesenden hier gehört. Aber warum fragst du nicht Philippos? Vielleicht hat er etwas mitbekommen. Obwohl – den habe ich heute Abend noch gar nicht gesehen." Belius ließ den Blick durch den Raum schweifen, doch von unserem Gastgeber fehlte jede Spur.

Ich hegte meine Zweifel daran, ob Philippos hier überhaupt irgendetwas mitbekam. Er wirkte mit dem väterlichen Erbe, mit der Führung der Villa, eindeutig überfordert.

"Ich kann mir allerdings nicht vorstellen, dass einer der Gäste hier zur Axt greifen würde, um einen Streit mit dem Primus Pilus zu regeln", sagte Belius. "Diese Art Männer verkehrt in der Villa einfach nicht. Wenn sich hier jemand eines Gegners entledigen möchte, so kauft er sich den passenden Gesellen dafür, wenn du verstehst, was ich meine. Und nicht unbedingt noch in der gleichen Nacht, in der man Streit hatte. Das wäre doch recht dumm. Und dann noch die Leiche ans andere Ufer des Danubius schleppen lassen? Wozu denn? Das ergibt doch keinen Sinn."

Das tat es in der Tat nicht, zumal die Leiche ja nicht einmal in meinen Hafen geschleppt worden war. Der Primus

Pilus war an der Stelle gestorben, an der man ihn gefunden hatte, dessen war ich mir sicher.

Falco musste sich also nach seinem gestrigen Besuch in der Villa aus irgendeinem Grund auf den Weg über den Danubius gemacht haben. Über die Brücke oder per Boot – denn die Villa lag keine halbe Meile vom Südufer entfernt, und mit der Strömung und ein paar kräftigen Ruderschlägen hätte man leicht zu meinem Landungssteg übersetzen können. Als Primus Pilus konnte sich Falco im Legionslager wohl erlauben, zu kommen und zu gehen, wie es ihm beliebte. Vielleicht hatte er in der Nacht noch eine weitere Verabredung gehabt, nachdem er die Villa aufgesucht hatte. Oder jemand hatte ihm auf dem Rückweg ins Lager aufgelauert.

Ich drehte mich im Kreis. So viele Möglichkeiten, nur wie sollte ich wissen, welche davon die richtige war?

In diesem Augenblick drängte sich mir noch ein weiterer Gedanke auf. Hatte Falco vielleicht tatsächlich vorgehabt, mich zu nachtschlafender Stunde aufzusuchen – aus dem gleichen Grund, aus dem ich manche meiner Geschäftspartner auch stets nur nachts traf? Hatte der Primus Pilus auf irgendeine Weise von meinen geheimen Waren Wind bekommen und sich selbst ein schönes Stück zum günstigen Preis sichern wollen? Das war eine mögliche Erklärung, doch nicht gerade eine sehr beruhigende. Ganz im Gegenteil. Wenn meine dunklen Geschäfte sich tatsächlich bis zu einem römischen Soldaten durchgesprochen hatten, war mein Leben keine Sesterze mehr wert.

Plötzlich schien es mir geradezu gewiss, dass ich demnächst in der Arena enden würde, ob nun als Mörder oder Hehler. Meine Lage war durch und durch aussichtslos. Hatte ich mir ernsthaft erwartet, Belius würde mir den Namen von Falcos Mörder auf einem hübschen Silbertablett servieren, hier und heute Abend? Wie naiv ich doch war. Und wie hoffnungslos unerfahren, wenn es um die Jagd nach einem Mörder ging.

"Du solltest jedenfalls auf deine Sicherheit achten", riss mich Belius aus meinen düsteren Gedanken. "Wie lange predige ich dir das schon?"

Ich nickte geistesabwesend. Belius meinte es natürlich gut, aber mit der Idee, jeden meiner Schritte mit Gefolge zu tun, nur noch das Haus zu verlassen mit zwei schlagkräftigen Sklaven an meiner Seite - das war einfach nichts für mich. So wollte ich nicht leben. Ich liebte es, mich auf meinen Rappen zu schwingen, und meine Schritte jederzeit hinzulenken, wo es mir passte. Und Vindobona war wahrlich kein Ort, an dem man um sein Leben fürchten musste. Straßenräuber und Wegelagerer mieden den Limes, die Grenze des Imperiums, an der tausende Soldaten stationiert waren. Sie hielten sich lieber an die Straßen des Hinterlands.

Nur wenn ich Handelsreisen in ferne Länder unternahm, griff ich auf gut bewaffnete Wächter zurück. Nicht so sehr meinetwegen, sondern um meiner wertvollen Fracht willen.

Ich war seit vielen Jahren ein friedliebender Mann. Aber das hieß nicht, dass ich mich nicht zu verteidigen wusste.

Zumindest war ich bis jetzt immer davon ausgegangen. Wie der Primus Pilus vermutlich auch. Bestimmt war *er* niemals um die eigene Sicherheit besorgt gewesen, auf den Straßen von Vindobona - bis ihm jemand eine Barbarenaxt in die Brust geschlagen hatte.

***

Waren es Belius' warnende Worte, die meinen Heimweg dunkler als sonst wirken ließen?

Von der Villa führte ein schmaler Waldpfad bis zur Limesstraße. Ein Weg, den mein Pferd von ganz alleine fand. Schon hunderte Male hatte es mich auf dieser Strecke heimwärts getragen. Ich gab dem Tier die Zügel hin und versuchte, mir Mut zuzusprechen, dass meine Lage nicht so aussichtslos war, wie sie sich mir darstellte. Leider ohne nennenswerten Erfolg. Alles, woran ich denken konnte, waren die Aasvögel, die schon bald an meinem Leichnam picken würden, wenn ich den Mord in meinem Hafen nicht aufklären konnte.

Und dann war da plötzlich ein Knacken im Unterholz, nur wenige Schritte hinter mir. Halluzinierte ich schon, in meiner Verzweiflung?

Doch mein Pferd schien es auch gehört zu haben. Es schnaubte unruhig und fiel in Trab. Ich griff nach den Zügeln die schlaff um den Hals des Tieres hingen, brachte es zum Stehen und lauschte in die Dunkelheit.

Nichts. Nicht das leiseste Geräusch. Was kein gutes Zeichen war. Es hieß, dass die Kleintiere in der näheren Umgebung, die sonst auf ihren nächtlichen Wegen im Blattwerk raschelten, die Flucht ergriffen hatten – vor einem größeren Räuber.

Ich musste an den Bären denken, dem der alte Grieche zum Opfer gefallen war. Aber ein Bär, der durchs Unterholz brach, hätte mehr Lärm verursacht – und sich längst auf mich gestürzt. Ein Wolfsrudel auf der Pirsch? Oder war es ein Mensch, der mir auflauerte? Genau wie gestern Nacht dem Primus Pilus, womöglich an der gleichen Stelle? Warum war ich nicht gleich auf diesen Gedanken gekommen!

Ich lockerte die Zügel und trieb mein Pferd an, bis es in Galopp fiel. Ich trug zwar wie gewohnt meinen Sax bei mir, eine kurze scharfe Klinge, aber die würde mir nicht viel nützen gegen einen Gegner, der im Schutz der Nacht Jagd auf mich machte.

Da war es erneut, das Knacken im Unterholz! Jetzt klang es tatsächlich, als bräche sich etwas Großes seinen Weg durchs Gehölz. Während mein Pferd vorwärtsstürmte, spähte ich über meine Schulter in die Dunkelheit. Die hohen Bäume hüllten den Weg in nahezu undurchdringliche Schwärze, und doch war mir, als könne ich einen Schatten ausmachen. Eine gesichtslose Gestalt, die jetzt mitten auf dem Pfad stand. Scheinbar reglos, als ob sie mir bloß nachsehen wolle.

Ich wandte mich rasch wieder um, presste meinem Pferd die Fersen in die Flanken, worauf es noch schneller dahinjagte. Es konnten nur noch ein paar hundert Fuß bis zur Limesstraße sein, und von dort eine knappe Meile bis zum Legionslager. Niemand würde es wagen, mich in Sichtweite der Torwachen zu überfallen.

In diesem Augenblick traf mich der Pfeil. Erst als es schon zu spät war, vernahm ich sein leises Sirren, dann bohrte er sich mit solcher Gewalt in meinen Rücken, dass es mich fast aus dem Sattel riss.

Im nächsten Moment wurde mir schwarz vor Augen. Mir war, als geriete mein treuer Hengst unter mir ins Straucheln, ja selbst die Bäume schwankten und torkelten plötzlich, als würden sie gleich auf mich niederstürzen.

Nein, ich war es, der nur noch wie ein nasser Sack im Sattel hing, unfähig mich aufrecht zu halten. Nur mit Mühe und Not konnte ich mich an der buschigen Mähne meines Pferdes festklammern.

Getroffen, war alles, was ich denken konnte.

VI.

Ich brauchte Hilfe und das rasch. In gestrecktem Galopp bog mein Hengst auf die breite Limesstraße ein. Hier war es ein wenig heller, und nicht weit vor mir ragte das Westtor des Legionslagers in den Nachthimmel. Das war meine Rettung. Wenn ich es bis zum Tor schaffte.

Doch das schien plötzlich unendlich fern zu sein, und noch mit jedem Galoppsprung meines Pferdes ein Stück weiter zurückzuweichen.

Wieder wurde mir schwarz vor Augen. Ich kämpfte, mich im Sattel zu halten. Im Legionslager gab es Ärzte, einen davon kannte ich sogar. Thessalos, ein sehr freundlicher junger Bursche.

Sie werden dir keinen Einlass gewähren, schoss es mir durch den Kopf, während die Limesstraße unter mir schwankte und schlingerte wie ein sinkendes Schiff. Und dann fühlte es sich plötzlich an, als fiele die Nacht selbst auf mich herunter. Wie ein schwerer dunkler Mantel hüllte sie mich ein, nahm mir die Sicht, raubte mir den Atem.

Ich vernahm noch die Stimme eines Soldaten, der mich aufforderte, mein Begehr zu nennen, erkannte den verschwommenen Umriss eines anderen, der mir mit seinem Speer den Weg versperrte – da kippte ich vornüber in die Mähne meines Pferdes.

"Ich bringe Nachricht für Tribun Marcellus!", brachte ich mit letzter Kraft hervor. Es war das einzige, was mir einfiel. "Schafft mich zu einem Medicus!"

Dann verschlang mich die Nacht.

***

Ich erwachte viele Stunden später im Valetudinarium, dem Hospital des Legionslagers. Draußen graute bereits der Morgen. Aus dem Augenwinkel sah ich einen Sklaven aus dem Raum eilen, und wenige Minuten später kehrte er mit Thessalos an seiner Seite zurück. Der junge Medicus, mit dem ich schon so manchen geselligen Abend beim Würfelspiel in der Taverne verbracht hatte. Jetzt lächelte er mir aufmunternd zu, beugte sich über mich und prüfte meine Verbände.

Ich lag auf dem Bauch und war bandagiert wie eine aegyptische Mumie. Doch abgesehen von einem leichten Ziehen im Rücken verspürte ich keinen Schmerz. Dafür war mein Kopf vernebelt, als hätte ich die ganze Nacht dem göttlichen Bacchus gehuldigt. Vermutlich hatte Thessalos mir irgendein Gebräu eingeflößt. Aber ich lebte, den Göttern sei's gedankt!

"Fortuna war dir hold, alter Freund", sagte der Medicus, als habe er meine Gedanken gelesen. "Ein paar Minuten später, und ich hätte nichts mehr für dich tun können."

Ich dankte ihm von Herzen für meine Rettung, während ich mir erst wieder ins Gedächtnis rufen musste, was mir überhaupt zugestoßen war.

Der Bogenschütze! Durch den Nebel in meinem Kopf bat ich Thessalos, mir den Pfeil zu zeigen, den er mir aus dem Leib geschnitten hatte.

Der Medicus nickte, wandte sich um, meinem Wunsch nachzukommen, doch in diesem Augenblick ertönte eine Stimme hinter ihm, die mir noch in allerbester Erinnerung war. "Es war ein Pfeil, wie ihn unsere Bogenschützen benutzen", verkündete sie, und dann stand Tribun Marcellus auch schon neben meiner Krankenliege und musterte mich aus seinen dunklen Augen.

"Ein römischer Pfeil?", wiederholte ich, während ich mich vorsichtig in Seitenlage rollte.

"Ein Pfeil, wie man ihn bei jedem Pfeilmacher diesseits und jenseits des Danubius anfertigen lassen kann", erwiderte Marcellus. Ein verkniffenes Lächeln huschte über seine jugendlichen Züge. Dann sagte er: "Du bringst mir

Nachricht, habe ich gehört? Konntest du Falcos Mörder aufspüren?"

"Ich ... nein", stammelte ich und versuchte, mich aufzusetzen. Doch meinen Körper schien alle Kraft verlassen zu haben. "Ich wollte dich nur wissen lassen, dass ich selbst überfallen wurde. Bestimmt vom gleichen Schurken, der auch dem Primus Pilus auflauerte. Hier hast du deinen Beweis, dass ich unschuldig bin!"

Der Tribun machte keine Anstalten, sich meiner – zugegebenermaßen sehr löchrigen – Logik anzuschließen. "Der gleiche Schurke? Nicht vielleicht eher ein Mann, dem es nach Rache für Falco dürstete?", entgegnete er. "Jemand, der den Mörder unseres Primus Pilus selbst richten wollte, weil ich es verabsäumt habe?"

Auf diese Schlussfolgerung war ich nicht gekommen, aber sie ergab deutlich mehr Sinn als diejenige, die ich soeben vorgetragen hatte.

Panik stieg in mir hoch. Ich versuchte erneut, mich aufzurichten, um nicht wie ein Opferlamm zu Marcellus hochblicken zu müssen. Thessalos eilte mir zur Hilfe, stützte mich, während mich der Tribun nur mit kaltem Blick taxierte.

"Wie hat er sich zugetragen, dieser Überfall auf dich?", fragte er, während seine Augen über meinen bandagierten Rumpf wanderten.

Dass er wenigstens geneigt war, sich meine Geschichte anzuhören, deutete ich als gutes Zeichen. Ein Hoffnungsschimmer! Ich berichtete ihm haarklein, was mir zugestoßen war, und auch, dass Falco am Vorabend selbst die Villa des Griechen besucht hatte. "Sein Feind könnte ihm also gut in diesem Waldstück aufgelauert haben", sagte ich mit Nachdruck. "Als er den Heimweg antrat. Genau wie mir heute Nacht."

"Ein Anwesen nahe der Limesstraße, sagst du?" Marcellus′ Augen verengten sich.

Ich nickte rasch. Es wunderte mich, dass der Tribun die Villa des Griechen noch nicht kannte. Viele der Offiziere Vindobonas gingen dort ein und aus. Sogar dem Lagerkommandanten war ich schon an so manchem Abend begegnet.

Auch dass Falco gestern dort eingekehrt war, schien dem Tribun neu zu sein. Immerhin hatte ich also etwas herausgefunden - auch wenn es mir nicht viel nützte. Wie und warum der Primus Pilus sich von der Villa auf den Weg ans Nordufer des Danubius gemacht hatte, lag noch immer völlig im Dunklen.

"Wie hätte es ausgesehen, wenn ich heute Nacht gestorben wäre?", dachte ich laut vor mich hin. "Warum trachtete man mir nach dem Leben?"

"Worauf willst du hinaus?", fragte Marcellus.

"Nur darauf, was der Angreifer wohl bezweckte. Ich bin überzeugt, dass ich nicht zufällig das Opfer eines Straßenräubers wurde - am selben Tag, an dem sich die Leiche eines römischen Soldaten in meinem Hafen fand. Und ich weiß, dass sich niemand an mir wegen Falco rächen wollte. Denn ich habe ihn *nicht* ermordet. Ich gehe also davon aus, dass mir der gleiche Täter auflauerte, der Mörder des Primus Pilus."

"Und weiter?"

"Er schoss mit einem römischen Pfeil auf mich - nachdem er Falco mit einer Germanenaxt getötet hat. Der Tod des Primus Pilus hat dich auf den Plan gerufen, Tribun, und mein Tod hätte bestimmt einen Racheakt meines Bruders zur Folge gehabt. Vielleicht geht es dem Mörder darum, vielleicht will er Unruhe stiften zwischen Nachbarn. Zwischen Römern und Germanen."

"Ein Aufrührer?" Der Tribun zog die Augenbrauen hoch. Er schien wenig überzeugt von dieser Theorie.

"Nun ja", ruderte ich zurück, "zumindest wäre mit meinem Tod der Fall für dich gelöst gewesen, nicht wahr? Du wärst, wie du schon sagtest, von einem Racheakt ausgegangen, und der wahre Mörder wäre davongekommen. Vielleicht ging es ihm bloß darum. Er spekulierte darauf, dass du mich gleich heute Morgen verhaften würdest, und weil du das nicht getan hast, hat er diesen scheinbaren Racheangriff ausgeführt. Was meinst du?"

"Ich meine, dass du ganz schön viel redest, Thanar. Und dass du sehr verzweifelt wirkst, mich von deiner Unschuld zu überzeugen."

"Weil ich unschuldig bin!"

"Oder weil du schuldig bist."

Die Liege unter mir schien sich plötzlich aufzubäumen. Die Wände des Hospitals rückten mir bedrohlich nahe. Doch jetzt war nicht der Zeitpunkt für einen Schwächeanfall.

Ich schlug eine neue Richtung ein. Eine sehr gefährliche, aber eine bessere Idee hatte ich nicht. Und viel verschlechtern konnte ich meine Lage ja kaum.

"Wer sollte den Primus Pilus denn rächen wollen, deiner Meinung nach?", fragte ich Marcellus, während ich mich mühte, den Schwindel niederzukämpfen. "Einer seiner Männer? Ich habe mir sagen lassen, dass Falco im Legionslager nicht einen einzigen Freund hatte. Dass keiner der ihm unterstellten Legionäre ihm eine Träne nachweinen wird. Ganz im Gegenteil."

Der Tribun erwiderte nichts.

"Außerdem, wenn ich Falco tatsächlich getötet hätte – woher wusste dieser vermeintliche Rächer von meiner Tat? Hat er mich dabei beobachtet? Warum ist er seinem Primus Pilus dann nicht zur Hilfe geeilt, warum hat *er* überlebt?"

Ich erhielt erneut keine Antwort. Die Gesichtszüge des Tribuns wirkten so starr wie die einer Marmorbüste.

Sein Schweigen verunsicherte mich, aber dennoch fuhr ich fort: "Und wenn dieser Zeuge die Tat nur feige aus einem Versteck beobachtet hat, warum hat er sie dir nicht wenigstens gemeldet – anstatt Selbstjustiz an mir zu üben? Heißt du ein solches Verhalten deiner Legionäre gut?"

Anzudeuten, in der Legion liefe nicht alles, wie es sollte, war ein höchst gefährliches Unterfangen, und ich war mir dessen wohl bewusst. Genauso gut hätte ich mir mein eigenes Kreuz zimmern können, aber ich wusste mir einfach keinen besseren Rat. Ich musste den Tribun von meiner Unschuld überzeugen, koste es, was es wolle.

Je länger ich redete, desto fester setzte sich der Gedanke in meinem Kopf: Falcos Mörder war vermutlich unter seinen eigenen Leuten zu finden!

Das ergab Sinn. Immerhin waren seine Legionäre es, die am meisten unter dem Primus Pilus litten. Sie konnten ihm nicht einfach aus dem Weg gehen, seine Schikanen mannhaft ignorieren, wie Belius es getan hatte. Sie mussten sich ihm beugen, Tag für Tag, Jahr für Jahr. War es da nicht geradezu unausweichlich, dass einer von ihnen eines Tages zur Axt griff? Oder sogar mehrere?

Ja doch, mehrere, so musste es gewesen sein! Einer alleine hätte es mit Falco wohl kaum aufnehmen können. Sie folgten ihm auf seinem abendlichen Weg zur Villa, lauerten ihm auf dem Heimweg auf, überwältigten ihn und schafften ihn ins Barbarengebiet, um ihre Spuren zu verwischen. Wo sie ihn mit einer Barbarenwaffe hinrichteten.

Vielleicht hatte sogar jenes Patrouillenboot, das Falcos Leiche angeblich in den frühen Morgenstunden fand, ihn selbst über den Fluss transportiert. Er mochte betäubt oder gefesselt gewesen sein, jedenfalls wehrlos gegen die Übermacht, die ihn dann auf meinem Steg hingerichtet hatte.

Genauso konnte es sich abgespielt haben. Und dann war da noch etwas, das auf die Legion verwies: Wer auch immer es gewesen war, dessen Pfeil mich durchbohrt hatte – er hatte es verstanden, mit seinem Bogen umzugehen. In fast völliger Dunkelheit einen Reiter zu treffen, der bereits einige Hundert Fuß weit entflohen war, und das mit tödlicher Präzision – dazu brauchte es schon einen Meisterschützen.

Und wo fand man in Vindobona Männer, auf die diese Beschreibung zutraf? Richtig, im Legionslager.

Ich war nicht lebensmüde genug, dem Tribun diese Überlegungen mitzuteilen, aber dennoch überzeugt, endlich der Wahrheit auf die Spur gekommen zu sein. Nur wie sollte ich es beweisen? Wie einer Truppe Verschwörer innerhalb der Legion zu Leibe rücken? Das war ein aussichtloses Unterfangen. Erstens konnte ich nicht einfach losziehen und Soldaten verhören, und zweitens würden sie zusammenhalten, wie es sich auf den Schlachtfeldern in aller Welt bereits tausendfach bewährt hatte. Sie waren es gewohnt, Schulter an Schulter zu kämpfen, bis in den Tod. Keiner würde den anderen jemals verraten.

"Ich habe einen Boten zu deinem Haus gesandt, damit man dort nicht in Sorge um dich ist", sagte der Tribun unvermittelt. "Es sollten demnächst ein paar deiner Sklaven eintreffen, um dich abzuholen." Ruckartig wandte er sich Thessalos zu. "Er ist doch transportfähig, nicht wahr, Medicus?"

Der Arzt, der die ganze Zeit stumm bei uns gestanden hatte, trat einen Schritt vor. "Ja, Tribun", sagte er rasch. Dann wandte er sich mir zu. "Aber schone dich in den nächsten Tagen, Thanar, hörst du! Du hast zwar die Konstitution eines Ochsen, aber unsterblich bist du nicht." Ein freundschaftliches Lächeln huschte über sein Gesicht.

Ich traute meinen Augen und Ohren nicht. Gab mir Marcellus tatsächlich noch eine Chance? Wo ich schon gefasst gewesen war, mein Todesurteil aus seinem Munde zu vernehmen? War ihm womöglich doch insgeheim der gleiche Verdacht wie mir gekommen? Dass Falco durch die Hand der eigenen Männer gestorben war?

Nun, wenn der Tribun das wirklich glaubte, so zeugte es von seiner Größe, dass er geneigt war, der Sache auf den Grund zu gehen. Dass er nicht einfach alles vertuschte und mich zum Schuldigen machte. Es wäre ihm ein Leichtes gewesen.

Doch da war noch mehr. Etwas, in der Art wie Marcellus mich ziehen ließ – schon zum zweiten Mal – weckte meinen Argwohn. War ich nur ein Köder für ihn, mit dem er den Mörder des Primus Pilus fangen wollte? Dem er längst auf der Spur war, auch wenn er mir gegenüber den Ahnungslosen spielte?

Ich war mir mit einem Mal nahezu sicher, dass der Tribun mir etwas verheimlichte. Dass er weit mehr wusste, als er sagte. Ich hätte ihn nur zu gerne danach gefragt, aber ich tat nichts dergleichen. Ich war froh, das Legionslager lebendig und auf freiem Fuß zu verlassen. Und das so rasch wie möglich.

VII.

Am Osttor erwarteten mich bereits Darius, mein Gehilfe und zwei der Burschen, die normalerweise meine Handelsfuhren als Wächter begleiteten. Sie waren mit dem Wagen gekommen, den ich sonst nur für weite Reisen anspannen ließ, und wollten mich auf direktem Wege zurück in mein Haus bringen.

"Du musst dich ausruhen Herr", sagte Darius, "und Layla ist fast krank vor Sorge um dich!"

Das wärmte mein Herz, aber bevor ich heimkehren und meine Wunden pflegen konnte, hatte ich noch etwas zu erledigen. Etwas, das keinen Aufschub duldete.

Ich befahl Darius, mit meinem Pferd heimwärts zu reiten und Layla Nachricht zu bringen, dass ich wohlauf war. Ich selbst nahm den Wagen und ließ mich zur Villa des Griechen fahren. Wenn ich Glück hatte, fanden sich auf dem Waldpfad noch Spuren meines nächtlichen Angreifers. Es waren nur ein paar Stunden vergangen, vielleicht ließ sich noch etwas entdecken, was mich zu dem Mörder führen konnte.

Das Rumpeln des Wagen, insbesondere als wir den Waldpfad erreichten, ließ meine Wunde zwar ziemlich schmerzen, aber ansonsten fühlte ich mich schon wieder recht gut bei Kräften. Und es tat wohl, die Jagd nach dem Mörder wieder aufzunehmen – jedenfalls war es viel besser, als daheim das Bett zu hüten und über die Aussichtslosigkeit meiner Lage nachzugrübeln. Auf dem Schlachtfeld konnte man sich nicht wie ein Schwächling benehmen! Ich befand mich zwar nicht im Krieg, aber immerhin war mein Leben in Gefahr. In mehr als nur einer Hinsicht.

Als wir in etwa die Stelle erreicht hatten, wo ich in der Nacht das Knacken im Unterholz vernommen hatte, ließ ich den Wagen anhalten und meine beiden Männer nach

Spuren suchen. Mich selbst durchs Gehölz zu schlagen, dafür fehlte mir dann doch die Kraft.

Die beiden Sklaven kämpften sich gute zweihundert Fuß weit entlang des Pfades durchs Gebüsch, aber alles, was sie finden konnten, war eine Stelle, an der Zweige gebrochen und Blattwerk zertreten war.

Ich kletterte vorsichtig aus dem Wagen, war höchst erfreut, dass meine Beine mich widerspruchslos, wenn auch etwas wacklig, trugen, und besah mir die Spuren persönlich. Ja, hier hatte sich eindeutig ein Mann ins Gebüsch geschlagen – hier hatte mir der Bogenschütze aufgelauert, von Blattwerk und Dunkelheit völlig verborgen. Die Stelle war jedoch von dichtem Gestrüpp umgeben, das unversehrt war. Was hieß, dass er über den Pfad gekommen war, und sich dann nur ins Unterholz geduckt hatte. Sprich, er musste bereits hier gelauert haben, als ich den Weg entlanggeritten kam. Und er war allein gewesen. Zwei Männer hätten sich deutlich mehr Platz im Gebüsch schaffen müssen.

Wegelagerer rotteten sich meist zu Gruppen zusammen, was eine wesentlich höhere Erfolgschance versprach. Aber jener Mann, der mir hier aufgelauert hatte, war nicht bloß auf einen Raubzug aus gewesen. Er hatte mich nicht rein zufällig als Opfer auserkoren, dessen war ich mir fast sicher.

Nein, jemand hatte hier im Unterholz gewartet, bis ich die Villa verließ, war ein paar Schritte hinter mir auf den Pfad getreten und hatte mir – mit meisterlichem Bogengeschick – einen Pfeil in den Rücken gejagt. Auch wenn ich noch immer nicht die leiseste Ahnung hatte, warum.

Ich musste den Wagen bis zur Villa fahren lassen, weil der Pfad zu schmal zum Wenden war – aber als die Säulen des Porticus in Sicht kamen, beschloss ich, doch nicht gleich nach Hause zurückzukehren. Wenn ich schon einmal hier war, so konnte ich vielleicht noch etwas mehr über den Primus Pilus in Erfahrung bringen, den mein Freund Belius ja vorgestern Nacht hier gesehen hatte.

Und Philippos, der neue Hausherr sollte wenigstens davon wissen, wenn seine Gäste auf dem Heimweg überfallen wurden. Vielleicht lag ich mit all meinen Mordtheorien ja doch falsch, und es war wirklich nur ein besonders kühner Räuber, der sich den Waldpfad als Jagdrevier auserkoren hatte? Nicht die schlechteste Wahl, denn in der Villa gingen die reichsten Männer Vindobonas ein und aus.

Jedenfalls kletterte ich aus dem Wagen, ließ meine Männer vor dem Haus zurück, und schaffte es aus eigener Kraft bis ins Atrium. Dort musste ich mich allerdings an einer der Säulen abstützen und einen neuerlichen Schwindelanfall niederkämpfen.

Tagsüber kamen nur selten Gäste in die Villa, und so überraschte es mich nicht, dass ich das Atrium leer vorfand.

Aus einem Nebenraum, den im Winter der Portier und die Wachleute nutzten, drangen Stimmen. Nein, Gelächter.

Hier konnte ich mich bemerkbar machen und nach dem Hausherrn schicken lassen. Wackligen Schrittes hielt ich auf die Kammer zu, die Tür war nur angelehnt – doch dann kam ich abrupt zum Stehen.

Durch den Spalt in der Tür erkannte ich Chloe, das griechische Mädchen, das lange Zeit meine Favoritin hier in der Villa gewesen war. Sie lehnte an der hinteren Wand des Raumes, hatte den Kopf in den Nacken geworfen, und ihre schlanken Fesseln um den Rumpf eines schwarzhäutigen Mannes geschlungen. Oder besser gesagt, sie wurde gegen die Wand gestoßen – der Mann nahm sie im Rhythmus eines wildgewordenen Stiers. Ihn konnte ich zwar nur von hinten sehen, aber ich wusste dennoch, wer er war: Juba, der Leibdiener des alten Griechen – der einzige Sklave aus Africa, der hier in der Villa arbeitete.

Der alte Lycortas war in Jubas Begleitung gewesen, an jenem unsäglichen Tag, als der Bär über ihn hergefallen war.

Juba hatte seinen Herren heldenmütig gegen die Bestie verteidigt, wobei er dem Untier beinahe selbst zum Opfer gefallen war.

So hieß es jedenfalls, und es hieß auch, dass Philippos, der Sohn des Alten, Juba für seine Tapferkeit die Freiheit geschenkt hatte. Auch wenn Lycortas am Ende seinen Verletzungen erlegen war.

Dass Juba weiterhin in der Villa arbeitete, war nichts Ungewöhnliches. Viele Freigelassene blieben Teil der *Familia*, dienten ihrem ehemaligen Herrn weiter – gegen Verköstigung, Unterkunft, und einen geringen Lohn. Dass ein Diener, freigelassen oder nicht, sich allerdings am kostbarsten Besitz seines Herren vergriff, einer Luxussklavin allererster Güte – das stand ihm ganz bestimmt nicht zu. So gleichgültig Philippos die Führung der Villa auch sein mochte, so ein Verhalten hätte er sicherlich nicht gutgeheißen. Bestimmt hatte der junge Grieche keine Ahnung, welche Freiheiten sich seine Bediensteten herausnahmen. Die Herrschaft über seinen Haushalt war ihm anscheinend vollkommen entglitten.

Nun, ich würde ihn nicht darauf hinweisen. Ein Teil von mir – vermutlich derjenige, der nur zu gerne mit allen Arten von Regeln oder Traditionen brach – konnte nicht anders, als Juba für seine Unverfrorenheit zu bewundern. Und Chloe wollte ich natürlich schon gar nicht verraten, denn die Kleine war mir sehr ans Herz gewachsen.

Ich überließ die beiden also ihrem verbotenen Vergnügen, durchquerte das Atrium und machte mich im Inneren des Hauses auf die Suche nach Philippos.

***

Ich kam nicht weit. Auf dem Flur, der ins Sommertriclinium führte, lief ich Orodes in die Arme, jenem Wächtersklaven, der mich schon gestern Abend an Stelle des Hausherrn empfangen hatte.

Orodes war ein kriegsgefangener Parther, ein Vertreter jenes furchterregenden Volkes, das hinter der östlichen Grenze des Imperiums lebte und sich der Eroberung durch die Römer so hartnäckig widersetzte. Eine Kühnheit, für die man diese Barbaren des Orients wahrlich bewundern musste.

Orodes verstand es, schon allein durch sein Aussehen Respekt einzuflößen. Er trug stets einen dunklen Bartschatten im Gesicht, und die ärmellose Sklaventunica, die ihn kleidete, entblößte die Schultern eines Kriegers, wie er die Römer wohl in ihren schlimmsten Alpträumen heimsuchte. Dennoch sprach er kultiviertes Latein, als wäre er im Imperium geboren.

Orodes war schon seit einigen Jahren der oberste Wächtersklave in der Villa, und ich hatte ihn immer für einen tüchtigen Burschen gehalten, der es noch weit bringen würde. Wäre ich im Besitz der nötigen finanziellen Mittel gewesen, so hätte ich dem alten Griechen vermutlich sogar ein Kaufangebot für ihn gemacht. Bei einem Mann wie diesem Parther hätte ich meine Warentransporte in sicheren Händen gewähnt.

Allerdings schien auch er seine Pflichten seit dem Tod des Alten schleifen zu lassen. In seinen Aufgabenbereich fiel es ja nicht nur, die Villa gegen Einbrecher und sonstige Gefahren von außen zu schützen, als oberster Wächter hatte er auch im Haushalt selbst für Ordnung zu sorgen. Ob er wohl wusste, dass Juba sich just in diesem Augenblick an einer der Luxussklavinnen gütlich tat?

Ich bat Orodes, mich zu Philippos zu bringen, doch kaum hatte ich mein Anliegen geäußert, da zuckte ein Schmerz durch meinen Rücken, der mich taumeln ließ.

Sofort war der Parther an meiner Seite, bot mir seinen Arm als Stütze an. "Ist dir nicht gut, Herr?", fragte er besorgt.

"Nur eine Verletzung, die mir noch etwas Schmerzen bereitet. Ein Stuhl wäre gut – und ein Becher Wein."

"Natürlich, Herr." Orodes führte mich in den Peristyl-Garten des Hauses, den ich gut kannte. Um ihn herum lagen die meisten der Gästezimmer. Es war eine wunderschön gepflegte Grünfläche, mit Rosenbüschen und Margeriten-Beeten, umgeben von einem schattigen Säulengang. Neben einem sanft plätschernden Springbrunnen stand eine Gruppe bequemer Stühle sowie ein Beistelltisch aus edlem Citrusholz.

Auf Orodes' Arm gestützt wankte ich auf die Sitzgruppe zu. Ich ließ mich stöhnend nieder, und der Parther machte sich auf, seinen Herrn zu suchen.

Orodes' Arm, ging es mir durch den Kopf. Er war so kräftig wie ein Oberschenkel. Die Art von Arm, die einen römischen Veteranen mit einem einzigen Axthieb niederstrecken konnte? Bei diesem Gedanken drängten sich unvermittelt zwei Worte in meinen Kopf: *Parthisches Manöver*.

Die Parther waren nicht nur allgemein gefürchtete Krieger, sondern im speziellen geradezu legendäre Bogenschützen. Das Parthische Manöver bestand darin, sich auf einem galoppierenden Pferd nach hinten zu wenden, und seine Verfolger mit gezielten Schüssen niederzustrecken. Eine Meisterleistung der Kriegskunst. Ein Parther-Schütze hätte bestimmt keinerlei Schwierigkeit, aus dem sicheren Stand heraus einen Reiter zu treffen, selbst in nahezu vollkommener Dunkelheit.

Was, wenn mir der Attentäter nicht am Weg aufgelauert hatte, sondern mir von der Villa aus gefolgt war?

Orodes. Konnte er der Bogenschütze gewesen sein?

Als Anführer der Wache konnte dieser Mann sich in der Umgebung der Villa frei bewegen, ohne dass jemand seine Schritte hinterfragen würde. Zumal die Ordnung im Haus anscheinend sowieso darniederlag.

Aber war Orodes bei aller augenscheinlichen Kraft ein so vollendeter Kämpfer, dass er es mit Falco hätte aufnehmen können? Dem Primus Pilus?

Es konnte wohl nicht schaden, nähere Erkundigungen über Orodes einzuziehen. Hegte er einen solchen Hass gegen die Römer, dass er zum Mörder wurde? Bei einem Kriegsgefangenen war das immerhin denkbar. Hatte er sich den Primus Pilus als besonders widerlichen Vertreter der römischen Allmacht ausgesucht, weil er ihn als Gast der Villa kannte?

Aber was war mit mir? Warum hatte ich sterben sollen?

In diesem Augenblick kehrte Orodes zurück, mit Philippos, dem Hausherrn an seiner Seite. Ich konnte nicht anders, als die nackten Arme und Beine des Parthers zu mustern. Doch sie waren unversehrt. Nicht ein einziger Kratzer.

Das passte nicht. Wenn er wirklich der Mörder des Primus Pilus war, so hätte er zumindest Verletzungen aus diesem Kampf davontragen müssen. Alles andere war unvorstellbar.

Und warum hätte er *mich* attackieren sollen? Nur um den Römern einen Schuldigen zu präsentieren?

Ein anderer Grund fiel mir nicht ein. Ich hatte bei den zahlreichen Gelegenheiten, an denen ich mit Orodes hier in der Villa ein paar Worte gewechselt hatte, nicht den Eindruck gewonnen, dass er irgendeinen Groll gegen mich hegte. Im Gegenteil, ich hatte ihm deutlich zu verstehen gegeben, dass ich ihn für einen fähigen und vertrauenswürdigen Mann hielt, und er hatte das zu schätzen gewusst. Wenigstens war das mein Eindruck gewesen.

Nein, es passte einfach nicht. Orodes mochte über das nötige kriegerische Geschick verfügen, aber er war nicht der Mörder, den ich suchte. Da war die Verschwörung der Legionäre gegen ihren sadistischen Primus Pilus, die ich mir heute Morgen im Legionslager zusammengereimt hatte, schon wesentlich glaubwürdiger.

VIII.

Philippos trat vor mich hin, reichte mir eine schlaffe Hand zum Gruß und ließ sich auf einen Stuhl fallen, als laste das Gewicht der ganzen Welt auf seinen Schultern.

Ein Sklave schenkte ihm und mir einen Becher Honigwein ein, während Orodes sich mit einer Verbeugung verabschiedete und unter den Säulen des Peristyls verschwand.

Philippos war nur ein paar Jahre älter als ich, zählte kaum mehr als vierzig Jahre und dennoch hatte er etwas Greisenhaftes an sich. Sein Haar war dünn und schon fast vollständig ergraut und er musterte mich mit dem kurzsichtigen Blick eines Schreibers. Dennoch war er nicht unfreundlich. "Du wolltest mich sprechen, Thanar? Was kann ich für dich tun?"

Ich erzählte ihm von dem Bogenschützen, der mir auf dem Waldpfad vor der Villa aufgelauert hatte, und von dem toten Primus Pilus in meinem Hafen, dessen Mörder ihm womöglich auch von der Villa aus gefolgt war.

Trotz meines knappen und nüchternen Berichts wich alles Leben, alle Farbe aus Philippos Zügen. Es war beinahe, als säße mir plötzlich eine weitere Leiche gegenüber.

"Wie furchtbar", hauchte er mit brüchiger Stimme, als ich geendet hatte. "Ein Mörder in Vindobona? Haben wir die Götter erzürnt? Ich werde Orodes auftragen, in Zukunft jeden Gast, der uns ohne eigene Wächter besucht, bis zur Limesstraße eskortieren zu lassen!"

"Ein guter Vorschlag", sagte ich, auch wenn ich nicht glaubte, dass beliebige Gäste der Villa in Gefahr waren.

Ich fragte Philippos nach dem letzten Besuch des Primus Pilus. "Weißt du noch, wann er vorgestern Abend in der Villa eingetroffen ist? Und ob er alleine kam, oder in Begleitung von Freunden?"

Der junge Grieche, noch immer leichenblass, zuckte seine schmalen Schultern. "Da kann ich dir leider nicht weiterhelfen, Thanar. Seit dem Tod meines Vaters kümmert sich Juba um die Gäste. Ich selbst ... nun, ich bin nicht wie mein Vater. Ich könnte niemals so ein vollendeter Gastgeber sein wie er."

Ich nickte verständnisvoll, erwiderte aber nichts. Ihm zuzustimmen wäre wohl sehr unhöflich gewesen. Wie er da so vor mir saß, ein greises Männlein, mit eingefallenen Schultern und wächserner Haut, tat er mir fast leid.

"Wenn du möchtest, kann ich Juba rufen lassen, und du kannst ihn befragen. Er –"

"Nein, das ist nicht nötig", sagte ich rasch. Womöglich war Juba noch immer mit Chloe zugange, und ich wollte nicht Schuld haben, dass die beiden bei ihrem verbotenen Treiben entdeckt würden. "Ich werde mit ihm sprechen, wenn ich das nächste Mal abends vorbeikomme."

"Ja. Eine gute Idee. Du bist oft hier nicht wahr, Thanar? Gemeinsam mit Belius. Ihr seid geschätzte Stammgäste, habt Dank für eure Treue." Die Worte kamen holprig über seine Lippen, auch wenn seine Freundlichkeit echt wirkte. Er verbeugte sich so ehrerbietig wie ein Sklave.

Er schien noch mehr sagen zu wollen, aber nicht so recht zu wissen wie. Schließlich begann er zaghaft: "Ich würde dich gerne um deinen Rat fragen, Thanar. In einer persönlichen Angelegenheit." Sein Blick suchte den meinen, hielt ihn für einen kurzen Augenblick fest. Dann senkten sich seine Lider.

Diese Bitte überraschte mich zwar, doch natürlich stimmte ich sogleich zu.

"Du bist ein angesehener und sehr erfahrener Händler, Thanar", sagte Philippos. "Ich würde gerne ein Geschäft mit Büchern beginnen – denkst du, dass ich damit erfolgreich sein kann? Die Klassiker meines Volkes, die Reden der Kaiser und Philosophen, die berühmten römischen Dichter, die großen Tragödien. Ich könnte einige Kopisten einstellen, und sodann Pannonien und die Nachbarprovinzen mit Büchern beliefern."

"Aber die Villa?", fragte ich erstaunt. "Den Sklavenhandel deines Vaters? Den willst du doch nicht aufgeben, oder? Das ist doch sicherlich ein höchst einträgliches Geschäft. Lycortas muss über die besten Quellen und Kontakte verfügt haben. Und das, was er hier in der Villa aufgebaut hat – das findet kaum seinesgleichen im gesamten Imperium. Das kannst du mir glauben, ich bin schon viel herumgekommen!"

"Ich werde dem Erbe meines Vaters wohl nicht gerecht", murmelte Philippos. Ein melancholisches Lächeln huschte über seine blutleeren Lippen. "Der Sklavenhandel, die Villa ... davon verstehe ich nichts. Das ist nicht das, was ich tun will. Bücher sind meine Leidenschaft, und ich möchte nur genug zum Leben verdienen. Vielleicht ist es auch noch nicht zu spät für mich, eine Familie zu gründen." Das melancholische Lächeln wich einem lebendigeren, hoffnungsvolleren. "Denkst du, dass das möglich ist? Kann ich mit Büchern meinen Lebensunterhalt verdienen?"

Ich konnte nicht verstehen, warum Philippos sich um seinen Lebensunterhalt sorgte. Oder was ihn bis jetzt davon abgehalten hatte, eine Familie zu gründen. Wenn er schon nicht die Geschäfte seines Vaters fortführen wollte, so musste der ihm doch zumindest ein überaus reiches Erbe hinterlassen haben. Truhenweise Gold, mit dem Philippos bis an sein Lebensende ein gutes Auslangen finden würde. Doch das ging mich natürlich nichts an.

Mein Körper fühlte sich schwer an, die Wunde in meinem Rücken schmerzte, aber dennoch witterte der Geschäftsmann in mir in diesem Augenblick eine einzigartige Gelegenheit. Ich wusste, welche Preise der alte Lycortas für seine besten Sklaven erzielen konnte – hatte ich ihm doch selbst erst vor sechs Monaten eines seiner Luxusmädchen abgekauft: Layla.

Bevor ich ihr begegnet war, wäre ich niemals auf die Idee gekommen, die Summe für eine Sklavin auszugeben, die Lycortas forderte. Um den Preis konnte man in Vindobona ein hübsches kleines Stadthaus erwerben. Die Ausgabe war nicht nur ungeplant, sondern auch weit über meinen Möglichkeiten. Ich konnte mich über den Lauf meiner Geschäfte zwar wahrlich nicht beklagen, aber dennoch investierte ich normalerweise fast jede Sesterze Gewinn wieder in den Kauf neuer Waren, den Ausbau meiner kleinen Flotte, in schnellere Reisewägen und kräftigere Wächter. Nicht in eine glutäugige Zauberin, die mir die Sinne vernebelte.

Vor knapp einem Jahr hatte der alte Grieche Layla von einer seiner Reisen mitgebracht, auf denen er stets nur das Beste erwarb, was der Sklavenmarkt zu bieten hatte. Als ich Layla das erste Mal sah, die erste Nacht in der Villa mit ihr verbrachte, da wusste ich, dass ich sie ganz für mich haben musste – um jeden Preis. Leider war ich dumm genug, dass auch den gerissenen Alten merken zu lassen, und er nannte mir eine so unverschämt hohe Summe, dass es mir die Sprache verschlug.

Dennoch besiegelte ich den Kauf – allerdings erst sechs Monate später. Meine Ersparnisse waren nicht ausreichend und so musste ich mich auf einige Geschäfte einlassen, die ich sonst niemals gewagt hätte, noch heiklere Waren verschiffen, als ich es ohnehin schon tat, und in Gebiete reisen, aus denen kaum ein Händler je zurückgekehrt war. Ich jedoch kehrte zurück und brachte schließlich die Summe auf, die Lycortas forderte. *Exitus acta probat*, wie es schon der unvergleichliche Ovid ausdrückte. Der Ausgang rechtfertigt die Taten. Layla war jedes Risiko, das ich für sie einging, und all das Gold, das ich für sie hingab, wert.

Ich schüttelte den Gedanken an meine schwarze Zauberin ab und wandte mich wieder Philippos zu, der mich erwartungsvoll ansah. "Wenn du dich wirklich dem Bücherhandel widmen willst", sagte ich, "so helfe ich dir gerne dabei, deine Mädchen zum bestmöglichen Preis zu verkaufen. Über die Konditionen werden wir uns sicher einig."

Ich hatte zwar keinerlei Erfahrungen im Sklavengeschäft und auch keine Absicht, längerfristig in den Menschenhandel einzusteigen, aber für die wunderschönen und bestens in der Liebeskunst ausgebildeten Mädchen der Villa einen Käufer zu finden - das würde mir leicht fallen. Ich kannte genügend schwerreiche Männer, die sich so eine Ausgabe leisten konnten.

"Ich würde die Mädchen eigentlich lieber freilassen", erwiderte Philippos.

Ich traute meinen Ohren nicht, und starrte den jungen Griechen wohl ziemlich entgeistert an. Es war nicht unüblich, Sklaven die Freiheit zu schenken. Viele Männer verfügten in ihrem Testament darüber oder gaben beispielsweise geschickten Handwerkern, die in ihren Diensten standen, die Chance, sich nach zehn Jahren guter Arbeit selbst freizukaufen. Aber knapp zwei Dutzend sündhaft teurer Luxussklavinnen alle auf einmal freizulassen? Da konnte man doch gleich die eigene Villa in Brand stecken.

Philippos hatte anscheinend nicht nur keine Ahnung von der Haushaltsführung, sondern war auch in geschäftlichen Belangen völlig unbedarft.

"Sprach nicht schon der gelehrte Alkidamas davon, dass Gott alle Menschen freigelassen und die Natur niemanden zum Sklaven gemacht hat?" sagte Philippos und sah mich dabei seltsam eindringlich an.

Offensichtlich war der junge Grieche wirklich ein belesener Mann. Ich besaß selbst eine bescheidene Bibliothek, auf die ich recht stolz war, und steckte meine Nase gerne in Schriftrollen, wann immer ich die Zeit dazu fand. Von diesem Alkidamas jedoch hatte ich noch nie gehört.

Wie auch immer, es war Zeit für mich zu gehen. Ich stemmte mich aus dem Stuhl hoch, wollte Philippos die Hand zum Abschied reichen, doch er bestand darauf, mich noch zu einiger kräftigenden Mahlzeit einzuladen. "Das ist das mindeste, was ich für dich tun kann, nach der Ungemach, die du gestern am Heimweg erlitten hast. Chloe ist deine Favoritin, nicht wahr? Ich werde nach ihr schicken lassen, dass sie dir ein paar Erfrischungen kredenzt und dich mit ihrer Gesellschaft erfreut."

Es überraschte mich, dass Philippos meine Favoritin kannte, wo er sich doch mit der Gästebetreuung nicht befassen wollte. Einiges hatte er wohl doch mitbekommen, aber das ließ sich vermutlich nicht vermeiden, wenn man unter dem Dach der Villa wohnte.

Ich wollte schon dankend annehmen, da fiel mir ein, dass es keine gute Idee war, nach Chloe zu schicken. Womöglich war sie immer noch mit Juba zugange, und ich wollte nicht schuld daran haben, dass man sie in den Armen des Dieners fand.

Also bat ich Philippos, dass Suavis mir Gesellschaft leisten möge. Vielleicht konnte ich ihr bei der Gelegenheit noch ein paar Fragen zu Falco stellen. Der tote Primus Pilus hatte sich ja um ihretwegen sogar mit meinem Freund Belius angelegt.

Philippos wirkte überrascht, nickte aber sogleich. Wunderte er sich über die völlige Kehrtwendung in meinem Geschmack? Von der feurigen Griechin zur eisigen Schönheit des Nordens?

Während ich auf Suavis und das versprochene Mahl wartete, wanderten meine Gedanken zu Layla. Ich sehnte mich danach, so rasch wie möglich zu ihr nach Hause zu kommen, auch wenn mich dort nicht solche Delikatessen erwarteten wie hier in der Villa.

Ich alter, sentimentaler Narr, ich dachte viel zu oft an sie. Manchmal sogar auf die Art, wie ich früher an meine Frau gedacht hatte, wenn mich lange Reisen von ihr trennten. *Meine Frau.* Wie seltsam das klang, nach all den Jahren, die ich sie nun schon vermisste. Nur zwei gemeinsame Sommer waren unserer Ehe gegeben, dann hatte die Pest sie mir entrissen.

Ein dumpfes Pulsieren in meinem Rücken holte mich in die Gegenwart zurück. Wo blieb Suavis denn so lange? Als ich schon aufstehen wollte, um mich mit leerem Magen auf den Heimweg zu machen, eilte sie schließlich herbei. Neben ihr lief ein Speisenträger mit einem üppig beladenen Silbertablett - und dann sah ich, dass es gar nicht Suavis war. Die Frau, die da auf mich zu kam, wirkte einige Jahre älter, war der schönen jungen Germanin aber ansonsten wie aus dem Gesicht geschnitten.

"Es tut mir sehr leid, Herr, ich konnte Suavis nicht finden", sagte sie mit einschmeichelnder Stimme. "Ich hoffe, du bist einverstanden, wenn ich dir an ihrer Stelle Gesellschaft leiste. Mein Name ist Alva."

"Bist du Suavis′ Schwester?", fragte ich überrascht. Ich hatte diese Frau noch nie in der Villa gesehen.

"Ihre Mutter, Herr."

Ich staunte nicht schlecht. Suavis war noch kaum dem Kindesalter entwachsen, das wusste ich - aber wenn Alva wirklich ihre Mutter war, so musste sie sie in sehr jungen Jahren geboren haben. Sie konnte allerhöchstens dreißig Jahre alt sein.

Als sie mir gegenüber Platz nahm, hielt sie sich aufrecht wie eine Königin und bemühte sich um ein Lächeln. Was ihr misslang. Ihr Gesicht hätte so schön sein können wie das ihrer Tochter, aber es wirkte wie zu einer Maske gefroren. Und ihre Augen waren die einer Toten.

Die Augen einer Toten? Noch nie waren mir so seltsame Gedanken über das Aussehen einer Frau gekommen. Bestimmt lag das daran, dass ich vor kurzem beinahe selbst die Barke über den Totenfluss genommen hätte.

Alva schenkte mir Wein aus einer Amphore ein und platzierte kleine Schüsseln und Teller voller Leckereien vor meinen hungrigen Augen.

Während ich aß, fragte ich sie, wo Suavis denn steckte. Es waren keine Gäste in der Villa, sie konnte also nicht beschäftigt sein.

Bei dieser Frage kam Leben in Alvas Gesicht. Das heißt nicht eigentlich Leben, sondern vielmehr Angst. Zumindest wirkte es so auf mich.

"Ich ... ich weiß es nicht, Herr", sagte sie unsicher. "Vielleicht ist sie mit den Hausbediensteten zum Markt gefahren."

Ich musterte Alva erstaunt, und sie schlug sofort die Augen nieder.

Dass sich in der Villa seit dem Tod des Alten einiges geändert hatte, war mir ja schon mehrfach aufgefallen – aber war Philippos wirklich weltfremd genug, eines der wertvollsten Freudenmädchen der Provinz zum Einkaufen auf den Markt zu schicken? Das konnte ich einfach nicht glauben.

Doch welchen Grund mochte Alva haben, mich anzulügen?

"Soll ich die Leier für dich spielen?", fragte sie mich, während ich mich an einer großzügigen Portion Caviarium gütlich tat, den Fischeiern des Danubius-Störs.

"Ich freue mich, wenn du mir einfach nur Gesellschaft leistest", sagte ich. Nach Musik stand mir nicht der Sinn, eigentlich wollte ich mich nur rasch ein wenig stärken und dann endlich nach Hause zurückkehren.

"Wie kommt es, dass ich dich noch nie in der Villa gesehen habe?", fragte ich Alva. "Ich bin recht oft hier zu Gast."

Wieder versuchte sie zu lächeln, doch auch diesmal bewegten sich ihre Mundwinkel dabei kaum. "Ich war die Leibsklavin von Lycortas, Herr. Ich durfte mich ausschließlich in seinen Privatgemächern aufhalten."

"Dann wollte er dich wohl ganz für sich allein haben, der alte Knauser", sagte ich lachend – nahm mich aber sogleich zurück. "Entschuldige, Alva. Sein Tod hat dir bestimmt großen Kummer bereitet, nicht wahr?"

"Ja, Herr. Er fehlt mir sehr."
Es war nicht leicht, hinter die Fassade dieser Frau zu blicken – aber diese Behauptung war eine glatte Lüge. Darauf hätte ich schwören können.

IX.

Als ich den Peristyl-Garten meines Hauses betrat, wo sich Layla im Sommer gerne aufhielt, traute ich meinen Augen nicht. Layla war da, sie saß auf einer der Marmorliegen im Schatten des Säulengangs – doch neben ihr, nein, halb auf ihrem Schoß, ruhte Marcellus. Der Tribun.

"*Rosa mea*", hörte ich ihn zu Layla sagen, gerade als ich dazu kam, und dabei lächelte er sie an wie ein schüchterner Junge. Dann jedoch bemerkte er wohl meine Schritte, richtete sich auf und war mit einem Schlag wieder der ehrfurchtgebietende Feldherr, den ich in den letzten Tagen kennengelernt hatte.

Unvermittelt fragte ich mich, ob ich mir seine Koseworte bloß eingebildet hatte. *Meine Rose?* Fantasierte ich schon am helllichten Tage vor mich hin? Aufgrund meiner Verletzung?

Marcellus blickte von der Marmorliege zu mir hoch und nickte mir einen lässigen Gruß zu. Als sei er hier der Hausherr und ich nur ein lästiger Besucher, der ihn bei einem Stelldichein mit *seiner* Sklavin störte.

Der Tribun war ein attraktiver, stattlicher Mann. In Laylas Alter. Und sie schien sich nicht an seinen Vertraulichkeiten zu stören. Eher im Gegenteil. Da war er wieder, dieser Stich der Eifersucht, den ich nicht zum ersten Mal empfand.

Layla sprang auf und umarmte mich. "Du bist wohlauf, Herr", rief sie, "den Göttern sei Dank!" Sie presste ihren schlanken Körper an mich und sah mit ihren nachtschwarzen Augen zu mir hoch.

Ich strich sanft über ihren Kopf.

"Sehr beeindruckend", sagte der Tribun. "Der Medicus hatte recht, du hast die Konstitution eines Ochsen, Thanar." Er erhob sich ebenfalls, trat vor mich hin und klopfte mir auf die Schulter, als wären wir alte Freunde.

"Was verschafft mir die *neuerliche* Ehre deines Besuches, Tribun?", fragte ich.

Seine Gesichtszüge verhärteten sich. Er richtete sich vor mir zu seiner vollen Größe auf. Was mich noch immer auf ihn herabsehen ließ.

"Ein weiterer Mann wurde ermordet, gestern Nacht", sagte er ohne Umschweife. "Wie es aussieht nur ein paar Stunden nach dem Angriff auf dich. Meine Männer fanden ihn heute Morgen, zwischen den Gräbern an der Südstraße, mit einem halben Dutzend Pfeilen im Rücken."

"Bei den Göttern! Wen denn? Wer wurde ermordet?"

"Bricius Iodocus Rufus. Einer der angesehensten Bürger der Stadt."

"Der Rinderfürst?" Es war nur eine scherzhafte Bezeichnung, aber jedes Kind in Vindobona kannte Rufus unter diesem Namen. Er war römischer Bürger, jedoch keltischer Abstammung. Seine Familie hatte schon in Vindobona gelebt, lange bevor die Römer eingefallen waren. Und er besaß eines der größten Landgüter der Provinz. Es lag östlich der Lagervorstadt und produzierte die besten Filets weit und breit. Soweit ich wusste, war Rufus, was Rindfleisch anbelangte, sogar der Hauptlieferant der Legion. Und jetzt sollte er tot sein?

"Siehst du einen Zusammenhang?", fragte ich den Tribun, "zu dem Überfall auf mich und den Primus Pilus?" Eigentlich eine überflüssige Frage, warum sonst war Marcellus erneut in mein Haus gekommen? Den Tod eines Privatmannes aufzuklären und den Mörder vor Gericht zu bringen, war Sache der Familie des Toten – nichts, worum sich ein Tribun der Legion zu kümmern hatte.

"Du nicht?", erwiderte Marcellus. "Es waren die gleichen Pfeile, die gleiche Nacht –"

"Römische Pfeile?"

Marcellus nickte. "Die man bei jedem –"

Ich wiegelte ab. "Schon gut, die man bei jedem Pfeilmacher kaufen kann", spöttelte ich.

Ein Lächeln huschte über die Züge des Tribuns, was mich angesichts der Kühnheit, die plötzlich über mich gekommen war, sehr erleichterte.
"Wie es aussieht, hast du mir tatsächlich die Wahrheit gesagt", fuhr Marcellus fort. Dabei wanderten seine Augen wieder über Layla, die noch immer bei uns stand.
Ich begriff nicht, worauf er hinauswollte, sah ihn nur fragend an.
"Nun, Rufus wurde zu der Zeit noch lebend gesehen, als der Medicus dir ihm Valetudinarium den Pfeil aus dem Rücken schnitt. Wenn du dich nicht im höchsten Maße auf die Zauberkunst verstehst, so kannst du den Mann nicht ermordet haben."
Natürlich. Warum hatte ich das nicht schon selbst bemerkt? Vielleicht weil ich im Hinterkopf noch immer über die seltsamen Vertraulichkeiten des Tribuns Layla gegenüber nachsinnierte? Was wollte er von meiner Sklavin? Und was trieb er für ein Spiel mit mir?
Ich war mir noch immer sicher, dass Marcellus mehr wusste, als er zugab. Zumindest, was den Tod des Primus Pilus anbelangte. Auch wenn der Mord an Rufus meine schöne Verschwörungstheorie, Falcos Legionäre betreffend, zunichtemachte. War Rufus nur ein beliebiges weiteres Opfer gewesen, um eine falsche Spur zu legen? Um die Suche nach dem Mörder weg von der Legion zu führen? Würden Soldaten wirklich so weit gehen, nur um sich ihres verhassten Primus Pilus zu entledigen und ungestraft damit davonzukommen? Ich durfte es nicht ausschließen, schließlich hatte man ja auch schon versucht, mich in die ganze Sache hineinzuziehen. Ja, man hatte mir sogar selbst nach dem Leben getrachtet. Beinahe mit Erfolg.
"Du sagtest, man hat Rufus an der Südstraße gefunden?", wandte ich mich wieder Marcellus zu. "Zwischen den Gräbern?"
Der Tribun nickte. "Nur eine Viertelmeile südlich der Lagervorstadt."

Die Römer pflegten ihre Toten nicht innerhalb der Siedlungen zu bestatten, dafür waren die Ausfallsstraßen Vindobonas regelrecht mit Grabmälern gesäumt. Je prunkvoller diese waren und je näher sie bei der Stadt lagen, desto angesehener war die Familie, deren Ahnen dort ruhten.
"Wurde Rufus zwischen den Gräbern ermordet, oder seine Leiche lediglich da abgelegt?" fragte ich.
"Wie es aussieht, starb er vor Ort. Die ersten Pfeile streckten ihn wohl nicht gleich nieder, er schleppte sich noch ein gutes Stück die Straße entlang. Die Stufen des Grabes, vor dem er letztlich zusammenbrach, sind so mit Blut besudelt, als habe man dort eines seiner Rinder geschlachtet."
"Wurde er von hinten angeschossen, so wie ich?"
"Ja."
"Und er war allein unterwegs? Keine Sklaven, die ihn begleiteten?"
Marcellus schüttelte den Kopf. "Rufus ging des Abends anscheinend öfters ohne Gefolge aus, so viel konnte ich bereits in Erfahrung bringen. Er besuchte Tavernen in der Lagervorstadt, kaum eine Meile von seinem Landgut gelegen, und gab sich dort in den Hinterzimmern der Würfelsucht hin. Was seine Gattin wohl nicht herausbekommen sollte. Deswegen ging er allein, nahm keine Sklaven mit. Ich muss dir ja nicht sagen, wie sehr die zur Tratschsucht neigen."
"Aber du hast es anscheinend erfahren, Tribun."
"Nun, Legionäre treiben sich gerne in diesen Schenken herum. Sie kannten Rufus gut und wussten um sein Laster. Wir hatten keine Schwierigkeit, den Wirt aufzutreiben, bei dem unser Rinderfürst gestern Abend dem Wein und dem Spiel frönte. Rufus blieb bis zur Sperrstunde in dieser Taverne."
"Daher weißt du also, dass er noch lebte, während ich bereits im Lagerhospital lag."
"Richtig." Der Tribun lächelte triumphierend, augenscheinlich sehr angetan von der eigenen Klugheit.

"Aber Rufus´ Anwesen liegt östlich der Lagervorstadt, nicht wahr?", sagte ich. "Was wollte er dann an der Südstraße, nachdem er die Taverne verließ? Das ist doch die ganz falsche Richtung für seinen Heimweg."

"Finde es heraus, Thanar", erwiderte der Tribun. "Ich kann es dir nicht sagen. Aber ich werde diesen Mörder ans Kreuz bringen, so viel weiß ich. Bei Jupiter! Und du wirst mir dabei helfen."

Es war eine Feststellung, keine Frage. Doch ich widersprach nicht. Natürlich würde ich nicht ruhen, bis ich den Mann zur Strecke gebracht hatte, der eine Leiche in meinem Hafen platziert und mir einen Pfeil in den Rücken gejagt hatte. Und der seinen Opfern anscheinend gern an besonders abgelegenen Stellen auflauerte. Rufus hatte spätnachts an der Gräberstraße genau so wenig zu suchen, wie der Primus Pilus in meinem Hafen. War diese Tatsache bedeutsam? Verbarg sich darin ein Hinweis auf den Mörder? Wenn ja, so war ich mit Blindheit geschlagen.

"Du kannst dich auf mich verlassen, Marcellus", sagte ich. "Ich werde mich auf Rufus´ Anwesen einmal näher umsehen, wenn du einverstanden bist. Ein paar Fragen stellen und in Erfahrung bringen, ob er Feinde hatte. Ich denke, das gelingt mir besser, als wenn die römische Legion bei Rufus´ Erben aufmarschiert."

"Deine Zunge ist recht spitz, *Barbar*", sagte Marcellus und blickte mich dabei scharf an. "Dein Spaziergang am Ufer des Totenflusses hat dich wohl tollkühn werden lassen. Aber ich bin einverstanden. Ich werde es mir nicht nehmen lassen, Rufus´ Haushalt selbst zu verhören, doch vier Augen sehen bekanntlich mehr als zwei. Wir werden in Erfahrung bringen, ob jemand Rufus nach dem Leben trachtete. Ob es eine Verbindung gibt zu dir oder dem Primus Pilus. Und ich werde zwischenzeitlich die Straßen-Patrouillen verdoppeln lassen. Die Leiche dieses Meuchelmörders wird schon bald einen Pfahl an der Limesstraße zieren, das schwöre ich dir!"

X.

Layla blieb gedankenverloren an einer Säule lehnen, als der Tribun seinen Abschied genommen hatte.

Ich legte meinen Arm um ihre Schultern und strich über ihre Wange. "Ich hoffe, wir haben dich nicht verängstigt, mit all diesem Gerede über Mord, Liebes", sagte ich.

Layla schüttelte den Kopf. "Ich habe mich nur um dein Leben geängstigt, Herr. Gestern Nacht, als du nicht nach Hause gekommen bist. Das ist alles. Um Rufus werde ich nicht trauern, genauso wenig wie um den Primus Pilus. Es waren die Furien, die die Hand ihres Mörders führten, dessen bin ich mir sicher."

"Die Furien?"

"Die Rachegöttinnen, Herr."

"Ich weiß, wer die Furien sind, Liebes. Aber warum sollten sie Falco und Rufus nach dem Leben trachten? Falco war ein übler Bursche, keine Frage. Wenn er den Zorn der Unsterblichen auf sich gezogen hätte, bei all seinen Untaten, so hätte mich das nicht gewundert. Aber Rufus? Der war doch ein recht gutmütiger Zeitgenosse, soweit ich ihn kannte. Dem Spiel und der Trunksucht verfallen, vielleicht, aber doch ansonsten ganz harmlos. Und außerdem, du bist ihm doch nie begegnet, nicht wahr?"

Layla nickte. "Genauso wenig wie Falco. Aber das musste ich nicht. Sklaven reden untereinander, weißt du, Herr. Sie tratschen gerne und viel, denn für die meisten ist es das einzige Vergnügen in ihrem Dasein. Wir beziehen unser Fleisch von Rufus' Hof, zweimal die Woche liefern seine Sklaven bei uns. Und mit dem Fleisch bringen sie die neuesten Nachrichten und Gerüchte. Daher weiß ich, was für ein Mann Rufus war."

"Deine Wissbegier ist fast so groß wie deine Schönheit, meine Liebe", scherzte ich.

Sie lächelte. "Ich bin nicht neugieriger als jeder andere Sklave, Herr. In jedem Haushalt gibt es offene Ohren und Augen. Überall und immer. Und dann wird geklatscht. Auf dem Markt, dem Forum oder im Amphitheater, wenn die Sklaven den Spielen beiwohnen dürfen. Die Wächter und Laternenträger sprechen untereinander, während sie auf ihre Herren warten, vor der Therme, dem Theater oder der Villa des Griechen, die du so oft besuchst. Und was sie dort hören, tragen sie weiter an die Haussklaven, an die Arbeiter auf den Feldern oder in den Steinbrüchen, an die Wölfinnen in den Bordellen oder die noch ärmeren Mädchen, die sich an den Gräberstraßen verkaufen. Es ist wie ein großes Netz, das ganz Vindobona umspannt und sogar bis nach Carnuntum reicht. Du siehst also, auch wenn ich dein Haus niemals verlasse und Rufus oder Falco nie begegnet bin, so weiß ich doch einiges über ihre Taten. Ihre grausaumen, zutiefst bösen Taten. Und die Furien sind endlich gekommen, die beiden zu richten."

Ich wusste nicht, was ich sagen sollte. Natürlich war mir klar, dass Sklaven untereinander redeten, aber das Ausmaß ihres Wissens und wie freigiebig sie es mit ihresgleichen teilten, hatte ich mir wohl nie vor Augen geführt. Mir war äußerst unwohl bei dem Gedanken, dass jeder Sklave von Vindobona wusste, was ich in meinem eigenen Haus sagte oder tat.

Doch da war noch etwas anderes in Laylas Worten gewesen, das mich hatte aufhorchen lassen: *Die Wölfinnen an den Gräberstraßen*!

Layla hatte recht – bei diesen Frauen handelte es sich um die Ärmsten der Armen. Auch wenn viele von ihnen Freie oder Freigelassene waren, so war ihr Los doch härter als das der meisten Sklaven. Für den Gegenwert eines Laib Brotes boten sie ihre verbrauchten Körper jenen Männern an, die sich noch nicht einmal einen Besuch in den schmuddeligen Bordellen der Stadt leisten konnten – oder wollten. An sie hatte ich gar nicht gedacht, als der Tribun von der Gräberstraße gesprochen hatte. Wo der Rinderfürst gestorben war.

Womöglich hatte eine dieser Frauen etwas gesehen, gestern Nacht? Vielleicht war eine von ihnen sogar Zeugin geworden, als der Bogenschütze Rufus ermordet hatte?

Aber war dieses Sklavennetzwerk, von dem Layla mir gerade erzählt hatte, wirklich so eng geknüpft, wie sie behauptet hatte? Konnte meine behütete Leibsklavin bereits gehört haben, was sich in der Nacht an der Gräberstraße ereignet hatte – kaum einen halben Tag nach der Tat? Es schien unvorstellbar.

Ich fragte sie sofort danach, eifrig wie ein Jagdhund, der die Fährte des Wildes aufgenommen hat. "Hast du etwas erfahren von den Wölfinnen? Was haben sie berichtet über letzte Nacht?"

Ich sah sie erwartungsvoll an, doch Layla schüttelte den Kopf. "Du hast mich missverstanden, Herr. Ich sagte, die Sklaven tratschen über ihre Herren, über die Reichen und Mächtigen der Stadt – nicht, dass sie sich selbst um Kopf und Kragen reden. Denkst du, eine Wölfin würde es weitererzählen, wenn sie ein Verbrechen beobachtet? Damit der Mörder in der nächsten Nacht dann *ihre* Kehle durchschneidet? Diese Frauen sind völlig schutzlos da draußen, Herr."

Sie verstummte kurz, schien sich in Gedanken zu verlieren. Dann jedoch hob sie den Kopf, sah mich an und sagte: "Aber immerhin weißt du jetzt, was Rufus spätnachts an der Gräberstraße wollte. Bitte verrate nichts dem Tribun – die Mädchen würden sich zu Tode ängstigen, wenn die Legionäre sie ins Verhör nähmen." Eine deutliche Falte hatte sich in Laylas dunkle Stirn eingegraben. Das Schicksal der Wölfinnen schien ihr sehr am Herzen zu liegen.

"Du willst sagen, Rufus war *Kunde* bei den Gräberhuren?", fragte ich. "Da irrst du dich bestimmt, Liebes. Ein Mann wie er hat doch genügend Luxusmädchen im Haus, er würde niemals –"

Die Falte in Laylas Stirn grub sich noch tiefer ein. "Glaub mir, Herr, er tat es", fiel sie mir ins Wort. "Er ging regelmäßig zu den Gräbern. Immer spät nachts und allein, wohl um seinen guten Ruf besorgt. Man sagt, dass er sehr spezielle Vorlieben hatte. Aber frag mich bitte nicht, welche", fügte sie rasch hinzu. "Das weiß ich nicht. Und will es auch gar nicht wissen." Layla verstummte. Ihre Mundwinkel zuckten angewidert.

Ich konnte es nicht glauben. Wie es bei Klatsch und Tratsch so üblich war, verbreitete sich wohl auch in diesem Sklavennetzwerk so manche Halbwahrheit oder schlichte Verleumdung. Ein Mann wie Rufus, einer der reichsten und angesehensten Bürger der Stadt, sollte die heruntergekommensten Huren der Stadt aufsuchen? Um dort irgendwelchen dunklen Neigungen zu frönen? Das war doch verrückt. Dennoch fiel mir auch keine bessere Erklärung dafür ein, was Rufus spätnachts an die Gräberstraße geführt hatte.

Wie auch immer, die Wölfinnen würden mir nicht helfen, den Mörder zu finden. Dass sie sich in Schweigen hüllten, selbst wenn eine von ihnen etwas beobachtet hatte, sah ich ein. Es würde ihnen nichts einbringen außer Ärger, wenn sie redeten.

Viele der Wölfinnen standen im Dienst eines Zuhälters. Hatte sich Rufus womöglich mit einem von ihnen angelegt? Hatte sein Tod doch nichts mit dem Primus Pilus oder mir zu tun – war er schlicht im Streit mit einem zwielichtigen Schurken gestorben? War er der paar Münzen wegen ermordet worden, die er bei sich trug?

Ich musste den Tribun befragen, ob Rufus beraubt worden war. Obwohl, was sagte das schon? Seine Leiche hatte die ganze Nacht an der Straße gelegen – mit Sicherheit war da sein Geldbeutel geleert worden. Nicht notwendigerweise von seinem Mörder.

Wie ich es auch drehte und wendete, ich kam nicht weiter. Wenn überhaupt, so gab mir diese scheußliche Mordserie nur mit jeder Stunde, die verfloss, neue Rätsel auf.

Und dann kam mir noch ein anderer Gedanke - auch nicht gerade einer, der dazu angetan war, mich aufzuheitern. "Layla", fragte ich, "was wird denn in deinem Sklavennetzwerk so über *mich* geredet? Wünscht man mir auch die Rachegöttinnen an den Hals? Verbindet mich mit Falco und mit Rufus, dass ich in euren Augen ein schlechter Mensch bin? Sag mir die Wahrheit!"

Layla blickte erstaunt zu mir hoch. "Du bist der beste Herr, den ich jemals hatte, Thanar", rief sie voller Inbrunst.

Ich wollte ihr nur zu gerne glauben.

XI.

Gleich am nächsten Morgen machte ich mich auf den Weg zu Rufus´ Landgut.

Ich fühlte mich besser, meine Beine trugen mich wieder sicher, die Wunde in meinem Rücken schmerzte kaum noch. Dennoch ließ ich Layla zuliebe den Wagen anspannen, statt mich in den Sattel meines Rappen zu schwingen. *Schonung*, hatte Thessalos, der Lagerarzt, mir angeordnet und dabei bestimmt nicht an Ritte durch die halbe Stadt gedacht. Und Layla redete so lange auf mich ein, bis ich mich fügte und mich fahren ließ.

Ihr zuliebe nahm ich sogar einen Wächter mit, nur um mich dann die ganze Fahrt lang wie ein dekadenter alter Sack zu fühlen, der nicht mal mehr Manns genug war, sich in Vindobona selbst zu verteidigen. Auf Straßen, die zu den sichersten der Provinz gehörten.

Rufus´ Besitz lag zwischen der Zivilstadt und der Lagervorstadt. Das Anwesen bestand aus einem Herrenhaus, an dem Generation um Generation Anbauten und Umbauten vorgenommen hatte, einem Gesindetrakt und einem Vorratstrakt. Alle Gebäude drängten sich um einen schmalen Innenhof und waren von einer Feldsteinmauer umgeben. Dahinter erstreckten sich saftige Weiden mit fetten Kühen, soweit das Auge reichte, sowie einige Felder, auf denen Sklaven in Fußfesseln herum humpelten.

Es war gängige Praxis, jene Arbeiter, die den härtesten Tätigkeiten im Landbau oder in Minen und Steinbrüchen nachgingen, auf diese Weise von Fluchtversuchen abzuhalten. Selbst die Nächte verbrachten diese Männer angekettet in Arbeitsgefängnissen – meist dunkle, unterirdische Verliese.

Beim Anblick der Ackersklaven musste ich stets an die Worte des gelehrten Plinius denken: *Am schlechtesten gelingt der Landbau dort, wo er von Insassen der Arbeitsge-*

fängnisse betrieben wird, wie alles, was von Menschen ohne Hoffnung gemacht wird.

Heute jedoch drängten sich mir auch Philippos' Worte ins Gedächtnis zurück. Oder besser gesagt Alkidamas' Worte, die er zitiert hatte. *Die Götter haben alle Menschen freigelassen, und die Natur hat niemanden zum Sklaven gemacht.*

Was für eine seltsame Aussage. Ich konnte nicht behaupten, dass ich sie vollends verstand. War es nicht gerade der göttlichen Ordnung geschuldet, dass manche Menschen als Könige und Fürsten geboren wurden, andere als einfache Bauern, Hirten oder Handwerker, als freie Bürger, und manche eben als Sklaven? Wer war ich, den Lauf der Welt in Frage zu stellen? Und warum grübelte ich überhaupt über so etwas nach? Ich war ein Mann der Tat, der sonst wirklich nicht zu tiefschürfenden Meditationen neigte.

Das Gebell von zwei Wachhunden riss mich in die Gegenwart zurück. Sie waren neben dem Eingangstor angekettet und begrüßten mich mit gefletschten Zähnen.

Der Empfang im Atrium war zum Glück freundlicher. Ein ganzes Heer aus Sklaven, wohlgenährt und augenscheinlich in tiefer Trauer über den Verlust ihres Herrn, tummelte sich im Raum. Rufus' Leiche war unter den Masken seiner Ahnen aufgebahrt, wie es Brauch war.

Der Tote war in teure Kleidung gehüllt und lag auf dem Rücken, was es unmöglich machte, mir seine Wunden näher zu besehen.

Rufus' ältester Sohn, ein kleinwüchsiger, glatzköpfiger Mann, eilte herbei, um mich zu begrüßen. Wir tauschten die gebührlichen Worte angesichts des toten Pater familias aus, dann fragte mich der Sohn, ob ich ein Freund seines Vaters gewesen sei.

Ich überlegte kurz, entschied mich dann aber für die Wahrheit. "Ich kannte ihn nur flüchtig. Wir bezogen natürlich unser Rindfleisch von ihm –" Ich stockte.

"Ich wurde vermutlich von dem gleichen Mörder angeschossen wie dein Vater", sagte ich dann. Plumpe, brutale Worte, aber eine schonendere Formulierung wollte mir in diesem Augenblick nicht einfallen.

Der kleine Mann sah mich erstaunt an. "Nun, dann bist du bestimmt genauso entschlossen wie ich, diesen hinterhältigen Schurken ans Kreuz zu bringen." Er reckte sein Kinn vor, sah dabei aber eher komisch als gefährlich aus.

"Das werden wir", sagte ich rasch. "Er wird für seine Schandtaten bezahlen!"

Dann ging ich ohne weitere Umschweife zu den Fragen über, die ich mir zurechtgelegt hatte. "Hast du einen Verdacht, wer deinem Vater vielleicht nach dem Leben trachtete?", begann ich. "Hatte er Feinde?"

Der Sohn lächelte schmallippig. "Bestimmt nicht. Er war ein herzensguter Mann. Stets freundlich zu –" Die Stimme versagte ihm. Er wandte sich kurz ab, um sich wieder zu sammeln.

Es war mir unangenehm, den Kummer dieses Mannes mit meinen Fragen aufzuwühlen. Aber was half es? Ich brauchte endlich Antworten. Ich musste wenigstens eine Spur finden, die ich dann weiter verfolgen konnte.

"Gestern Abend", fuhr ich also fort, "wo war dein Vater da? Was wollte er an der Gräberstraße so spät nachts?"

"Das wissen die Götter", sagte der Sohn. "Ich kann es mir nicht erklären." Er blickte mich an, ohne mich wirklich zu sehen. Er schien Rufus wirklich sehr geliebt zu haben.

"Mein Vater huldigte gern dem Bacchus", fuhr er schließlich fort, nachdem er sich umgesehen hatte, ob niemand unser Gespräch mitanhörte. "Wenn er allein das Haus verließ, so war sein Ziel meist die eine oder andere Schenke in der Lagervorstadt. Kein Ort für einen Mann seines Standes, und meine Mutter – nun ja, sie ist eine Frau, die sagt, was sie denkt. Sie machte meinem Vater jedes Mal Vorhaltungen, wenn sie von einem seiner Tavernenbesuche erfuhr. Also unternahm er sie heimlich. Bestimmt ist in einer dieser Schenken irgendein Schurke auf ihn aufmerksam geworden und folgte ihm auf dem Heimweg. Um ihn dann abzuschlachten – bloß um seines Geldbeutels willen." Wieder wandte sich der Sohn ab, presste die Lider zusammen und schluckte schwer.

"Dein Vater wurde also beraubt?" Davon war ich ausgegangen. Aber es erklärte nicht, wie er an die Gräberstraße gekommen war.

Ich konnte diesen trauernden Mann unmöglich fragen, ob sein Vater sich mit den Gräberhuren abgegeben hatte. Überhaupt schien mir Laylas diesbezügliche Behauptung in diesem weitläufigen, luxuriösen Anwesen nur umso lächerlicher. Unter den Haussklavinnen war mehr als nur ein hübsches junges Mädchen – warum sollte Rufus sich ein ausgemergeltes, zahnloses Weib an der Gräberstraße nehmen? Es ergab einfach keinen Sinn. Und wenn der Rinderfürst tatsächlich der Unmensch gewesen war, als den ihn Laylas Sklaventratsch hinstellte, so konnte ich auch darauf in seinem Haushalt keinerlei Hinweis entdecken. Rufus′ Sohn jedenfalls schien ihn fast für einen Heiligen zu halten.

"Hatte dein Vater in letzter Zeit irgendwelche Probleme mit der Legion?", versuchte ich es weiter. Schließlich war da ja auch noch die Leiche des Primus Pilus in meinem Hafen, die mir Rätsel aufgab.

Der Sohn sah mich verständnislos an. "Mit der Legion? Wir beliefern das Lager mit Rindfleisch. Schon seit Jahren. Nur die allerbeste Qualität. Und sie bezahlen gut und pünktlich. Probleme gab es nie."

"Kannte er vielleicht Falco, den Primus Pilus, näher?"

"Nicht das ich wüsste. Der wurde doch auch ermordet, nicht wahr? Aber doch mit einer Axt, soweit ich unterrichtet bin?"

Ich nickte wortlos. Nicht nur die Sklaven in Vindobona waren gut informiert, ihre Herren nicht minder, wie es schien. Dass ich der Mann war, in dessen Hafen man Falcos Leiche gefunden hatte, schien Rufus′ Sohn jedoch nicht zu wissen. Oder er war zu höflich, das extra hervor zu streichen.

Erst die Axt, dann ein Bogen. Hatte dieser Waffenwechsel etwas zu bedeuten? Gerade als ich mir diese Frage stellte, sagte der Sohn: "Wer er auch war, dieser Mörder, er muss ein wahrer Stümper gewesen sein. Fünf Schüsse, um einen Mann niederzustrecken, der zu Fuß unterwegs war? Und das alles eines Geldbeutels wegen, den mein Vater ihm ohne zu zögern ausgehändigt hätte! Vater war ein friedliebender Mensch. Fast ein wenig ängstlich, wenn ich ehrlich bin."

Seine Hände ballten sich zu Fäusten. "Dieser Unhold hätte ihn nicht töten müssen, nur um an sein Geld zu kommen!", rief er voller Bitterkeit.

Nun war es an mir, ihn verständnislos anzustarren. "Zu Fuß? Dein Vater war nicht zu Pferde unterwegs?"

"Nein. Er ritt schon seit vielen Jahren nicht mehr. Normalerweise nahm er den Wagen oder den Tragsessel. Aber wie gesagt, an manchen Abenden legte er keinen Wert auf Begleiter."

Ich musste mich geirrt haben. Das heißt, nicht ich, sondern der Tribun. Wie selbstverständlich war Marcellus davon ausgegangen, dass Rufus′ Mörder der gleiche Mann war, der auch mich überfallen hatte. Und ich war ihm in dieser Annahme gefolgt, ohne sie zu hinterfragen.

Doch ein Bogenschütze, der in tiefster Finsternis und auf beachtliche Entfernung einen fliehenden Reiter traf – mit nur einem einzigen, tödlich präzisen Schuss – der konnte doch unmöglich fünf Pfeile verschießen müssen, um einen älteren Mann niederzustrecken, der zu Fuß unterwegs war?

Schon wieder etwas, das keinerlei Sinn ergab. Beinahe hätte ich einen Fluch ausgestoßen, vor dem trauernden Mann und dem aufgebahrten Toten. So sehr ich mich auch mühte, diese seltsamen Überfälle wurden nur umso unerklärlicher, je mehr Fragen ich stellte. Wie sollte ich je den

Mörder finden? Oder *die* Mörder, denn so wie es aussah, konnte es unmöglich ein und derselbe Mann sein.

XII.

Wie ein geprügelter Hund machte ich mich auf den Heimweg und ertappte mich auch noch dabei, dass ich am Straßenrand ständig nach verdächtigen Gestalten Ausschau hielt. Wenn der Wagen in ein Schlagloch rumpelte, zuckte ich zusammen.

So konnte es unmöglich weitergehen.

Ich wies meinen Kutscher an, einen kurzen Umweg durch die Zivilstadt einzulegen und ließ ihn vor dem Haus von Belius halten. Es war ein elegantes Stadthaus in unmittelbarer Nähe jener Ziegelbrennereien, denen mein Freund seinen enormen Reichtum verdankte.

Belius selbst jedoch war nicht zu Hause. Ich überlegte kurz, auf ihn zu warten, aber sein Leibdiener konnte mir nicht sagen, wann er ihn zurückerwartete. Irgendeine Verwaltungsangelegenheit hatte ihn zum Forum der Lagervorstadt geführt.

Ich hätte auch nicht sagen können, was ich mir von Belius erhoffte. Vielleicht wollte ich einfach nur einem Freund mein Leid klagen. Ihm die Ohren volljammern, wie sehr mir diese grässlichen Morde zusetzten. Erbärmlich, ich weiß.

Ich labte mich an ein paar Trauben, die ein Sklave mir anbot, dann hinterließ ich Nachricht für Belius, mich morgen Abend in der Villa des Griechen zu treffen. Vielleicht konnte mein stets bestens informierter Freund mir zumindest noch ein paar Informationen über Rufus liefern. War der Rinderfürst nun ein Unhold, wie Layla mir weismachen wollte, oder der von allen geliebte Mann, den sein Sohn in ihm sah?

Ich nahm meinen Abschied und machte mich auf den Heimweg.

Als ich mich der Brücke über den Danubius näherte, die mich ans Nordufer und zu meinem Haus bringen würde, kam mir eine vertraute Gestalt entgegen geritten. Ein Römer auf einem großgewachsenen Schimmel, stolz und selbstbewusst im Sattel wie ein Feldherr.

Tribun Marcellus.

Er bog auf die Limesstraße ab, bevor ich die Brücke ganz erreicht hatte, und schien mich nicht bemerkt zu haben. Woher kam er? Was wollte er am Nordufer des Flusses, im Barbarengebiet?

Die Antwort erhielt ich kurz darauf von Layla - auch wenn es keine auch nur annähernd befriedigende Erklärung war. Marcellus hatte meinem Haus erneut einen Besuch abgestattet. Er hatte eine Weile gewartet, ob ich heimkehren würde, war dann aber unverrichteter Dinge wieder abgezogen.

"Und was wollte er?", fragte ich Layla. "Es hat doch hoffentlich nicht schon wieder einen Toten gegeben?"

Layla antwortete nicht, sie schien erst nachdenken zu müssen.

"Hat er mir denn keine Nachricht hinterlassen?", bohrte ich nach.

"Nein, Herr." Layla wirkte unsicher, verwirrt - was sonst gar nicht ihre Art war. Normalerweise wusste sie auf alles und jedes eine Antwort, auch ungefragt.

"Bist du sicher? Ich meine, er kam doch wohl nicht zum Vergnügen hierher? Wie lange blieb er denn?"

Layla senkte den Kopf, als hätte ich sie getadelt. "Eine ganze Weile, Herr. Er plauderte über dies und das, über die Gladiatoren-Spiele von letzter Woche, über die neuen Goldmünzen des Kaisers ... Er wollte wissen, wie lange ich schon Teil deines Haushalts bin und wo ich davor gewesen war. Solche Dinge. Ich fragte ihn natürlich, ob es etwas Neues gibt. Über die Morde, meine ich."

"Und?"

Layla schüttelte den Kopf. "Wenn, so hat er mir nichts davon erzählt. Vielleicht wollte er nur mit dir persönlich darüber reden?"

"Und da hat er mir keine Nachricht hinterlassen, dass ich ihn aufsuchen soll? Oder dass er zu späterer Stunde wiederkommen wird?"

"Es tut mir wirklich leid, Herr."

"Nein, nein schon gut, Liebes. Es ist ja nicht deine Schuld. Es ist nur ... Ich kann diesen Mann nicht einschätzen. Welche Rolle spielt er in der ganzen Sache, was weiß er über die Morde, was verschweigt er? Und warum dieses anhaltende Interesse an mir, wo er mich doch jetzt angeblich nicht mehr für den Schuldigen hält?"

Letzteres hatte Marcellus zumindest nach dem Mord an Rufus behauptet – den ich nach seinen eigenen Worten nicht begangen haben konnte. Doch wer vermochte zu wissen, was der Tribun wirklich dachte? Spionierte er in meiner Abwesenheit in meinem Haus herum? Hatte er sich Layla auserkoren, um sie über mich auszufragen? Es war doch höchst verdächtig, dass er sich so für sie interessierte. Welcher römische Adelige unterhielt sich sonst so eingehend mit einer Sklavin?

Layla war loyal und mir treu ergeben, dessen war ich mir sicher. Auch wenn ich natürlich nicht hoffen durfte, sie könne mir die gleiche Zuneigung entgegenbringen wie ich ihr. Schließlich hatte sie, was das anbelangte, keine Wahl gehabt. Sie war nicht freiwillig in mein Haus gekommen, war nicht meine Ehefrau. Auch wenn ich das immer öfter zu vergessen schien. Und der Tribun war ein mächtiger Mann, der sehr rasch sehr gefährlich werden konnte. Für Layla genauso wie für mich selbst. Das war ihr bestimmt klar.

Ich ließ sie im Haus zurück und machte mich auf den Weg hinunter in meinen Hafen. Ich hatte eine Schiffsladung römischer Waren auf den Weg zu bringen, die für die nordwestlichen Provinzen bestimmt waren. Und danach musste ich noch ein weiteres Boot beladen – mit kostbarem Bernstein, den ich an einen Zwischenhändler in Carnuntum lieferte.

Ich gab mir alle Mühe, mich ganz auf mein Geschäft zu konzentrieren. Ich überwachte die Verpackung, teilte Männer für Bewachung und Transport ein, schrieb dann einige Briefe und schickte Boten los – doch es half alles nichts. Ich war nur halb bei der Sache, immer wieder drifteten meine Gedanken ab. Zu dem toten Primus Pilus, dem undurchschaubaren Tribun und zu dem Bogenschützen, der mich so meisterhaft getroffen hatte, nur um danach bei Rufus wie ein Anfänger kreuz und quer zu schießen.

Schließlich ließ ich die Arbeit liegen und brachte stattdessen den Göttern ein Trankopfer auf meinem Hausaltar dar. "Bitte schenkt mir Erleuchtung", flehte ich. "Nur eine winzige Spur! Helft mir, diesen Mörder zu finden! Ich verliere sonst bald den Verstand." Ich versprach den Unsterblichen einen fetten Stier, wenn sie mir zur Hilfe kämen, und hoffte verzweifelt, dass sie mich erhören würden.

Noch am gleichen Abend traf ein Bote mit einem Brief von Belius ein. Mein Freund freute sich darauf, mich morgen Abend in der Villa des Griechen zu treffen. *Ich habe da eine Theorie, die dich vielleicht interessieren wird,* hatte er in seiner kaum leserlichen Handschrift auf das Wachstäfelchen gekritzelt.

***

Am nächsten Abend mein eigenes Haus zu verlassen, gestaltete sich schwierig.

Layla wollte mir eine Eskorte aufschwatzen, die ich nicht einmal einer Handelsfuhre voller Gold und Perlen mitgegeben hätte. Außerdem hatte ich genug von Wagenfahrten. Ich wollte zurück in den Sattel und mich wieder frei und unbeschwert auf Vindobonas Straßen bewegen.

Es traf sich, dass durch meine beiden gestrigen Verschiffungen die meisten meiner Wächter unterwegs waren. Und mein Haus – samt Layla – wollte ich nun wirklich nicht schutzlos zurücklassen. Somit war kein Mann für eine Eskorte zu entbehren. Mit diesem Argument hatte ich letztendlich Erfolg bei meiner sorgenvollen Sklavin. Vielleicht kannte sie mich aber inzwischen auch einfach gut genug, um zu wissen, wann ich entschlossen war, meinen eigenen Kopf durchzusetzen. Ihr gegenüber tat ich das ohnehin viel zu selten.

Ich ließ also mein Pferd holen, bewaffnete mich mit einem gut geschliffenen Langmesser und schwang mich unter Laylas betrübten Blicken in den Sattel. Dank meiner Rückenverletzung gelang mir das nicht annähernd so geschmeidig, wie ich beabsichtigt hatte, aber immerhin ohne Hilfe.

Ich musste noch versprechen, den Heimweg durch die Dunkelheit gemeinsam mit Belius und dessen Gefolge anzutreten, dann gelang es mir endlich, vom Hof zu reiten.

Ich glaube, ein Teil von mir war verrückt – oder verzweifelt – genug, auf einen neuerlichen Anschlag des Mörders zu hoffen. Jetzt war ich vorbereitet und würde nicht mehr so leichte Beute sein. Ich würde den Schurken zur Strecke bringen und ihn dann, tot oder lebendig, dem Tribun vor die Füße stoßen. Ich hatte geschworen, den Mann ans Kreuz zu bringen, und, bei den Göttern, ich war fest entschlossen, es zu tun!

Die Dämmerung senkte sich gerade über das Land, als ich die Abzweigung zur Villa erreichte. Kaum war ich in den schmalen Waldpfad abgebogen, scheute mein Hengst plötzlich auf.

Direkt am Weg stand ein grobschlächtiger Mann, dessen Hand zum Knauf seines Schwertes wanderte, als er mich sah. Ich riss mein eigenes Messer aus dem Gürtel, doch in diesem Augenblick trat er zur Seite und nickte mir freundlich lächelnd zu. Da erkannte auch ich ihn: er war einer der Wächtersklaven der Villa. Philippos hatte also Ernst gemacht und den Waldweg unter Bewachung gestellt. Das Leben seiner Gäste lag ihm augenscheinlich am Herzen.

Auf halbem Weg zum Anwesen traf ich auf einen weiteren Wächter, ebenso mit Schwert und Kurzbogen bewaffnet wie der erste, und diesmal war ich es, der ihm zunickte und mich als Gast des Griechen zu erkennen gab.

Auch die Villa selbst wirkte an diesem Abend beinahe wieder wie zu Zeiten des alten Lycortas. Orodes, der Parther, bewachte den Eingang, und kaum dass ich das Atrium betreten hatte, wurde ich begrüßt. Juba eilte auf mich zu, der ehemalige Diener des Alten, dem Philippos den Gästeempfang übertragen hatte.

Aus einer Laune heraus fragte ich ihn, wie es denn der schönen Chloe gehe – doch er ließ sich von meiner Anspielung nicht aus der Ruhe bringen. Weder mit Worten, noch mit der geringsten Geste verriet er sein geheimes Stelldichein mit der jungen Griechin, dessen Zeuge ich unbeabsichtigt geworden war.

Ich ließ mich von ihm ins Sommer-Triclinium führen, den großen Saal, wo Belius sich gerne bewirten und unterhalten ließ. Doch von meinem Freund fehlte jede Spur. Auch seine Sesselträger waren mir diesmal nicht vor der Villa aufgefallen. Vermutlich war Belius selbst noch auf dem Weg hierher.

"Ich werde mir im Garten ein wenig die Füße vertreten und auf meinen Freund warten", sagte ich zu Juba, der sich daraufhin verbeugte und wieder zurück in Richtung Atrium eilte.

Auf halbem Weg durch den Raum jedoch kam mir Suavis entgegen. In einer ärmellosen Tunika, bloßfüßig und mit geröteten Wangen tänzelte sie auf mich zu wie ein junges Reh. In der linken Hand balancierte sie ein silbernes Tablett, von dem sie einen Becher nahm und mir reichte. "Willkommen Herr, möchtest du eine Erfrischung? Etwas gut gekühlten Mulsum?"

Erfreut griff ich zu. Es gab nichts Besseres an einem drückend heißen Sommerabend als kalten Honigwein. Und die

Eiskeller der Villa waren stets ebenso hervorragend bestückt wie das Weinlager, darauf war Verlass.

"Belius lässt dich grüßen", sagte Suavis, während ich in durstigen Zügen trank. "Wenn du einverstanden bist, möchte er heute im Garten speisen. Darf ich dich in eure Laube führen? Er selbst ist noch in der Badegrotte, wird aber sogleich zu dir stoßen, soll ich dir ausrichten."

Sie schenkte mir ein so unschuldiges Lächeln, dass ich lachen musste. Mir war aufgefallen, dass ihr Haar, das sie hochgesteckt trug, im Nacken nass war. Da war es nicht schwer, eins und eins zusammenzuzählen und zu wissen, was Belius schon vor dem Abendmahl in die Badegrotte gelockt hatte und wovon er sich gerade noch erholen musste.

Der alte Schwerenöter! Es sah ihm eigentlich nicht ähnlich, dass er sich gleich nach seiner Ankunft in der Villa zu trauter Zweisamkeit mit seiner Favoritin zurückzog.

"Der alte Knabe verfällt dir mit jedem Tag mehr, süße Suavis", scherzte ich – und erntete dafür einen mädchenhaften Augenaufschlag. Die Kleine konnte wirklich bezaubernd sein. Bestimmt wusste sie ganz genau, welchen Effekt ihr Unschuldsgehabe auf Männer ausübte. Und Belius war dafür wohl besonders empfänglich.

Um dich selbst ist es doch um keinen Deut besser bestellt, ging es mir durch den Kopf. Layla hatte mich mindestens ebenso sehr im Griff, wie diese schöne Germanin meinen alten Freund. Mit diesem Gedanken ließ ich mich in der Gartenlaube nieder, in die Suavis mich führte, und verlor mich in Betrachtungen über die Macht der Frauen.

Suavis huschte zwischen den hohen Bäumen davon, die den Garten überschatteten, um Belius von meiner Ankunft zu unterrichten. Ich tat mich inzwischen an den Appetithappen gütlich, die bereits in der Laube bereitstanden. Es gab Käse, Oliven, Fladenbrot und frische Pflaumen. Und eine weitere, gut gekühlte Amphore Mulsum.

Ich schenkte mir ein und machte es mir auf der weich gepolsterten Marmorliege bequem. Worum es wohl ging, bei Belius' Theorie, die er mir in seinem Brief angedeutet hatte? Würde ich mit seiner Hilfe dem Mörder endlich auf die Spur kommen?

Die Zeit verging, aber mein Freund tauchte nicht auf. Wo blieb er nur so lange, fragte ich mich voller Ungeduld. Hatte er Suavis noch einmal zu sich ins Becken gezogen, der alte Lüstling, statt sich endlich anzukleiden und zu mir zu kommen?

Ich lehnte mich zurück und blickte hinauf in den Abendhimmel. *Was für ein herrlicher Ort die Villa doch ist,* dachte ich noch. Dann übermannte mich eine plötzliche Müdigkeit, und ich beschloss, ein wenig die Augen zu schließen, bis Belius endlich zu mir stieß.

XIII.

Ein spitzer Frauenschrei war es, der mich weckte. Erschrocken fuhr ich hoch. Ich brauchte einen Augenblick, bis ich wieder wusste, wo ich war. In der Villa des Griechen, in der Gartenlaube, wo ich auf Belius –

Weiter kamen meine Gedanken nicht, denn in diesem Augenblick sah ich ihn: Belius. Er lag hingestreckt auf der Marmorliege, die der meinen gegenüberstand, die Augen weit aufgerissen, seine Tunica voller Blut. So viel Blut! Ich musste noch träumen, das war ein Alptraum, ganz gewiss!

"Er ist tot", schrie die Frauenstimme jetzt. Ich wandte den Kopf, und da stand Suavis. Ihre Augen schienen jeden Moment aus den Höhlen treten zu wollen, sie stierte erst mich an, dann wieder Belius, dann machte sie auf den Fersen kehrt und lief schreiend in Richtung Haus.

Es war kein Alptraum. In Belius´ Hals steckte das Heft eines Messers – *meines* Messers, wie ich jetzt bemerkte. Mein Freund war tot, ermordet, direkt unter meinen Augen. Unter meinen geschlossenen Augen.

Das war doch unmöglich! Ich konnte doch nicht die ganze Zeit geschlafen haben, während Belius keine fünf Fuß neben mir abgeschlachtet wurde wie ein Opfertier. Ich rieb mir die Schläfen, mühte mich, einen klaren Kopf zu bekommen. Mir war, als hätte ich eine ganze Amphore Honigwein getrunken, aber das hatte ich doch nicht getan. Oder doch?

Alles war so verschwommen. Suavis hatte mich hier in die Laube geführt, so viel wusste ich noch. Dann war sie gegangen, um Belius von meiner Ankunft zu unterrichten.

Und danach?

Nichts mehr. Mir fehlte jede Erinnerung.

Sich rasch nähernde Schritte rissen mich in die Gegenwart zurück. Dann stand plötzlich Orodes vor mir, der muskelbepackte Parther, mit zwei Männern an seiner Seite, die kaum weniger eindrucksvoll gebaut waren. Er nickte ihnen nur wortlos zu, und sie positionierten sich an der Stelle, wo die Laube sich zum Garten hin öffnete. Damit war der Zugang versperrt.

Sie taten das meinetwegen. *Ich* sollte an der Flucht gehindert werden. Ich brauchte viel zu lange, um das zu begreifen. Mein Kopf arbeitete immer noch nicht richtig.

Erst jetzt wurde mir klar, wonach das hier aussehen musste. Mein Freund tot auf der Bank, mit meinem Messer in seiner Kehle.

Ich folgte Orodes' Blick, der an meinem Leib hinunter wanderte, und da packte mich blankes Entsetzen: Meine Kleider waren blutbesudelt, genau wie meine Hände.

Ich stammelte wild drauflos, versuchte Orodes klar zu machen, dass ich das alles hier genauso wenig verstand wie er, dass ich unschuldig war ...

Ich weiß nicht, welche Worte aus meinem Mund kamen, und ob sie irgendeinen Sinn ergaben. Es gelang mir einfach nicht, das, was ich doch mit meinen eigenen Augen sah, zu begreifen.

Belius war tot. Es war kein Alptraum. Es war viel schlimmer. Mein liebster Freund. Tot.

In diesem Augenblick traten zwei weitere Männer in die Laube. Orodes' Wächter machten ihnen bereitwillig den Weg frei. Es waren Philippos, der Hausherr, und Juba, der africanische Diener.

Philippos zuckte zurück beim Anblick von Belius' totem Körper, während Jubas Augen sofort über jedes Detail der Laube huschten – nur um dann an mir hängen zu bleiben.

"Ich habe ihn nicht ermordet!", rief ich, noch bevor einer der Männer etwas sagen konnte.

In Jubas dunklen Augen spiegelte sich Argwohn. Philippos hingegen, der jetzt zwischen Juba und Orodes getreten war, stand einfach nur da und stierte ins Nichts. Zwischen dem hoch gewachsenen Africaner und dem muskulösen Parther sah er aus wie ein Knabe, und genauso verhielt er sich auch. Was mich nicht verwunderte. Was konnte man anderes erwarten, von einem Mann, den schon die Führung eines Haushaltes überforderte?

Zum Glück lichtete sich das Chaos in meinem Kopf jetzt ein wenig, auch wenn ich kaum etwas anderes spürte als den Schmerz über den Verlust meines Freundes. Das hier war ein weiterer Mord, den man mir anhängen wollte! Genau wie den Tod des Primus Pilus in meinem Hafen.

"Was ist hier geschehen?", fragte Juba, nachdem sein Herr noch immer wie versteinert ins Leere starrte. "Hattet ihr Streit?" Die Stimme des Dieners klang bemerkenswert sachlich.

Ich schüttelte energisch den Kopf. Dann gab ich alles wieder, woran ich mich erinnern konnte. Bis zu dem Augenblick, als ich eingeschlafen war.

"Du wurdest von Müdigkeit übermannt, eine Stunde nach Sonnenuntergang?", fragte Orodes argwöhnisch.

Ich zuckte die Schultern. Ich konnte es mir ja selbst nicht erklären. Ich neigte im Allgemeinen nicht dazu, früh zu Bett zu gehen.

Juba beugte sich über den Tisch, hob die Amphore an und blickte hinein. "Leer", kommentierte er.

Ich konnte mich nicht erinnern, mir mehr als einen Becher aus diesem Gefäß eingeschenkt zu haben. Es fasste bestimmt genug Inhalt, um fünf oder sechs Becher zu füllen.

"Der Mörder muss mir ein Schlafmittel verabreicht haben!", sagte ich. "Im Wein oder in den Speisen. Das alles war schon angerichtet, als ich hierher kam. Ein jeder hatte freien Zugang dazu."

Orodes rieb sich das Kinn. "Ein Mann schläft bei Tisch ein –und erwacht Stunden später, über einer Leiche?", sagte er. "Das willst du uns glauben machen?"

"Ich habe mir diese Untat nicht ausgedacht! Vermutlich hat der Mörder Belius ebenfalls betäubt, genau wie mich. Er war allein in der Badegrotte. Man hat ihn wohl von dort hierher geschleppt und dann mit meinem Messer erdolcht."

Die Badeanlagen waren im hinteren Teil der Villa untergebracht. Keine hundert Schritte trennten sie von der Gartenlaube. Ein kräftiger Mann konnte Belius ungesehen hierher getragen haben. Ein *sehr* kräftiger Mann. Mein Freund hatte sich über die Jahre eine beachtliche Leibesfülle angegessen. Er war bestimmt keine leichte Last gewesen.

"Und wie kam das Blut an deine Kleidung?", fragte Orodes weiter. "An deine Hände?"

"Keine Ahnung! Vielleicht wurde Belius –" Ich verstummte. Ich konnte und wollte es mir nicht vorstellen. Es war einfach zu grausam. War mein Freund direkt über mir getötet und erst danach auf der Bank gegenüber abgelegt worden?

"Der Mörder muss meine Hände in Belius´ Blut getaucht haben", sagte ich. "Nach dem Mord. Wie auch immer er das angestellt hat."

Orodes sah mich ungläubig an, dann wandte er sich Philippos zu.

Der Grieche jedoch gab kein Wort von sich. Selbst als Orodes ihn mit einem ehrerbietigen "Herr?" ansprach, zeigte er keinerlei Reaktion.

Der Parther straffte seine mächtigen Schultern. "Ich werde Suavis holen", sagte er, diesmal an Juba gewandt. "Vielleicht hat sie etwas gesehen. Obwohl ich mir nicht sicher bin, ob wir ein vernünftiges Wort aus ihr herausbekommen werden."

"Das arme Ding", brummte Juba. "Der Anblick hier ist wahrlich nichts für ein Weib." Er machte eine ausladende Geste über Belius´ blutbesudelte Leiche.

Orodes eilte mit raschen Schritten davon, seine Männer hingegen ließen mich keinen Augenblick aus den Augen.

***

Als der Parther mit Suavis zurückkehrte, klammerte sie sich an seinen Arm und duckte sich halb hinter seinen massigen Körper. Sie wirkte kindlicher und zerbrechlicher denn je.

Ich war es, der die erste Frage an sie richtete: "Du hast mich hierhergeführt und bist dann in die Badegrotte zu Belius gegangen, nicht wahr, Suavis? Hast du ihn dort angetroffen?"

Das Mädchen starrte mich einen Augenblick furchtsam an, als wäre ich ein blutrünstiges Raubtier, dann nickte sie kaum merklich.

"Gut. Und dann bist du mit ihm hierher zurückgekehrt? Da müsst ihr mich doch schlafend vorgefunden haben, richtig?"

"Nein ... Herr", erwiderte sie mit zittriger Stimme und klammerte sich dabei noch fester an Orodes′ Arm. "Als ich Belius im Bad von deiner Ankunft unterrichtete, da sagte er mir, dass er sich gleich auf den Weg zu dir machen würde. Er wollte nicht, dass ich ihn begleite. Und er hat ausdrücklich gesagt, dass er keine Störung in der Laube wünsche. Deswegen –"

Ihre Stimme versagte. Ein gequältes Fiepen, das an einen verletzten Vogel erinnerte, entrang sich ihrer Kehle. Sie schluckte. Dann fuhr sie fort: "Deswegen habe ich nicht nach euch gesehen, also den ganzen Abend lang nicht. Aber schließlich wollte ich doch fragen, ob ihr noch Wein oder Speisen wünschtet." Sie schniefte, und sah mich dabei aus ihren himmelblauen Augen an, die jetzt vor Tränen schwammen.

Orodes legte seinen massigen Arm um sie und drückte sie an sich. Worauf Suavis noch heftiger aufschluchzte.

Sie tat mir leid, aber ich musste wissen, ob sie nicht vielleicht doch etwas gesehen hatte, das mir weiterhalf. "Hast du im Verlauf des Abends irgendjemand anderen hier in der Nähe der Laube bemerkt?", fragte ich. "Jemand, der in den Garten ging, oder vom Garten zurück ins Haus kam?"

"Darauf habe ich wirklich nicht geachtet, Herr. Ich habe mich zwischenzeitlich um andere Gäste gekümmert. Wie es meine Aufgabe ist", setzte sie noch hinzu, mit einem angstvollen Seitenblick auf Philippos.

Der nickte nur abwesend. Noch immer hatte er kein Wort gesprochen. Er stand da, als wäre er der Sklave, der sich respektvoll im Hintergrund hielt, während seine Herren diese scheußliche Angelegenheit schon irgendwie regeln würden.

Ich versuchte mein Glück weiter bei Suavis. "Als du Belius' Leiche entdeckt hast, da musst du doch gesehen haben, dass ich schlief? Dein Schrei war es, der mich weckte."

Suavis erwiderte nichts.

"Ist das wahr?", fragte Orodes nach, wobei er das Kinn des Mädchens mit seinem Zeigefinger anhob. Als sie zu ihm hochblickte, nickte er ihr aufmunternd zu. Dabei lag etwas Seltsames in seinem Blick. Etwas Weiches, Zärtliches, das ich diesem Partherkrieger niemals zugetraut hätte.

"Ich weiß nicht", stammelte Suavis. "Ich habe nur den ... den Toten gesehen. All das Blut."

"Herrn Thanar hast du nicht bemerkt?", hakte Orodes nach. "War er überhaupt hier, als du die Leiche fandest?"

"Ja, doch, er war da. Er lag hier." Sie deutete auf die Liege, von der ich mich längst erhoben hatte.

Dann zögerte sie. "Ich weiß nicht, ob er schlief", sagte sie kaum hörbar. Dabei huschte ihr Blick angstvoll über die Gesichter der anwesenden Männer, vermied jedoch mich.

"Da habt ihr es", griff ich nach dem wenigen, was Suavis mir geliefert hatte. "Wenn ich meinen Freund ermordet hätte – wozu es keinerlei Anlass gab, denn ich liebte diesen Mann wie einen Bruder! – dann wäre ich wohl kaum hier liegen geblieben, nach getaner Tat. Ich sage euch, dieser Mord soll mir angehängt werden, und es ist nicht der erste!"

Juba und Orodes tauschten einen vielsagenden Blick aus. Bestimmt hatten auch sie bereits von dem toten Primus

Pilus in meinem Hafen gehört. Wenn der Sklaventratsch Layla so ausgezeichnet mit Informationen versorgte, wie sie sagte, so reichte er bestimmt auch bis hierher in die Villa.

"Vielleicht schlief Herr Thanar nicht, sondern die Götter haben ihn mit Ohnmacht geschlagen", sagte Juba zu Orodes, als wäre ich gar nicht anwesend. "Damit er seiner gerechten Strafe nicht entkommt." Dabei umfasste der Africaner mit der Hand das Amulett, das er um den Hals trug.

XIV.

Zorn loderte in mir hoch. Das ging nun wirklich zu weit. Ich hatte genug davon, mich von Sklaven und Dienern verhören zu lassen wie vor einem hohen Gericht. Genug von Verleumdungen, die jetzt auch noch ein Gottesurteil auf mich herabbeschworen. "Schickt nach Tribun Marcellus!", rief ich, bevor Orodes etwas erwidern konnte. "Er ist mit der Aufklärung dieser Mordserie befasst. Er kann für mich bürgen und diese Tat hier untersuchen."

Das war eine gewagte Aussage, aus nichts als Verzweiflung geboren. Ob Marcellus mir Glauben schenken würde, wo ich zum zweiten Mal innerhalb weniger Tage des Mordes beschuldigt wurde, wussten nur die Götter. Aber er war ein Mann der Vernunft – zumindest hatte ich diesen Eindruck von ihm gewonnen. Er ließ sich von Fakten und stichhaltigen Argumenten überzeugen. Und er konnte mir helfen, nach dem wahren Mörder zu suchen. Wir würden die restlichen Sklaven des Hauses befragen, ob nicht doch jemand etwas gesehen hatte. Zumindest war das ein Anfang.

Der Mörder musste mir hierher in die Villa gefolgt sein. Die Mauer, die das Anwesen umgab, war kein echtes Hindernis für einen halbwegs gewandten Mann. Oder der Schurke war ungehindert durch das Atrium hier hereinspaziert. War er womöglich unter den Gästen der Villa zu suchen?

Philippos ergriff zum ersten Mal das Wort. "Ich finde, das ist eine gute Idee", sagte er. "Der Tribun soll entscheiden, was zu tun ist. Schickt einen Boten ins Legionslager."

Diesmal war es Orodes, der Jubas Blick suchte. Was immer er damit sagen wollte, der Africaner schien ihn zu verstehen. Er schüttelte kaum merklich den Kopf.

Daraufhin wandte sich Orodes Philippos zu. "Ich denke, es ist besser, wir bringen unseren Gast zum Tribun, Herr.

Ich reite gleich morgen früh selbst mit ihm los. Wir können ihn bei uns nächtigen lassen. In Sicherheit."

Der Parther wusste seine Worte gut zu wählen. Was er mit *in Sicherheit nächtigen lassen* meinte, war nur allzu deutlich. Er wollte mich einsperren.

Dass weder er noch Juba es für eine gute Idee hielten, die römische Legion in der Villa einfallen zu lassen, sah ich sogar ein. Die Gäste, die sich hier im Hause vergnügten, hätte das bestimmt nicht erfreut. Und es wäre auch sicherlich nicht förderlich fürs Geschäft, wenn sich herumsprach, dass ein Gast in einer der Gartenlauben ermordet worden war.

Ich jedoch konnte darauf keine Rücksicht nehmen. Ich musste Marcellus sprechen, mit seiner Hilfe meine Unschuld beweisen. Andererseits – von hier weg zu kommen, ins Legionslager zu reiten, das war mir nur recht. Doch ich hatte nicht vor, damit bis zum nächsten Morgen zu warten.

Ich wollte schon lautstark protestieren, darauf bestehen, dass man mich auf der Stelle zum Tribun brachte. Doch dann hielt ich inne. Wenn ich es mir recht überlegte, konnte ich wahrlich ein paar Stunden Zeit brauchen. Ich musste mir zurechtlegen, was ich überhaupt sagen wollte. Wie sollte ich Marcellus erneut meine Unschuld beweisen?

Darüber hinaus sehnte ich mich dringend nach etwas Schlaf. Ich musste einen klaren Kopf haben, wenn ich dem Tribun gegenüber trat, sonst würde ich Belius nur allzu rasch über den Totenfluss folgen. Durch den Magen irgendeiner blutrünstigen Bestie, der man mich vorwarf, wenn ich für schuldig befunden wurde.

Warum hatte mein Freund sterben müssen? Belius war der gutherzigste und friedliebendste Mann, den ich kannte. Welchen Hass konnte der Mörder gegen ihn hegen?

Widerstandlos ließ ich mich von Orodes′ Männern in den Keller der Villa führen. Sie brachten mich in einen leer stehenden Lagerraum, deren Tür mit einem eisernen Schloss gesichert war.

***

Ich hätte nicht sagen können, wie lange ich in dem Verlies lag und in die Dunkelheit starrte, ohne dass ich den Geschehnissen des Abends irgendeinen Sinn entlocken konnte. Oder wie oft ich dazwischen wegdämmerte. Bestimmt hatte mir nach meiner Ankunft in der Villa jemand ein Schlafmittel verabreicht, dessen war ich mir jetzt ganz sicher. Ich hatte keine fünf Becher Wein getrunken, war nicht berauscht – zumindest nicht so, wie man von Bacchus' Gaben berauscht wurde. Man hatte mich hereingelegt und erneut zum Mörder gemacht, so viel war mir klar. Aber wieso Belius? Warum nur hatte er sterben müssen?

Er hatte mir in seinem Brief angekündigt, dass er mir eine interessante Theorie vortragen wolle. Und er hatte Suavis befohlen, uns nicht zu stören, bei unserem Treffen in der Laube. Das musste doch heißen, dass er etwas herausgefunden hatte. Über die Morde. Oder den Mörder. Etwas, das den Schurken entlarven konnte – oder zumindest eine handfeste Spur, die uns am Ende zu ihm führen würde. Das musste es gewesen sein. Der Mörder musste davon erfahren haben.

Hatte Belius ihn womöglich mit seinem Wissen konfrontiert?

Nein, so leichtsinnig wäre mein Freund nicht gewesen. Er war nie große Wagnisse eingegangen, hatte nie ohne seine Wächter seinen Fuß vor die Tür gesetzt. Was ihn am Ende nicht hatten retten können.

Ich hatte meinen Freund auf dem Gewissen. Ich war es, der Belius in die Morde hineingezogen hatte. Mit dieser Schuld würde ich für den Rest meiner Tage leben müssen. Eine kurze Zeitspanne nur, wenn ich mir nicht bald etwas einfallen ließ.

Ein Geräusch ließ mich aus meinen düsteren Gedanken hochschrecken. Ein metallisches Kratzen irgendwo in der

Dunkelheit. Ich sprang auf die Beine und drückte mich gegen die Kellerwand. Dann erkannte ich, woher das Geräusch kam und was es war. Jemand drehte einen Schlüssel um, in dem eisernen Schloss, das mich von der Freiheit trennte.

War die Nacht schon verstrichen? Kam Orodes, um mich dem Tribun vorzuführen?

Meine Eingeweide verkrampften sich in kalter Panik. Ich war noch nicht so weit. Ich hatte nichts vorzuweisen, nichts zu sagen, keine feingeschliffenen Argumente für meine Unschuld.

Die Tür öffnete sich langsam und nahezu lautlos. Der schwache Lichtschein einer winzigen Öllampe fiel durch den Spalt.

Die Gestalt, die die Lampe trug, war nicht Orodes. Ich konnte nur ihre Umrisse ausmachen, aber die waren viel zu klein und schmal für den massigen Körper des Parthers.

"Thanar?", flüsterte die Gestalt.

Eine Frauenstimme!

Ich löste mich von der Wand, durchquerte mit raschen Schritten den Raum. Und dann wusste ich, wer da vor mir stand. "Suavis? Was machst du denn hier?"

"Pst", machte das Mädchen und presste den Zeigerfinger ihrer freien Hand gegen die Lippen. "Sie dürfen uns nicht hören", sagte sie, so leise, dass ich sie kaum verstand.

Sie blickte rasch über ihre Schulter, dann bedeutete sie mir mit einer Geste, ihr zu folgen. Was ich mir nicht zwei Mal sagen ließ.

Ihre Lampe erhellte kaum das Dunkel des Kellergangs, aber Suavis lotste mich sicheren Schrittes zur Treppe und dann durch einen schmalen Flur. Sie lief auf bloßen Füßen, so geräuschlos wie ein Reh im Wald. Während ich wie ein schlaftrunkener Bär hinter ihr her tappte, verwirrt und schwerfällig.

"Warum hilfst du mir?", flüsterte ich, als sie vor einer Tür zum Stehen kam. Einer massiven Holztür, die von innen verriegelt war. "Und wie bist du an den Schlüssel zu meinem Verlies gekommen?"

Suavis drückte mir ihre Lampe in die Hand und presste sich mit dem ganzen Gewicht ihres zarten Körpers gegen den massiven Riegel. Mit einem Quietschen, das mir durch alle Glieder fuhr, sprang die Tür auf. Kühle Nachtluft drang herein.

"Ich weiß, dass du unschuldig bist, Herr", flüsterte Suavis, sah sich gehetzt um und schubste mich dann mit ihren Kinderhänden durch die Tür. "Hier links geht es in den Garten. Am hinteren Ende ist die Mauer am leichtesten zu überwinden, glaube ich. Mach schnell!"

"Warte! Was weißt du, Suavis? Hast du den Mörder gesehen? Du musst es mir sagen!"

Wieder schielte sie angstvoll über ihre Schulter. "Ich fand dich tatsächlich schlafend – wie du es gesagt hast, Herr. Zu dem Zeitpunkt, als ich in die Laube zurückkehrte, und Belius –" Sie stockte.

"Und Belius tot war", vervollständigte ich ihren Satz.

Sie reagierte nicht, wollte zurück ins Haus huschen. Ich erwischte sie gerade noch am Arm und hielt sie zurück. "Warum hast du nicht bestätigt, dass ich schlief?", fragte ich.

Sie versuchte sich meinem Griff zu entwenden, musste jedoch einsehen, dass es sinnlos war. "Ich hatte Angst, Herr", flüsterte sie. "Ich getraute mich nicht, für deine Unschuld zu sprechen. Verzeih mir."

"Angst? Vor wem denn?"

"Du solltest jetzt wirklich fliehen, Herr."

"Ich gehe nicht, bevor du mir alles erzählt hast. Sag mir, was du weißt. Ich werde dich nicht verraten."

Ein leises Stöhnen entrang sich ihrer Kehle. "Ich weiß nichts, Herr. Ich dachte mir nur, dass du dich sicher nicht schlafen legen würdest, nachdem du deinen Freund ermordet hast. Aber wenn nicht du es warst, der ihn tötete –"

"– so muss es jemand anders getan haben", ergänzte ich. Womöglich einer jener Männer, die so selbstgerecht über mich Gericht gehalten hatten? Orodes? Oder Juba? Wer auch immer, wenn dieser Mann den Eindruck gewonnen hätte, dass Suavis zu viel wusste, war ihr Leben keine Sesterze mehr wert. Wer einen Primus Pilus mit der Axt niederstrecken konnte, würde das Genick dieses Mädchens mit bloßen Händen brechen. Vermutlich ohne einen Gedanken über ihren Tod zu verlieren. Kein Wunder, dass sie sich nicht getraut hatte, frei zu sprechen.

Ruckartig entzog mir Suavis ihren Arm, wirbelte herum und huschte zurück ins Haus. Sie hatte die Tür schon hinter sich zugezogen, bevor ich noch etwas erwidern konnte. Ich hörte nur noch den Riegel, der erneut quietschte wie ein gequältes Tier.

Ich stand allein in der Finsternis der Nacht, unfähig mich zu bewegen.

Was sollte ich jetzt tun? Fliehen, so weit mich meine Füße trugen? Über die Gartenmauer, zum Fluss und von dort weiter nach Norden zu meinem Haus? Ich konnte mein wertvollstes Hab und Gut in den Reisewagen packen, Layla mit mir nehmen und in den hohen Norden fliehen.

Wo ich den Rest meines Lebens auf der Flucht wäre. Gebrandmarkt als Mörder, dem man zwei Tote anlastete, einer davon ein römischer Primus Pilus. Der Tribun würde mich jagen lassen, und niemand, dem das eigene Leben lieb war, würde mir Unterschlupf gewähren. Das Barbaricum mochte keine Provinz des Imperiums sein, aber die Macht der römischen Armee reichte überall hin.

Nein, das war keine Lösung. Ich musste dem Tribun gegenübertreten, aus eigenen Stücken, als freier, unschuldiger Mann. Jetzt gleich. Nicht von einem Wächtersklaven der Villa vorgeführt und des Mordes angeklagt.

Ich musste Marcellus in aller Ruhe vortragen, was sich ereignet hatte, ihn überzeugen, dass Belius sterben musste, weil er dem Mörder zu nahe gekommen war. Etwas Besseres hatte ich nicht.

Ich hastete los, in die Richtung, die Suavis mir gewiesen hatte. Ich würde in Begleitung des Tribuns so schnell wie nur möglich in die Villa zurückkehren. Vielleicht fand sich ja noch irgendeine Spur des Mörders, wenn man gründlich danach suchte.

Der Himmel war bewölkt, die Nacht schwarz wie die Tiefen des Hades. Ich irrte über Gartenwege, über die ich bei Tage bestimmt schon hundertmal achtlos gewandelt war, jeden Augenblick in der Erwartung, dass man meine Flucht bemerkte und Häscher mich verfolgten.

Doch ich lauschte vergeblich auf Schritte in der Dunkelheit, spähte vergeblich nach dem Schein von Fackeln, die sich mir rasch näherten.

Schließlich fand ich die Mauer. Oder besser gesagt, ich stolperte blind in sie hinein. Tastend suchte ich nach Halt für meine Hände und Füße zwischen den groben Steinen – da streckte mich von hinten etwas nieder, das sich wie ein Blitz des Jupiter anfühlte. Feuriger Schmerz durchzuckte meinen Hinterkopf, dann wurde mir schwarz vor Augen.

XV.

Nun war der Zeitpunkt also gekommen. Meine Hinrichtung im Amphitheater.

Ich konnte schon das Brüllen der Bestie hören, die sich sogleich unter den anfeuernden Zurufen des Publikums auf mich stürzen würde. Ich kniete im Sand der Arena, schmeckte Blut im Mund. Der Schmerz in meinem Kopf hämmerte so brutal, dass ich nichts als Schwärze um mich herum wahrnehmen konnte.

Ich riss die Augen auf, zwang mich zu schauen, wollte der Bestie ins Angesicht blicken, die mich im nächsten Augenblick zerfleischen würde. Ein Bär, unverkennbar. Sein Brüllen war schon ganz nah, drohte meinen dröhnenden Schädel zum Zerbersten zu bringen.

Warum konnte ich nichts sehen? Warum mich nicht erinnern, an meine Anklage vor dem Richter, mein Todesurteil oder daran, wie man mich hierher in die Arena geschleppt hatte? War ich nicht eben noch im Garten der Villa gewesen? Ja doch – bis mich an der Mauer Jupiters Blitz niedergestreckt hatte. In diesem Moment fiel es mir wieder ein.

Benommen befühlte ich meinen Hinterkopf, in dem der Schmerz hämmerte. Meine Finger ertasteten Nässe, vermutlich mein Blut. Und eine große Beule.

Nicht der Blitz hatte mich getroffen, wohl eher so etwas wie ein Keulenschlag. Nicht der göttliche Jupiter hatte mich niedergestreckt, sondern ein menschlicher Häscher. Der Mörder?

Das nächtliche Verlies in der Villa drängte sich in meine Erinnerung zurück. Suavis, die mir zur Flucht verholfen hatte und nun womöglich selbst in Gefahr schwebte. Wie ich umhergeirrt war, in der nachtschwarzen Stille des Gartens. Bis zu jenem Schlag auf meinen Hinterkopf.

Die nachtschwarze Stille. Abgesehen von dem schaurigen Brüllen der Bestie, das mir in den Ohren dröhnte, war es noch immer gänzlich still um mich. Und nahezu stockdunkel. Wo war das Publikum auf den Rängen des Amphitheaters, wo ihr blutgieriges Grölen? Und warum war es Nacht? Hinrichtungen im Amphitheater wurden doch nicht in der Dunkelheit abgehalten?

Ich rappelte mich hoch, rieb mir die Augen, um mich endlich wieder sehend zu machen.

Das half ein wenig. Ich stellte fest, dass es gar nicht gänzlich dunkel um mich herum war. Etwas oberhalb von mir, in einer Entfernung von vielleicht dreißig Fuß konnte ich eine Fackel ausmachen. Sie steckte in einem Halter und spendete flackerndes Licht. Daneben war eine Tür zu erkennen. Und davor die Sitzreihen des Amphitheaters.

Nein, da war nur eine Reihe. Aber es *war* ein Amphitheater, in dem ich mich befand, wenn auch viel kleiner als das der Lagervorstadt oder der Zivilstadt.

Über mir spannte sich nicht der Nachthimmel, soviel erkannte ich jetzt auch. Ich war in einem Gebäude, in einem fensterlosen Raum.

Ich stand auf dem Boden der Arena, im Sand, und rund um mich herum ragte die Zuschauertribüne auf. Doch sie war leer. Kein einziger Schaulustiger blickte auf mich herab. Nur der Bär brüllte noch immer. Wo war er?

Schwankend drehte ich mich um die eigene Achse. Mir schwindelte, und der Schmerz in meinem Hinterkopf raubte mir beinahe die Sinne.

Zu meiner Rechten erkannte ich die Umrisse eines Gitters, das einen Lauftunnel verschloss. Aus diesem Tunnel drang das Gebrüll des Bären, aber sehen konnte ich die Bestie nicht. Hinter den Gitterstäben klaffte nur ein schwarzes Loch.

Auf der Tribüne direkt über dem Gitter bewegte sich etwas. Das Licht der einzelnen Fackel ließ weite Teile des Raumes im Halbdunkel, das ferne Ende sogar in gänzlicher

Schwärze. Aber das da oben auf der Tribüne war doch ein Mensch, zumindest den Umrissen nach. Nicht mehr als ein dunkler Schemen. Nein, es waren zwei! Drei oder vier Fuß weiter rechts kauerte noch ein Schatten auf der Tribüne. Er saß wohl auf der Zuschauerbank, denn er ragte weit weniger hoch auf als die andere Gestalt. Und er bewegte sich nicht.

"Wer seid ihr?", rief ich die Schemen an. "Wo bin ich hier?"

Ich erhielt keine Antwort. Stattdessen bückte sich die stehende Schattengestalt, und ein lautes Knirschen erklang. Gleichzeitig kam das Gitter vor dem Lauftunnel in Bewegung. Es schob sich Handbreit um Handbreit aufwärts.

Der Mann dort oben betätigte eine Seilwinde! Er ließ die Bestie, die jetzt noch blutgieriger brüllte, zu mir herein ins Rund der Arena.

Dies mochte keines der Amphitheater von Vindobona sein, aber dennoch sollte hier und jetzt eine Hinrichtung stattfinden. *Meine* Hinrichtung! Die beiden Gestalten dort oben auf der Tribüne hetzten eine Bestie auf mich.

Das Gitter vor dem Tunnel hatte sich bereits zur Hälfte gehoben. In ein paar Augenblicken würde sich das Untier auf mich stürzen. Taumelnden Schrittes steuerte ich die Seite der Arena an, in die das meiste Licht der Fackel fiel. Ich drückte meinen Rücken gegen das Holz der Tribüne, in dem sicheren Wissen, dass sie viel zu hoch war, um sie zu erklettern.

Aus dieser Arena gab es kein Entkommen. Und ich hatte dem Bären nichts entgegenzusetzen als meine nackten Fäuste. Schon stürmte er aus dem Tunnel, hielt inne und richtete sich brüllend auf den Hinterbeinen auf. Er roch wohl die beiden Menschen auf der Tribüne über ihm, denn ihnen wandte er sich zu. Er ließ sich auf alle viere zurückfallen und stürmte die paar Schritte in Richtung Bande. Dort kam er erneut auf die Hinterbeine, schlug mit einer

Pranke nach oben, doch die Tribüne lag selbst für ihn außer Reichweite.

Plötzlich war da ein neues Geräusch. Ein Poltern über meinem Kopf.

Schritte.

Die vage Ahnung von Stimmengemurmel.

Da oben war jemand!

Ich zögerte nur einen einzigen Atemzug lang, dann schrie ich aus Leibeskräften. "Hierher! Hier unten! Helft mir!"

Mir war klar, dass mein Geschrei die Aufmerksamkeit der Bestie auf mich lenken würde, und so war es auch. Und vielleicht liefen da oben nur die Kumpane der beiden Schurken herum, die gerade den Bären auf mich losgelassen hatten. Ich wusste ja noch nicht einmal, wo ich war und was über meinem Kopf lag. Dennoch war es meine einzige Chance.

Ich schrie noch einmal.

Der Bär stürmte auf mich zu.

Ich brüllte noch lauter. Ich starrte direkt in das hässliche Antlitz des Untiers und riss beide Arme über meinen Kopf, um mich so groß wie möglich zu machen. So verhielt man sich, wenn man sich im Wald plötzlich einer dieser braunfelligen Bestien gegenübersah und keine Waffe bei sich trug. Was bei mir nie vorkam. Ich durchquerte niemals unbewaffnet einen Wald.

Der Bär hielt inne. Keine fünf Fuß vor mir kam er zum Stehen, richtete sich erneut auf die Hinterbeine auf, riss seinen massigen Schädel hoch und brüllte mich aus seinem stinkenden Maul an.

Ich war ein toter Mann. Ein Bär war zwei Mal so schnell und fünf Mal so schwer wie der kräftigste Krieger. Er war mit Zähnen und Klauen bewaffnet, so scharf wie der beste keltische Stahl. In dem kleinen Rund der Arena gab es kein Entkommen vor diesem Ungeheuer.

Ich schickte mich schon an, den Göttern meine Seele zu empfehlen, da erzitterte die Tür oben auf der Tribüne in den Angeln. Im trüben Licht der Fackel ächzte sie gequält, dann splitterte das Holz, die Tür brach auf, und mehrere Männer stürmten dicht hintereinander herein. Männer mit Laternen und blitzenden Schwertern.

Der Bär riss den Kopf herum, verwirrt, wer ihm die Beute streitig machte. Geifer troff von seinen entblößten Eckzähnen.

Der erste der Männer erreichte das Geländer der Tribüne, übersprang es mit einem beherzten Satz und landete keine Armeslänge neben mir im Sand der Arena.

Es war Marcellus, der Tribun.

In diesem Augenblick griff die Bestie an.

***

Das Ungeheuer stürzte sich auf mich. Mit einem Hechtsprung, der mir einen grässlichen Schmerz durch den Rücken jagte, entging ich seinen gefletschten Zähnen. Ich landete auf dem Bauch und rollte mich rasch zur Seite, um auch den Pranken der Bestie zu entkommen. Doch ein Hieb traf mich, die Krallen gruben sich ins Fleisch meines Oberarms. Ich schrie auf.

Marcellus trieb dem Untier sein Schwert in die Flanke, gerade als es erneut nach mir schlagen wollte. Nun war es an der Bestie, vor Schmerz aufzuheulen. Sie ließ von mir ab, und wollte dem Tribun an die Kehle gehen, doch sein Hieb war gut gezielt gewesen. Schon taumelte der Bär, da stürzten sich zwei Legionäre von hinten auf ihn und gaben ihm mit ihren Schwertern den Rest.

Mit einem letzten markerschütternden Brüllen sank die Bestie zu Boden.

Eine Zeit lang, die ewig zu währen schien, lag ich einfach nur da. Im Sand der Arena. Ich spuckte aus, was mir davon in den Mund gekommen war, rieb mir die Augen, um wieder klar sehen zu können, doch dann übermannte mich der Schmerz. In meinem Rücken stach es, als hätte mich der

Bogenschütze erneut niedergestreckt, und mein Oberarm fühlte sich an, als hätte man ihn mir ausgerissen.

Der Tribun und einer seiner Legionäre halfen mir auf die Beine.

"Ich war noch nie so froh, dich zu sehen, Marcellus", sagte ich, und die Worte kamen mir von Herzen. "Du hast mein Leben gerettet."

Der Tribun machte eine Handbewegung, als wäre das nicht der Rede wert. "Was, bei allen Göttern, ist das hier?", rief er. "Eine unterirdische Arena? In einem Freudenhaus?"

Ein Freudenhaus? Dann waren wir noch in der Villa des Griechen? Das konnte doch unmöglich sein.

"Wie ... hast du mich gefunden?", stammelte ich. "Woher wusstest du –"

"Deine Sklavin ließ mich aus dem Bett holen", sagte Marcellus so selbstverständlich, als würde dieser Satz irgendeinen Sinn ergeben. Doch das tat er nicht. Tribune ließen sich nicht von Sklaven aus dem Bett holen.

"Layla", fügte er hinzu, und dabei huschte ein höchst seltsames Lächeln über sein Gesicht. "Sie hat wohl deinen Diener davon überzeugt, dass du in Gefahr wärst. Weil du von deinem Besuch in der Villa nicht nach Hause kamst. In so großer Gefahr, dass nur die römische Legion dich retten konnte. Mit dieser Botschaft wurden die beiden am Osttor vorstellig und begehrten, mich zu sprechen."

Da war es erneut, dieses Lächeln. Eine Mischung aus Triumph und – das andere wusste ich nicht zu benennen. Erheiterung über Laylas Kühnheit, mitten in der Nacht im Legionslager aufzutauchen und nach dem Tribun zu verlangen?

Meine geliebte Nubierin war es also, der ich mein Leben verdankte. Ich hatte ihre Sorge um mich belächelt, mir eingeredet, dass ich gut selbst auf mich aufpassen konnte. Diese Eitelkeit wäre mir beinahe zum Verhängnis geworden.

"Was ist dir zugestoßen?", fragte Marcellus. "Wie kamst du hierher?" Ungläubig sah er sich in der Arena um, blickte auf den reglosen Körper der Bestie hinab, mit der er es so furchtlos aufgenommen hatte.

"Ich wurde niedergeschlagen –" *Bei meiner Flucht*, hätte ich beinahe gesagt. *Weil man mich eingesperrt hatte als Mörder von Belius*. Aber dies war weder der Zeitpunkt noch der Ort, um Marcellus das zu erklären.

"Ich kam hier in der Arena zu mir", sagte ich also und beließ es vorläufig dabei. Dass ich in meiner ersten Verwirrung gefürchtet hatte, man habe mich *ad bestias* verurteilt, behielt ich auch lieber für mich. Der Tribun musste nicht wissen, wie nahe ich mich der Hinrichtung wähnte.

"Wer?", fragte der Tribun. "Wer hat dir das angetan?"

"Ich weiß es nicht. Ich konnte sie in der Dunkelheit nicht erkennen."

Marcellus stieß einen Fluch aus.

Ich blickte hoch zur Tribüne, wo sich zwei Legionäre mit Laternen und gezogenen Schwertern positioniert hatten. Daneben kauerte einer der Wächtersklaven der Villa, der wohl heute den Nachtdienst am Tor versehen und die Legionäre ins Haus gelassen hatte. Der Mann sah sich in dem Amphitheater um, als sehe er es zum allerersten Mal. Von den beiden Gestalten jedoch, die den Bären auf mich gehetzt hatten, fehlte jede Spur.

"Vermutlich gibt es dort hinten einen weiteren Ausgang", sagte ich und deutete zu jener Seite der Arena, in die der Bestientunnel mündete.

Marcellus wies zwei seiner Legionäre an, nachzusehen. "Wäre gut, wenn wir den Ausgang unverschlossen vorfänden", wandte er sich anschließend wieder an mich. "Dich in deinem Zustand auf die Tribüne zu hieven, könnte schwierig werden."

Ich ließ seinen Arm los, auf den ich mich noch immer stützte. Ich wollte ihm zeigen, dass es nicht so schlimm um mich stand, wie er annahm.

Meine Beine trugen, aber der Schmerz, der durch meinen Körper tobte, wollte einfach nicht nachlassen.

"Zieh dein Hemd aus", sagte Marcellus. "Lass mich die Wunde besehen."

Ich tat, wie mir geheißen. Vorsichtig zog ich mir das Hemd über den Kopf. Danach schielte ich selbst auf meine nackte Schulter hinab. Die Krallen des Bären hatten sich tief in mein Fleisch gegraben, aber ich konnte meinen Arm noch bewegen. Erleichtert atmete ich auf.

Marcellus riss jenen Teil von meinem Hemd ab, der nicht blutbesudelt war, und faltete mir daraus mit geschickten Handgriffen einen Verband. Er verknotete ihn fest um meinen Arm. "Das wird halten, bis wir dich ins Valetudinarium gebracht haben. Dann kann Thessalos dich fachmännisch zusammenflicken – mal wieder." Er grinste mir zu.

"Es geht schon", sagte ich mit mehr Tapferkeit als ich empfand.

XVI.

Einer der beiden Legionäre, die Marcellus losgeschickt hatte, kehrte aus dem Bestientunnel zurück. "Dieser Gang führt nur in einen Käfig, und der ist von außen abgesperrt, Tribun."

Der zweite Legionär trat neben ihn, und rüttelte an der eisenbeschlagenen Tür, die sich nur ein paar Fuß zur Linken des Bestientunnels in die Bande der Arena einfügte. Auf diesem Weg hatte man mich wohl hereingeschleppt, aber jetzt war diese Tür natürlich ebenfalls abgesperrt.

Der Legionär warf sich beherzt dagegen, konnte aber nichts ausrichten. Türblatt und Schloss waren darauf ausgelegt, einem Bären standzuhalten.

"Sklave", rief Marcellus den Wächter an, der oben an der Tribüne hockte. "Wer hat den Schlüssel zu dieser Tür?"

"I-ich habe keine Ahnung, Tribun", stotterte der Mann und verbeugte sich dabei tief. "Ich bin d-das erste Mal hier unten. Soll ich den Herrn wecken?"

"Tu das. Und eile dich. Er schuldet meinem Freund hier jede Menge Antworten. Aculeo, du gehst mit ihm", befahl er einem der Legionäre.

Meinem Freund hier. Oh, wie mir die Worte wohl taten. Dann hielt Marcellus mich nun also nicht mehr für einen Mörder? Ich atmete erleichtert auf, was jedoch als gequältes Stöhnen herauskam, weil gerade wieder der Schmerz wie mit glühendem Eisen durch meinen Arm fuhr.

Der Tribun blickte mich besorgt an, trat auf mich zu und prüfte noch einmal den behelfsmäßigen Verband, den er mir angelegt hatte. "Er hält gut", sagte er, und ich presste ein Lächeln und ein paar Worte des Dankes hervor.

***

Ein paar Minuten später kam der Legionär, den Marcellus mit dem Wächtersklaven losgeschickt hatte, oben auf der Tribüne durch die zerborstene Tür gelaufen.

"Hast du den Schlüssel?", fragte Marcellus.

Der Soldat kam an der Bande zum Stehen und beugte sich zu uns herab. "Nein, Tribun." Er zögerte.

"Was ist?", herrschte ihn Marcellus an.

"Wir fanden den Hausherrn tot, Tribun."

"Philippos?", entfuhr es mir. Das konnte doch nicht sein. Noch ein Mord?

Marcellus stieß einen Fluch aus. Sein Blick glitt rastlos über die Bande der Arena, die uns gefangen hielt. "Dann müssen wir eben klettern", befahl er. "Los, Männer, bildet eine Leiter für Thanar!"

Die Soldaten gehorchten prompt. Wie eine Akrobatentruppe türmten sich die drei Legionäre, die sich mit uns in der Arena befanden, an der Bande auf. Zwei bildeten die Basis, der dritte kletterte auf ihre Schultern und streckte mir seine Hände entgegen.

Ich konnte nur mit meiner Rechten danach greifen, der linke Arm, den der Bär mir zerfleischt hatte, war nicht zu gebrauchen. Marcellus schob mich aufwärts, von oben beugten sich zwei weitere Soldaten zu mir herab, und mit vereinten Kräften hievten sie mich schließlich auf die Tribüne. Danach zogen sie den Tribun und die anderen Legionäre hoch, was wesentlich rascher vonstatten ging.

"Bring uns zu dem Toten, Aculeo", befahl Marcellus, dann reichte er mir seinen Arm zur Stütze, und wir setzten uns raschen Schrittes in Bewegung.

Wir kletterten durch die Tür, die die Legionäre aufgebrochen hatten, oder besser gesagt durch das, was davon übrig war, folgten einem langen, verwinkelten Gang und erklommen schließlich eine Treppe. Sie endete in einem Flur, der direkt hinter dem Atrium lag.

In der Villa herrschte hektische Betriebsamkeit. Aus allen Teilen des Hauses kamen Sklaven gelaufen, die erschrocken oder verschlafen dreinblickten, die erstarrten oder sich wegduckten, sobald sie die Legionäre erblickten.

Marcellus ignorierte sie, und ich mühte mich, mit ihm Schritt zu halten. Die sich überschlagenden Ereignisse ließen mich für den Moment meine Schmerzen vergessen.

Ein Bär in der Villa des Griechen? Philippos, tot? Das ergab doch alles keinen Sinn. Nicht den geringsten. Unaufhörlich tobten die Fragen in meinen Kopf: Warum hielt man sich in diesem Haus eine solche Bestie? Was hatte es mit der unterirdischen Arena auf sich? Wer waren die beiden Schurken, die mich dem Untier vorgeworfen hatten? Bestimmt hatten die beiden auch Philippos auf dem Gewissen. Und all die anderen Toten. Belius, meinen geliebten Freund.

Der Legionär, dem wir folgten, führte uns in einen Teil der Villa, den ich noch nie betreten hatte. Anscheinend lagen hier die Privaträume, die für Gäste nicht zugänglich waren.

Wir gelangten an eine Tür, die halb offen stand. Davor hatte sich der Wächtersklave postiert, den Marcellus vorhin nach dem Schlüssel losgeschickt hatte. Zu seinen Füßen kauerte ein schluchzendes, weißblondes Mädchen. Suavis? Sie heulte so verzweifelt, dass es ihren zarten Körper regelrecht schüttelte.

"Was ist hier los?", rief Marcellus den Sklaven an.

Das Mädchen hob ruckartig den Kopf, und da sah ich, dass es gar nicht Suavis war. Sondern Alva, ihre Mutter. Die Ähnlichkeit der beiden Frauen war wirklich erstaunlich.

"Wir fanden sie neben dem Toten, Tribun", sagte der Legionär, der uns hergeführt hatte. "In diesem Zustand."

Der Wächtersklave trat verlegen von einem Fuß auf den anderen, eindeutig überfordert mit der weinenden Frau.

"Dann hat sie den Hausherrn getötet?", fragte der Tribun ungläubig.

Alva stieß einen Laut aus, der an ein waidwundes Reh erinnerte, dann sprang sie plötzlich auf und wollte an uns vorbeihuschen. Doch Marcellus verfügte über ausgezeichnete Reflexe. Sein Arm schnellte ihr hinterher und bekam sie an der Schulter zu fassen. "Halte sie fest", befahl er dem Legionär und schob sie dem Mann zu.

Ungestüm drückte er die Tür auf, die der Sklave bewacht hatte. Der Raum, der dahinter lag, war ein Arbeitszimmer, ausgestattet mit einem geschnitzten Stuhl, einem Schreibtisch aus Edelholz, und einer riesigen, eisenbeschlagenen Truhe.

Auf dem Stuhl saß Philippos - nein, er hing mehr, als dass er saß. Seine rechte Hand war um das Heft eines Dolches erschlafft, der tief in seiner Brust steckte. Der Boden unter ihm schwamm in Blut. Der Hausherr der Villa war tatsächlich tot.

"Was ist das?", sagte Marcellus und griff nach einem doppelflügeligen Wachstäfelchen, das aufgeklappt auf dem Tisch lag. Der dazugehörige Stift war in die Blutlache zu Philippos′ Füßen gerollt.

"*Ich bereue nichts*", las Marcellus vor. "*Tod den Unterdrückern!* Gezeichnet: *Philippos.*"

Der Tribun schob mir die Tafel in die Hand. Eine tiefe Falte zeichnete sich auf seiner jugendlichen Stirn ab.

Verwirrt las ich die Worte noch einmal. Mein Blick wanderte erneut über die Leiche. Und da wurde mir die Bedeutung dessen klar, was ich zuvor zwar bereits gesehen, aber nicht erfasst hatte: Philippos′ rechte Hand hatte den Dolch geführt. Sie hing noch leblos am Heft der Waffe und war über und über mit Blut besudelt.

Der junge Grieche war nicht ermordet worden, sondern hatte sich selbst das Leben genommen. Und was ich in der Hand hielt, war sein Abschiedsbrief - in dem er sich zu den Morden bekannte! Er war kein weiteres Opfer, sondern der Täter, der drei Männer auf dem Gewissen hatte. Falco, Rufus, Belius. Und nur Marcellus hatte ich es zu verdanken, dass ich nicht der vierte geworden war. Oder besser gesagt meiner treuen Layla, die den Tribun alarmiert hatte. Ich konnte es gar nicht erwarten, sie in meine Arme zu schließen.

Ich bereue nichts. Tod den Unterdrückern! Ich konnte nicht behaupten, dass diese Sätze großen Sinn für mich ergaben.

Doch dann fielen mir Laylas Worte wieder ein, ihre fixe Idee, die Furien hätten die bösen Männer erschlagen, wie sie das formuliert hatte. Falco, den Primus Pilus, und Rufus, den Rinderfürsten. Hatte Philippos in den beiden das gleiche gesehen wie meine Sklavin? Unterdrücker, von denen man die Welt befreien musste?

Doch was war mit Belius – oder mir? Belius war ein herzensguter Mann gewesen, und was mich anbelangte, so konnte man mir Vieles nachsagen, aber ein Unterdrücker war ich ganz bestimmt nicht!

"Philippos ist also unser Mörder?", hörte ich Marcellus sagen. Es klang wie ein Echo meiner eigenen Gedanken. "Der Mann muss völlig von Sinnen gewesen sein." Der Tribun schüttelte den Kopf, dann wandte er sich nach Alva um, die noch immer von einem der Legionäre festgehalten wurde. Die Augen des Soldaten wanderten unablässig an ihr auf und ab, als wäre es Venus persönlich, die er da gefangen hielt. Was nicht weiter verwunderte. Sklavinnen von Alvas Schönheit und Anmut bekam der durchschnittliche Legionär normalerweise in seinem ganzen Leben nicht zu Gesicht.

"Frau", wandte sich Marcellus an sie, "sag mir, was du gesehen hast!"

Alva kehrte sich mit flehendem Blick mir zu, wohl weil sie mich bereits kannte. Oder weil Marcellus ihr Angst einflößte. Darin war der Tribun wirklich gut.

Ich ging zu ihr und nahm sie dem Legionär ab, der sie festhielt. Sie drückte sich zitternd an mich.

"Hab keine Angst", sagte ich, "niemand beschuldigt dich. Wir wollen nur wissen, was sich hier zugetragen hat. Was wolltest du so spät nachts in Philippos′ Gemächern?"

"Meine Kammer ... ist nebenan", wisperte Alva mit blutleeren Lippen. "Ich habe geschlafen, aber dann weckte mich Lärm im Haus. Schritte. Und Stimmen. Ich wollte bloß nachsehen, was los war ... und da entdeckte ich den Herrn." Sie schluchzte erneut auf.

Ich strich ihr sanft über das Haar. Mir kam ein schrecklicher Gedanke: Der junge Grieche hatte sich doch hoffentlich nicht vor den Augen dieser armen Frau entleibt?

"Philippos war schon tot, als du ihn fandest?", begann ich vorsichtig.

Zu meiner großen Erleichterung nickte Alva ein paar Mal heftig. "Ja, Herr. Ich fand ihn so –" Ihre Stimme versagte. Ihre Augen schwammen in Tränen. "Warum hat er das getan?", heulte sie. "Warum nur? Wie konnte er mir das antun?" Sie vergrub ihr Gesicht an meiner Brust.

Ich wunderte mich über ihre Worte, und so wie Marcellus mich anblickte, schien es ihm genauso zu ergehen. Aber jetzt war nicht der Zeitpunkt, noch mehr aus Alva herauszubekommen. Ihre Tränen strömten wie die Wasser des Danubius und schienen nicht mehr versiegen zu wollen.

"Lass uns gehen, Thanar", sagte der Tribun. "Du gehörst ins Hospital und kannst ein paar Stunden Schlaf vertragen. Ich lasse meine Männer das Haus bewachen, und morgen früh sehen wir uns alles in Ruhe an. Ich habe noch jede Menge offener Fragen. Einverstanden?"

Ich nickte wortlos. Was die offenen Fragen anbelangte, konnte ich ihm nur zustimmen. Aber der Gedanke an ein weiches Bett war jetzt gerade verlockender als alles andere.

Marcellus wandte sich dem Wächtersklaven zu: "Wie groß ist die Familia dieser Villa? Wie viele Menschen leben hier?"

"Um die vierzig, alles zusammen, Herr", nuschelte der Sklave mit angstgeweiteten Augen.

"Gut. Wir werden morgen früh einige Fragen an euch alle haben. Für heute kannst du dich zurückziehen."

Der Sklave huschte davon, als wären die Furien persönlich hinter ihm her. Ich ließ Alva los, die mich völlig nassgeweint hatte. Sie steuerte wie eine Schlafwandlerin die Tür zu unserer Rechten an. Ihre Kammer lag tatsächlich direkt neben den Gemächern ihres Herrn.

"Ihr drei bewacht das Haus", fuhr der Tribun fort, wobei er den Legionären zunickte, die zu unserer Linken standen. "Einer die Pforte, einer den Zugang hier zu den Herrengemächern, einer die Sklavenunterkünfte. Niemand betritt oder verlässt die Villa. Dafür steht ihr mir gerade."

"Jawohl, Tribun", antworteten die Soldaten, wie aus einem Munde.

XVII.

"Wen meinte Philippos wohl, als er *Tod den Unterdrückern* schrieb?", sinnierte der Tribun vor sich hin, während mich der Medicus im Lagerhospital verarztete. "Uns Römer? War er ein Aufwiegler, tötete er deswegen den Primus Pilus? Weil er uns hasste?"

"Keine Ahnung" presste ich durch zusammengebissene Zähne hervor. Thessalos, der Arzt, säuberte gerade meine Wunde, was sich anfühlte, als risse mir der Bär noch einmal das Fleisch von den Knochen. Diesmal langsam und genussvoll.

"Bei Falco ergäbe das ja noch einen Sinn", führte der Tribun seine Überlegung fort. "Er war römischer Soldat und auch als Mensch ... nun, sagen wir ein recht forscher Bursche, der seinen Willen gern durchsetzte. Aber die anderen Männer, die Philippos ermordete – Rufus und deinen Freund Belius, die waren zwar römische Bürger, aber doch beide keltischer Abstammung, nicht wahr? Und du bist –" Er stockte.

"Ein Barbar, ich weiß", vollendete ich seinen Satz.

Marcellus hatte recht. Dass Philippos all die Morde begangen haben sollte, ergab einfach keinen Sinn. War der junge Grieche wirklich dem Wahnsinn verfallen? Er hatte sich zu Lebzeiten des Vaters stets im Hintergrund gehalten, und nach dessen Tod die Führung der Geschäfte weitgehend Juba, dem Leibdiener des Alten, überlassen.

Der Alte!, schoss es mir durch den Kopf – nein, ich muss es laut gerufen haben, denn der Medicus schreckte hoch. "Kannst du mal bitte ruhig halten, bis ich hier fertig bin?", beklagte er sich. Er hatte endlich aufgehört, mir feurigen Schmerz in die Wunde zu gießen und schickte sich gerade an, einen Verband anzulegen.

"Was ist mit dem Alten?", fragte Marcellus.

"Der ist kürzlich verstorben. Er fiel einer Bärenattacke zum Opfer."
"Was? Du meinst in der unterirdischen Arena? Er wurde auch ermordet?"
Ich nickte langsam. "Es hieß, er sei im Wald angefallen worden. Aber hältst du das nicht für einen seltsamen Zufall, wenn in seinem eigenen Haus ein wilder Bär lebte?"
"Dann war er der erste, den Philippos ermordete? Den eigenen Vater? War *der* denn ein Unterdrücker?"
"Ich kannte ihn nur als Gastgeber der Villa, aber er führte den Haushalt auf jeden Fall wesentlich strenger als sein Sohn jetzt. Und Philippos stand zu Lebzeiten ganz in seinem Schatten."
"Bis er es nicht mehr ertrug und zum Vatermörder wurde?", sinnierte Marcellus und klang dabei wie ein Philosoph. "Es gibt solche Menschen, Thanar. Sie lassen sich knechten, leben ganz und gar unsichtbar vor sich hin. Sie wirken völlig harmlos nach außen, ja ängstlich sogar. Und dann plötzlich ist das Fass voll. Dazu braucht es vielleicht nur noch eine Kleinigkeit – und sie verlieren den Verstand. Beißen blind um sich wie ein geprügelter Hund."
"Aber warum dann all die anderen Männer ermorden?", warf ich ein.
Der Tribun rieb sich das Kinn, während seine Stirn in tiefen Falten lag. Er schien sich in der Rolle des Philosophen, des Denkers, sehr wohl zu fühlen. "Nun, vielleicht fand Philippos Gefallen am Töten. Es fühlte sich gut an, sich des Tyrannen zu entledigen. Vielleicht verfiel er danach auf die Idee, Vindobona von weiteren Unterdrückern zu befreien? Also von Männern, die er als solche empfand?"
"Belius war alles Mögliche, aber bestimmt kein Tyrann. Und was mich betrifft –"
Der Tribun winkte ab. "Ich wollte dir nicht zu nahe treten. Womöglich sah Philippos in euch beiden einfach besonders anstrengende Gäste? Weiltet ihr oft unter seinem Dach?"

"Das schon", gab ich zu.

"Warte!", rief Marcellus unvermittelt aus. In seinen Augen leuchtete etwas auf, als folge er einer plötzlichen Eingebung. "Hast du vielleicht mit Belius in der Villa über die Morde gesprochen?"

"Ja", sagte ich, unsicher, worauf er hinaus wollte. "Ich bat Belius um Rat, als du mich ... als man die Leiche des Primus Pilus in meinem Hafen fand."

"Als ich dich des Mordes an Falco bezichtigte", sprach der Tribun das aus, was ich eigentlich hatte sagen wollen.

Ich nickte wortlos.

"Nun, dann mag das Philippos dazu getrieben haben, euch beiden ebenfalls nach dem Leben zu trachten. Er hat euer Gespräch in der Villa belauscht und fühlte sich bedroht. Er fürchtete, ihr könntet ihn als Mörder entlarven."

"Ja", sagte ich, endlich begreifend, "und da war noch etwas." Ich erinnerte mich wieder an die Grübeleien, auf die ich im Kellerverlies der Villa verfallen war. "Belius schrieb mir, dass er eine Theorie zu den Morden habe. Und er ließ gestern Abend eine verschwiegene Laube in der Villa reservieren. Wo wir nicht gestört werden sollten."

"Da hast du es", sagte Marcellus. "Philippos hat das mitbekommen, zog seine Schlüsse daraus und entsann seinen finsteren Plan."

Wieder nickte ich. Genau so konnte es sich abgespielt haben. Was bedeutete, dass ich meinen Freund Belius tatsächlich auf dem Gewissen hatte. Er war gestorben, weil ich ihn in die Mordsache hineingezogen hatte. Würde ich mir das je verzeihen können? Ich wusste es nicht. Mir blieb nur der schwache Trost, dass sein Tod bereits gerächt worden war. Wenn auch nicht durch meine Hand.

Aber das unterirdische Amphitheater? Das hatte doch sicherlich nicht Philippos bauen lassen. Innerhalb der wenigen Wochen seit dem Tod des Vaters hätte er das unmöglich bewerkstelligen können.

War diese Arena also das Werk des Alten gewesen? Wenn ja, so konnte es um dessen Verstand auch nicht allzu gut bestellt gewesen sein. Wer hielt sich im Keller einen Bären und baute sich eine Arena für private Spiele? Und wen hatte man gegen dieses Untier antreten lassen? Bei dieser letzten Frage lief mir ein eiskalter Schauer über den Rücken. War schon der alte Lycortas ein Mörder gewesen? Hatte er unschuldige Menschen von der braunfelligen Bestie zerfleischen lassen?

"Jedenfalls war dieser Philippos ein sehr schlauer Bursche", riss mich Marcellus aus meiner düsteren Meditation. "Er verstand es meisterhaft, seine Schandtaten dir in die Schuhe zu schieben. Schon von Anfang an. Und wären seine finsteren Pläne heute Nacht wieder von Erfolg gekrönt gewesen, so hätte man dich wohl morgen früh irgendwo im Wald nahe der Villa gefunden. Von einem Bären zerfleischt. Es hätte so ausgesehen, als habest du deinen Freund Belius ermordet, wärst dann des Nachts aus der Villa entflohen und bei deiner Flucht der Bestie zum Opfer gefallen. Ein wahrhaft genialer Plan, ich muss schon sagen!"

Ich nickte wortlos und dankte still den Göttern, dass sie diesen Plan, den ich einfach nur abscheulich fand, in letzter Minute vereitelt hatten. Dass sie mir Marcellus zu meiner Rettung geschickt hatten.

"Als Philippos sah, wie wir das Amphitheater stürmten, muss er sich durch den Hinterausgang davon gestohlen haben", führte Marcellus seine Betrachtungen weiter. "Er wusste, dass er verloren war, dass es kein Entkommen für ihn gab – und so schlich er sich in seine Gemächer zurück, griff nach einem Dolch und entleibte sich. Ein schmachvoller Tod, aber weniger qualvoll als der, den wir ihm bereitet hätten. Das wusste er wohl."

"So, fertig", verkündete Thessalos, der Medicus. Er warf einen letzten prüfenden Blick auf den Verband, den er mir angelegt hatte, dann half er mir, eine saubere Tunica überzuziehen. "Vielleicht gelingt es dir ja morgen, dich nicht erneut verstümmeln zu lassen", scherzte er mit dem Galgenhumor des Militärarztes.

Ich versicherte ihm, dass ich fest vorhatte, nicht so bald wieder sein Patient zu werden, und dankte ihm herzlich für seine Dienste.

Mein nächster Gedanke galt Layla. Noch ein kurzer Ritt über den Fluss, dann würde ich bei ihr sein. Ich bat Marcellus, mir mein Pferd bringen zu lassen.

Doch der schüttelte den Kopf. "Du reitest nirgendwo hin, mein Freund. Du bist heute Nacht Gast in meinem Haus und schläfst dich mal ein paar Stunden aus. Dein Diener und deine Sklavin warten schon auf dich."

"Sie sind hier? Im Lager?"

Marcellus nickte. "Ich sagte doch, dass sie mich um deinetwillen alarmierten. Denkst du, ich habe sie danach einfach ihrer Wege geschickt? Ich musste deiner Sklavin geloben, dich in einem Stück zu ihr zurückzubringen. Am liebsten wäre sie wohl selbst mit zur Villa geritten." Ein Lächeln stahl sich über sein Gesicht. "Sie ist eine wahre Löwin, deine kleine Nubierin."

Er zögerte einen Augenblick, schien über etwas nachzugrübeln. Dann klopfte er mir brüderlich auf meine unversehrte Schulter und sagte: "Ich hoffe, du verzeihst mir, dass ich so hart mit dir ins Gericht gegangen bin. Dass ich dich für einen Schurken und Mörder hielt. Du bist ein guter Mann, Thanar."

"Für einen Barbaren?", fügte ich mit einem Grinsen hinzu, und dann lachten wir beide.

Vielleicht hatte ja auch ich dem Tribun Unrecht getan. Der Mut und die Tatkraft, mit der er mein Leben vor dem Bären gerettet hatte, zeugten jedenfalls von einem edlen Charakter. Ja, Marcellus war wirklich in Ordnung. *Für einen Römer*, fügte ich in Gedanken hinzu und lächelte still in mich hinein.

XVIII.

Die großzügigen und eleganten Tribunenhäuser lagen an der Hauptstraße des Lagers, direkt gegenüber der Principia – dem Stabsgebäude und Fahnenheiligtum der Legion. Jede der sechs Villen war zweistöckig um ein weitläufiges Atrium gebaut und mit allem Komfort ausgestattet. Welten trennten sie von den Unterkünften der einfachen Legionäre. Die Männer drängten sich zu zehnt in engen Schlafräumen.

Noch niemals hatte ich selbst ein Tribunenhaus von innen gesehen. Schlanke Marmorsäulen empfingen mich, als Marcellus mich über seine Schwelle führte.

Scharen von Sklaven kamen angelaufen, um ihrem Herrn einen würdigen Empfang zu bereiten. Kunstvolle Malereien schmückten die Wände und ein herrliches Mosaik bedeckte den Fußboden. Es zeigte den Gott Mars bei einer seiner ruhmreichen Schlachten.

Zwischen Marcellus´ Sklaven drängte sich Layla hervor und stürmte mit einem Freudenschrei auf uns zu. Sie warf sich mir an den Hals, dass ich beinahe das Gleichgewicht verlor, aber ihr Blick huschte dabei auch über die Gestalt des Tribuns. "Den Göttern sei Dank, ihr seid unverletzt!", rief sie.

Dann küsste sie mich und verbeugte sich vor Marcellus. Als sie sich wieder aufrichtete, streifte sie mit ihrer Wange wie zufällig seinen Arm.

Ein merkwürdiges Lächeln huschte über die jugendlichen Züge des Tribuns. Im nächsten Augenblick war es auch schon wieder verschwunden.

Marcellus wandte sich um und setzte sich forschen Schrittes in Bewegung. "Hier entlang", sagte er, wieder mit der befehlsgewohnten Stimme, die ich schon so gut von ihm kannte.

Er führte mich in einen großzügigen Raum im Obergeschoß, wo ein Sklave gerade ein Nachtlager für mich bereitete. Das Bett war breit und dick gepolstert, auf einem kleinen Bronzetisch standen ein Krug Wasser und eine Amphore Wein bereit, daneben ein Teller mit Früchten, Nüssen und Käse.

Erst jetzt fiel mir auf, dass ich einen Bärenhunger hatte – nein, halt, dieses Wort wollte ich auf absehbare Zeit nicht einmal mehr denken! Einen sehr großen Hunger also.

Ich ließ mich auf das weiche Lager fallen und machte mich über die Köstlichkeiten her.

Layla gesellte sich an meine Seite und wollte alles wissen, was mir widerfahren war. So schilderte ich ihr, während ich mich labte, noch einmal die Ereignisse der ganzen Nacht. Selbst in meinen eigenen Ohren klang das, was ich zu erzählen hatte, vollkommen unwirklich. Wie ein nicht enden wollender düsterer Traum.

Mit schreckgeweiteten Augen hörte Layla mir zu. Als ich den Kampf gegen den Bären beschrieb, wanderte ihr Blick mehrfach über die Gestalt des Tribuns, der lässig an einer der Wände lehnte und mit geradezu väterlichem Blick auf uns herabsah.

Mit einer abwiegelnden Handbewegung tat er seinen Heldenmut in der Arena als Selbstverständlichkeit ab. "Dein Herr hätte das gleiche für mich getan", sagte er zu Layla.

Hätte ich?

Für einen Moment schwiegen wir alle drei. Ich trank einen Becher stark gewässerten Wein und genoss die wohlige Müdigkeit, die sich in meinen Gliedern breitmachte.

"Bist du sicher, dass du zwei Männer auf der Tribüne gesehen hast?", fragte der Tribun unvermittelt in die entstandene Stille hinein. "Das passt doch nicht ... oder hatte Philippos einen Gehilfen, der ihn bei seinen Schandtaten unterstützte?"

Ich blickte hoch. Marcellus hatte Recht. Warum war mir das selbst noch nicht aufgefallen?

Ich grübelte nach, was ich in meiner Panik tatsächlich gesehen hatte – und was nicht. Die Arena hatte zu weiten Teilen im Dunkel gelegen. Ich war eben aus einer Ohnmacht erwacht und hatte meinen Verstand damit gequält, wie ich dem Tod entrinnen konnte, der mir unmittelbar bevorstand. Hatte ich mir die zweite Gestalt auf der Tribüne nur eingebildet? Sie hatte unbeweglich dagesessen – vielleicht hatte Philippos bloß etwas auf der Tribüne abgelegt und ich in diesem Bündel fälschlicherweise einen Komplizen gesehen?

"Ich kann es nicht mit Sicherheit sagen", gab ich Marcellus zur Antwort. "Vielleicht war es auch nur ein einziger Mann, den ich sah."

Der Tribun erwiderte nichts. Er fuhr sich mit der Hand über sein glattrasiertes Kinn und begann dann, im Zimmer auf und ab zu laufen.

Ich mühte mich, meinem Gedächtnis noch mehr Details aus der Arena zu entlocken, doch es mochte mir nicht gelingen. Die Müdigkeit lastete bereits schwer auf meinen Lidern. Ich wollte nur noch schlafen.

Marcellus kam zum Stehen. "Layla", wandte er sich an meine Sklavin, "du warst doch selbst einmal Teil der Familia des Griechen, nicht wahr? Du hast einige Monate unter seinem Dach gelebt, vor knapp einem halben Jahr?"

Layla nickte kaum merklich.

"Und da wusstest du nichts von dem Bären? Oder von dem Amphitheater im Keller? Das muss doch schon zu deiner Zeit existiert haben."

Laylas Gesicht verdunkelte sich. Es verging eine ganze Weile, bis sie antwortete. "Eines der Mädchen hat mir mal gerüchteweise davon erzählt. Ich glaube, es war Suavis. Oder Chloe? Ich weiß es nicht mehr. Es hieß jedenfalls, dass der alte Herr irgendwelche grausamen Spiele trieb. Heimlich nachts im Keller. Und dass dort unten ein Monstrum hause. Es war eine grässliche Geschichte, aber ich hielt sie für ein bloßes Ammenmärchen. Und selbst wenn ich den Gerüchten Glauben geschenkt hätte, was hätte ich denn unternehmen sollen? Was hätte irgendein Sklave dagegen tun können? Sollten wir unseren Herrn anklagen? Wo und bei wem denn?"

"Ich mache dir doch keinen Vorwurf", sagte Marcellus rasch, dann schwieg er einige Minuten, ohne Layla jedoch aus den Augen zu lassen.

"Hast du nie etwas gehört?", fragte er schließlich. "Das Brüllen des Bären? Schreie vielleicht?"

"Schreie sind nichts Besonderes in einem Haus voller Sklaven", erwiderte Layla mit einer Bitterkeit, die ich noch nie bei ihr gehört hatte.

Marcellus, sonst wahrlich nicht um Worte verlegen, blickte betreten zu Boden. Ich selbst griff nach Laylas Hand und drückte sie sanft.

"Wenn in einer Familia ein Verbrechen geschieht", fuhr sie ungefragt fort, "so kann das die gesamten Sklaven dieses Hauses ans Kreuz bringen. Deswegen hören, sehen und wissen wir nichts von alledem, was unter unserem Dach geschieht. Schon gar nicht, was die Taten des Herrn anbelangt. Alles, was wir tun können, ist hoffen und beten, dass man sie nicht entdeckt und am Ende uns anlastet."

Marcellus fand seine Sprache wieder. "Das musst du mir nicht sagen", entgegnete er. Seine Stimme klang warm, voller Mitgefühl, aber ich konnte mich einfach nicht damit anfreunden, wie er Layla ansah.

Was lag da in seinen Augen? Begehren? Und woher wusste er überhaupt, dass Layla in der Villa gelebt hatte? Er schien ja allerbestens informiert zu sein.

"Wir werden morgen klären, was es mit diesem Amphitheater auf sich hat", sagte Marcellus, noch immer an Layla gewandt, "aber jetzt sollten wir deinen Herren wirklich etwas schlafen lassen."

Er stand auf, wünschte mir eine gute Nacht, dann verließ er gemeinsam mit Layla mein Zimmer.

"Erzähl mir noch einmal, wie du den Bären besiegt hast", hörte ich sie noch draußen vor der Tür zu Marcellus sagen. Sie sprach mit jener schmeichelnden, dunklen Stimme, bei der mir stets so warm ums Herz wurde. Und während sich die Schritte der beiden rasch entfernten, setzte der Tribun zu einer neuerlichen Schilderung seiner Heldentat an.

XIX.

Am nächsten Morgen erlangte ich Gewissheit über etwas, das ich schon seit längerem vermutete: meine Layla war eine Zauberin.

Und ich das reinste Wachs in ihren Händen.

Noch bevor ich vollends erwacht war, hatte sie mich bereits so kunstvoll beschwatzt, dass ich ihr versprach, sie in die Villa mitzunehmen. Sie hatte gute Argumente vorgebracht: die Sklavinnen waren ihre Freundinnen, und sie wollte ihnen gerne in dieser schweren Stunde beistehen. Die Mädchen würden bestimmt redseliger sein, wenn sie dabei wäre. Marcellus und ich seien so ehrfurchtgebietend, dass sie vor lauter Angst nichts sagen würden. Und so weiter und so fort.

Ich unternahm noch den kläglichen Versuch, zu behaupten, dass es Marcellus bestimmt nicht recht wäre, wenn sie mitkam. Was ich zur Antwort erhielt, kann man sich vermutlich schon denken: den Tribun hatte sie bereits um Erlaubnis gebeten, und er hatte keine Einwände.

Ich hätte Layla wirklich lieber in Sicherheit in meinem Haus gewusst, aber was half es. Ich konnte ihr den Wunsch nicht abschlagen. Hätte sie gestern Nacht nicht ihr Durchsetzungsvermögen unter Beweis gestellt und Marcellus zu der Rettungsaktion in der Villa überredet, so würde ich jetzt bereits durch die Tiefen des Hades wandeln.

So versammelte also Marcellus eine Schar Legionäre um sich, während ich mit Darius und Layla in meinen Wagen kletterte.

Vor der Villa trafen wir zusammen.

Im Haus schien alles seine Ordnung zu haben. Unter den Säulen des Porticus begrüßte uns ein etwas schlaftrunken wirkender Legionär, der sich auf seinen Speer stützte, aber allem Anschein nach die ganze Nacht über gehorsam seiner

Pflicht nachgekommen war. "Keine besonderen Vorkommnisse", berichtete er dem Tribun.

Aculeo, der Soldat, der die Privatgemächer bewacht hatte, stand sogar stramm und munter an seinem Posten und begrüßte uns mit der gleichlautenden Meldung.

Marcellus wandte sich mir zu. "Wer wusste am besten Bescheid, über die Vorgänge hier im Haus? Wer war der oberste Sklave?"

"Juba", sagte ich nach einiger Überlegung. "Er ist zwar kein Sklave mehr, denn Philippos ließ ihn nach dem Tod des Vaters frei, aber er führte gewissermaßen den Haushalt."

"Gut", sagte Marcellus, "beginnen wir mit ihm, und danach nehmen wir uns noch einmal diese Konkubine von Philippos vor. Hoffentlich hat sie sich inzwischen etwas gefasst und kann uns mehr sagen."

"Alva meinst du? Sie war die Konkubine von Lycortas, dem alten Griechen, nicht die des Sohnes."

Der Tribun zog die Augenbrauen hoch. "Ach ja? So wie sie gestern um Philippos weinte, hätte ich angenommen – Nun, egal. Wo finden wir diesen Juba?"

"Den Africaner?", fragte Aculeo, der Legionär, diensteifrig. "Seine Kammer liegt gleich hier um die Ecke. Ich habe gestern Abend noch ein paar Worte mit ihm gewechselt."

Wir folgten dem Legionär zu einer verschlossenen Tür, die Marcellus ohne Anzuklopfen aufstieß.

Dann erstarrten wir allesamt an der Schwelle.

Juba lag auf dem Fußboden vor dem Bett, die Gliedmaßen im Krampf erstarrt, den Mund weit geöffnet, als ringe er noch im Tode nach Luft.

Denn dass er tot war, daran bestand kein Zweifel. Seine Augen stierten uns mit angstgeweiteten Pupillen an, in denen kein Leben mehr war.

Marcellus fand als erster wieder zu sich, er ging vor dem Toten in die Hocke und berührte dessen Arm. "Starr und kalt", sagte er, "der Mann ist schon einige Stunden tot."

Aculeo, der Legionär, presste sich gegen den Türrahmen und stammelte ein Stoßgebet. "Die Götter müssen ihn niedergestreckt haben", rief er. "Ich habe die ganze Nacht hier Wache gestanden! Niemand war in seiner Kammer, ganz bestimmt nicht!"

Ich trat auf den Gang hinaus und sah mich um. Jubas Kammer war der letzte Raum in diesem Teil des Hauses. Wer immer zu seiner Tür wollte, musste bei der Stelle vorbei, an der sich Aculeo postiert hatte.

Marcellus musterte den Soldaten scharf. "Du hast deinen Posten nicht verlassen? Die ganze Nacht über?"

Aculeo wurde blass. "Ich suchte einmal kurz die Latrine auf, Tribun", stammelte er. "Aber es war danach, dass ich mit dem Africaner sprach. Da war er bei guter Gesundheit, ich schwöre es!"

Marcellus schnaubte. Er wandte sich mir zu. "Dann hat sich dieser Juba wohl auch selbst gerichtet. Mit Gift?"

"Sieht so aus", sagte ich, trat wieder ins Zimmer und beugte mich über die Leiche. Juba hatte keine sichtbare Verletzung, und nirgendwo war Blut.

"Der zweite Mann auf der Tribüne", hörte ich Layla murmeln.

Ich schrak auf, als ich ihre Stimme vernahm. Über den Leichenfund hatte ich völlig vergessen, dass sie bei uns war. Der Anblick des toten Africaners war nun wirklich nichts für eine Frau.

Doch Layla schien ungerührt. Sie stand direkt neben mir und musterte die Leiche mit jenem Ausdruck höchster Konzentration im Gesicht, den ich schon so oft an ihr beobachtet hatte – wann immer ich sie in meiner Bibliothek antraf. Meine Büchersammlung war Laylas größte Leidenschaft. Sie konnte stundenlang in irgendeine Schriftrolle starren – so wie sie jetzt dem toten Africaner ins Gesicht starrte. Ja, das war es. Sie studierte die Leiche mit höchster Aufmerksamkeit und ohne jede Abscheu, als handle es sich dabei um nichts weiter als die Schriften eines berühmten Philosophen.

Layla wiederholte ihre Worte: "Vielleicht war er der zweite Mann, den du in der Arena gesehen hast, Herr. Ich dachte mir schon gestern Nacht, dass du damit Recht haben musst. Dass du zwei Täter beobachtet hast, meine ich. Philippos war nicht –" Sie geriet ins Stocken.

"Ja?", ermunterte sie Marcellus.

"Ich habe ihn nicht als Mann der Tat kennengelernt, das ist alles", sagte Layla und blickte bescheiden zu Boden. "Deswegen traute ich ihm nicht zu, so viele Menschen zu ermorden."

"Sie hat Recht", schaltete ich mich ein, "Juba muss Philippos´ Komplize gewesen sein." Warum war ich nicht schon eher auf die Idee gekommen?

Ich wandte mich Marcellus zu: "Als der alte Grieche Opfer des Bären wurde, war Juba angeblich an dessen Seite. Philippos ließ ihn nachher frei, weil er seinen Herrn so heldenhaft verteidigt haben soll."

"Was eine Lüge ist, wenn wir davon ausgehen, dass der Alte in der Arena starb und nicht auf einer Straße im Wald", sagte Marcellus.

"Ganz genau. Niemand hätte geglaubt, dass der Alte allein außer Haus ging. Also brauchte Philippos die Hilfe des Dieners, wenn der Tod des Vaters glaubwürdig sein sollte. Und *dafür* belohnte er ihn mit der Freilassung, nicht für seinen Heldenmut."

Doch da war noch mehr, das sich erklären ließ, wenn man von zwei Tätern ausging. Philippos hielt ich wahrlich nicht für einen großen Krieger. Vielleicht war er es gewesen, der Rufus, den Rinderfürsten, so stümperhaft mit Pfeilen gespickt hatte – während Juba es verstand, einen gezielten Schuss zu platzieren. In meinen Rücken. Und die Axt zu schwingen, die den Primus Pilus niedergestreckt hatte.

Ja, so musste es gewesen sein. Philippos hatte sich die Mithilfe des Dieners bei seinem mörderischen Plan erkauft, indem er ihm die Freiheit versprochen hatte. Es gab kaum eine bessere Motivation für einen Sklaven.

Doch dann, als die Legionäre in die Villa einfielen und Philippos sich das Leben nahm, da musste der Africaner gewusst haben, dass auch ihm die Hinrichtung drohte. Auch wenn er nicht sofort verhaftet worden war, so war es doch nur eine Frage der Zeit. Vielleicht war Juba sogar davon ausgegangen, dass ich ihn auf der Tribüne der Bärenarena erkannt hatte. Und so war er seinem Herrn noch während der Nacht in den Freitod gefolgt.

Eine seltsame Befriedigung machte sich in mir breit. Das Gefühl, endlich zu begreifen. Eine halbwegs stimmige Erklärung gefunden zu haben, wie all die Morde und Anschläge verübt worden waren – auch wenn ich nicht behaupten konnten, dass ich Philippos′ Motive nachvollziehen konnte. *Tod den Unterdrückern.*

Nun, es mochte in der Natur der Sache liegen, dass die Taten eines Wahnsinnigen einem gesunden Manne unverständlich blieben. Damit musste ich mich wohl zufrieden geben.

Ein gequältes Stöhnen riss mich aus meinen Gedanken. Ich blickte auf und sah Alva, die an der Türschwelle aufgetaucht war. Aculeo reagierte sofort. Er fasste sie am Arm und hinderte sie so daran, das Zimmer zu betreten.

"Ist er tot?", stammelte sie mit brüchiger Stimme.

Ich nickte wortlos. Layla ging zu ihr und legte den Arm um ihre Schultern.

"Wir haben einige Fragen an dich", sagte Marcellus. Wo können wir uns in Ruhe unterhalten?"

Wie eine Schlafwandlerin führte uns Alva an das andere Ende des Ganges, wo sich ein stiller Peristyl-Hof auftat. Ein kleiner Ziergarten, umgeben von einem Säulengang, der wohl ausschließlich dem Hausherrn als Rückzugsort gedient hatte. Neben einem marmornen Wasserbecken gab es einige Lorbeerbüsche und Blumenbeete mit Rosen, Margeriten und anderen Zierpflanzen.

Im Säulengang standen ein luxuriöses Sofa und einige Stühle. Der Tribun nahm auf dem Sofa Platz, ich sank in einen Marmorstuhl. Trotz der hervorragenden medizinischen Versorgung, die der Lagerarzt mir hatte angedeihen lassen, war ich doch noch sehr schwach auf den Beinen. Die wenigen Schritte durch das Haus hatten mich bereits wieder ermüden lassen. Ich fühlte mich doppelt so alt, wie ich eigentlich war.

Alva zog es vor, zu stehen, und Layla blieb an ihrer Seite. Sie drückte die zitternde Blondine an sich und sprach beruhigend auf sie ein.

"Der Tod des jungen Herren gestern schien dir sehr nahe zu gehen", begann Marcellus.

Alva reagierte nicht. Erst als der Tribun seine Worte noch einmal wiederholte, nickte sie kaum merklich mit dem Kopf.

"Du warst aber doch die Leibsklavin des alten Herrn, nicht wahr?", fragte Marcellus.

Alvas himmelblaue Augen weiteten sich. "Ja, Tribun", erwiderte sie tonlos. Dann blickte sie hilfesuchend Layla an.

"Du kannst frei sprechen, Liebes", versicherte ihr meine unerschrockene Nubierin. "Niemand will dir etwas Böses." Sie strich sanft über das lichtblonde Haar der Frau.

Alva schluckte. Dann begann sie zaghaft: "Lycortas beanspruchte mich ganz allein für sich, aber ich –" In ihren Augenwinkeln sammelten sich Tränen, doch sie wischte sie rasch weg. "Ich liebte Philippos", flüsterte sie. "Und er mich. Als Lycortas das herausfand, da wollte er –" Eine neue Flut Tränen schoss ihr in die Augen. Rasch wandte sie den Kopf ab und vergrub ihr Gesicht an Laylas Schulter.

Es dauerte eine ganze Weile, bis sie in der Lage war, weiterzusprechen. Sie presste ein Tuch, das Layla ihr gereicht hatte, in ihre Augenhöhlen. Abwechselnd in das linke und das rechte Auge, so fest, als wolle sie sie zermalmen.

Ich fürchtete schon um ihr Augenlicht, doch Layla nahm ihr das Tuch aus der Hand und übernahm es selbst, ihre

Tränen zu trocknen. Wesentlich sanfter, als Alva es getan hatte.

Alva murmelte etwas, das ich nicht verstehen konnte, dann setzte sie neu an: "Als Lycortas herausfand, dass sein Sohn mich liebte, da wollte er mich der Legion zum Geschenk machen. Als Lagerhure."

XX.

Layla sog hörbar die Luft ein. Sie warf mir einen gequälten Blick zu.

Ich konnte ihr Entsetzen nur teilen. Alva, eine Lagerhure? Der alte Grieche musste wahrhaft ein Scheusal gewesen sein, so eine Strafe zu ersinnen.

Das Schicksal jener Mädchen, die den Legionären als Lustsklavinnen dienten, war vielleicht noch schlimmer als das der Gräberhuren. Es gab nur eine Handvoll Wölfinnen im Lager – an denen sich ein paar Tausend Soldaten gütlich taten. Die Lebenserwartung dieser Mädchen war entsprechend kurz. Eine Frau von Alvas exquisiter Schönheit wäre wohl innerhalb kürzester Zeit – nein, daran wollte ich nicht einmal denken.

Sprach Alva die Wahrheit? Ich konnte es kaum glauben. Was hatte den Alten nur so erzürnt? Es war doch nicht weiter ungewöhnlich, dass sich Vater und Sohn eine Konkubine teilten. In weniger vermögenden Haushalten war das sogar die gängige Norm. Lycortas musste von Eifersucht geradezu zerfressen gewesen sein.

"Wann war das?", hörte ich Marcellus sagen. "Wann fand Lycortas das mit dir und Philippos heraus?"

Alva musste nicht überlegen. "Zwei Tage bevor er starb."

In ihren Augen konnte ich ablesen, dass sie nur zu gut wusste, was das hieß.

Marcellus sprach es aus: "Nun, da haben wir ja das perfekte Motiv, warum der Alte ermordet wurde. Philippos warf ihn dem Bären vor, um dich nicht zu verlieren."

Alva schluchzte auf. "Ich wusste nichts davon! Das musst du mir glauben. Ich hätte es dem jungen Herrn ausgeredet! Den Pater familias zu töten – eine solche Tat zieht die Rache der Furien nach sich!"

Marcellus nickte wortlos. Der Mord an Lycortas war gerächt worden, dem ließ sich nicht widersprechen. Philippos hatte für diese Schandtat mit dem eigenen Leben bezahlt. Genau wie Juba, sein Gehilfe.

"Was weißt du über die Bärenarena?", wandte sich der Tribun wieder an Alva. "War es Lycortas, der sie bauen ließ?"

Es schien kaum möglich, aber bei diesen Worten wurde Alva noch blasser. Ihre Tränen flossen jetzt nicht mehr, aber das letzte bisschen Lebendigkeit wich aus ihrem schönen Gesicht.

Sie nickte steif. "Ja, Tribun. Schon vor vielen Monaten. Der Bär war nicht die erste Bestie, die er sich hielt."

Marcellus sah sie verwundert an.

"Am Anfang besaß der Herr einen Löwen", sagte Alva. "Er war sehr stolz darauf, dass seine Spiele denen im großen Rom glichen. Bären und Wölfe, das war etwas für die Hinterwäldler in den Provinzen, meinte er. Doch der Löwe starb ihm unter den Händen weg, in dem unterirdischen Verlies. Und ein neuer war sehr schwer zu beschaffen. Also kaufte der Herr schließlich doch einen Bären – und irgendwie schloss er das Untier in sein Herz. Es war das einzige Wesen, das er überhaupt liebte."

"Und was wollte er mit den Bestien? Mit dem Bären?", fragte Marcellus. "Hielt der Alte private Spiele ab, da unten im Keller?"

Alva schmiegte sich so eng an Layla, als wolle sie unter deren Achsel verschwinden. "Sag du es ihnen", flüsterte sie meiner Nubierin mit brüchiger Stimme zu.

Layla hob die Hände in einer abwiegelnden Geste. "Ich habe nur Gerüchte gehört", protestierte sie, "wie kann ich – "

"Die Gerüchte sind wahr", fiel ihr Alva ins Wort. "Sie sind alle wahr."

Laylas Augen weiteten sich. Wie vom Blitz getroffen starrte sie Alva an.

Die erwiderte ihren Blick und nickte kaum merklich. Dann wandte sie sich von uns ab, steuerte schwankend die

Säule an, die dicht hinter ihr aufragte, und ließ sich daran zu Boden gleiten. Sie weinte nicht mehr, sie saß einfach nur stumm in sich zusammengekauert da.

"Layla?", wandte der Tribun sich meiner Sklavin zu, die jetzt selbst gegen die Tränen kämpfte. Seine Stimme klang verändert, sanft und warm – und doch war klar, dass er nicht ruhen würde, bevor er die Wahrheit erfuhr.

Layla schluckte. Ihr Mund öffnete sich, doch es verging eine ganze Weile, bis ihr die ersten holprigen Worte über die Lippen kamen. "Von dem Bären hat mir nur einmal eines der Mädchen erzählt", begann sie, "und die wusste auch nicht genau, zu welchem Zwecke Lycortas sich die Bestie hielt. Aber ich habe auch davon gehört, Lycortas solle seine eigenen Gladiatorenspiele abhalten, nachts in der unterirdischen Arena." Sie schielte zu Alva hinüber, doch von dem in sich zusammengesunkenen, reglosen Bündel kam kein Lebenszeichen.

Layla benetzte ihre Lippen mit der Zunge. "Gladiator*innen* sollte ich sagen", fuhr sie tonlos fort. "Es hieß, Lycortas wähle aus den Mädchen, die er in aller Welt erwarb, stets einige für sich selbst aus. Sie wurden nicht weiterverkauft oder an Gäste der Villa vermietet. Ich habe überhaupt nie eine von ihnen zu Gesicht bekommen, deswegen dachte ich –" Sie verstummte.

"– dass sie nicht existierten", führte ich ihren Satz zu Ende.

Layla nickte kaum merklich. "Ich weiß nicht, was genau Lycortas mit ihnen anstellte. Ich hörte davon, dass er sie gegeneinander kämpfen ließ – ohne Waffen und völlig nackt. Ein Kampf bis auf den Tod, in dem es keine Gnade ab. Angeblich konnte stets nur eines der Mädchen die Arena lebend verlassen. Ich nehme an, dass er der Siegerin dann die Freiheit schenkte, aber vielleicht hat er sie doch weiterverkauft, nachdem ihre Wunden abgeheilt waren? Ich habe keine Ahnung."

Alvas blonder Haarschopf regte sich. Sie hob den Kopf, so langsam, als wäre die Zeit um sie herum eingefroren. "Kein Mädchen hat die Arena je lebend verlassen", flüsterte sie. "Obwohl der Herr es versprach, um sie zum Kampf anzustacheln. Ich weiß es. Ich war dabei. Diejenige, die den Zweikampf überlebte, wurde dem Bären vorgeworfen. Der Herr sah dabei zu, labte sich an Wein und feinen Speisen, und wenn die Bestie das Mädchen zerfleischt hatte, da ... da nahm er mich auf der Tribüne im Angesicht ihrer blutigen Leiche. Anfangs tat er das nur alle paar Monate, aber in letzter Zeit immer häufiger. Er lebte nur noch von einer Hinrichtung bis zur nächsten, sprach von nichts anderem mehr als von seinen Spielen, und wurde umso ungnädiger, je mehr Zeit verstrich. Ich weiß nicht, woran es lag, aber es schien ihm zunehmend schwerer zu fallen, neue Mädchen zu beschaffen. Er lief stundenlang vor dem Bärenkäfig auf und ab, redete auf die Bestie ein und ließ dann seine schlechte Laune an den Haussklaven aus. Oder an mir", fügte sie mit tonloser Stimme hinzu.

Alvas Worte flossen jetzt so unaufhaltsam wie zuvor ihre Tränen. Doch ihre Lippen schienen sich wie von Geisterhand zu bewegen. Sie selbst wirkte, als ob sie weit jenseits des kleinen Innenhofs weilte, in dem wir uns befanden. "Als er mich dann eines Nachts in Philippos′ Armen fand – da war ich mir sicher, dass ich nun selbst in der Bärengrube enden würde. Aber, nein – oh, wie er gelacht hat, wie ein abscheulicher Dämon! Der Bär sei so gierig, höhnte er, der mache viel zu kurzen Prozess mit mir. Die Legionäre hingegen, diese braven, disziplinierten Römer – die bräuchten bestimmt ein oder zwei Wochen, um mich zu Tode zu schänden. Deswegen wollte er mich dem Lager zum Geschenk machen. Das hielt er für eine angemessene Strafe für meinen Verrat."

Mir entfuhr ein Laut des Entsetzens. Dieser sadistische alte Bastard! Wie verrottet an Herz und Charakter musste ein Mann sein, um an solchen Gräueltaten sein Vergnügen zu finden?

Eine ganze Weile sprach niemand ein Wort. Wir saßen, beziehungsweise standen wie gelähmt da. Ich kämpfte gegen die Bilder an, die sich mir in den Kopf drängten. Das riesige, pelzige Monstrum, dem ich selbst beinahe zum Opfer gefallen wäre. Sein Brüllen, das einem das Blut in den Adern gefrieren ließ. Sein fauliger Atem, die messerscharfen Zähne und Klauen, die einem innerhalb kürzester Zeit das Fleisch von den Knochen reißen konnten.

Marcellus fand als erster seine Sprache wieder. "Was bei allen Göttern hat den Alten dazu getrieben?"

Ich denke nicht, dass der Tribun auf diese Frage eine Antwort erwartete, aber jemand flüsterte: "Ich glaube, ich weiß es." Es war Layla, die gesprochen hatte.

Marcellus blickte sie fragend an.

"Lycortas hasste uns Mädchen", sagte sie. "Er war überzeugt, eine von uns habe ihn verzaubert, ihn mit einem Fluch belegt. Der göttliche Priapus hatte ihm seine Gunst entzogen, müsst ihr wissen, und Lycortas′ Männlichkeit mit Kraftlosigkeit geschlagen. Er war nicht mehr in der Lage, den Liebesakt zu vollziehen."

Marcellus blieb der Mund offen stehen. Doch dann fasste er sich: "Alva hat uns doch gerade erzählt, dass sie dem Alten nach dem blutigen Schauspiel in der Arena zu Willen sein musste. Seine Manneskraft muss also doch wohl intakt gewesen sein?"

"Das war sie", flüsterte Alva, wobei sie ihren Blick starr vor sich auf dem Boden fixiert hielt. "Jedoch nur, wenn er ein Mädchen in der Arena geopfert hatte. Das war sein Gegenzauber, pflegte er stets zu sagen. Seine Rache an uns Huren, die ihn mit dem Fluch belegt hatten. Das Blutbad, das die Bestie anrichtete, erregte ihn so sehr, dass er mich nehmen konnte, gleich auf der Tribüne, bis –"

Ihre Stimme versagte. Ein Krampf ergriff ihren zarten Körper und schüttelte sie so heftig, als müsse sie sich jeden

Augenblick übergeben. Sie schlug die Hände vors Gesicht, doch kein Laut entrang sich mehr ihrer Kehle.

Layla kniete sich neben Alva auf den Boden und schlang ihre Arme um die zitternde Frau. "Es ist vorbei", sagte sie, mit einer Stimme, die den dunkelsten Abgründen des Hades entstiegen schien. In ihren Worten schwang unverhohlener, brodelnder Zorn. "Er kann dir nie wieder etwas antun, dieses verrottete alte Scheusal. Nie wieder, hörst du? Auf ewig verflucht sei seine Seele!"

Ich konnte Laylas Gefühle nur allzu gut nachvollziehen, ja ich teilte sie gänzlich. Für den Augenblick vergaß ich all die anderen Toten, all die Schuld, die Philippos auf sich geladen hatte, und empfand nichts als tiefe Befriedigung über seinen Mord an dem Alten. Dass er dieses Scheusal von Vater an dessen eigene Bestie verfüttert hatte. Solch eine Tat durfte nicht die Rache der Furien nach sich ziehen, Vatermord hin oder her!

Ein Mann konnte über seine Sklaven verfügen, wie es ihm beliebte, denn sie waren sein Eigentum. Kein Gericht der Welt verbot es ihm, sie zu strafen, wenn sie logen, faulenzten oder gar stahlen. Aber ganz und gar unschuldige Mädchen einfach aus bloßer Lust am Töten einem Bären zum Fraße vorzuwerfen – von so etwas Scheußlichem hatte ich noch niemals gehört. Der alte Lycortas hatte den grausamsten Tod verdient, den ein Sterblicher nur ersinnen konnte – zu diesem Urteil mussten selbst die Götter kommen.

Eine Weile saßen wir alle benommen da und schwiegen, jeder in seine eigenen Gedanken versunken. Dann fragte der Tribun: "Wusste Juba, der Leibdiener des Alten, von diesen Schandtaten?"

"Ja", kam es gedämpft von Alva. Sie hatte ihr Gesicht in Laylas Armen verborgen. "Ihm oblag die Fütterung des Bären. Und er und Orodes mussten stets die Leichen der Mädchen fortschaffen."

"Dann wird es Philippos wohl nicht schwer gefallen sein, Juba zu seinem Mittäter zu machen", sagte ich. "Abgesehen davon, dass er ihm die Freiheit versprach."

Marcellus nickte düster. Er schwieg eine ganze Weile, dann schien er sich einer Sache zu entsinnen, die ihn wohl schon länger beschäftigte. "Hatte Philippos Kinder?", fragte er. "Wer sind seine Erben?"

Alva reagierte nicht, und so übernahm ich es, zu antworten. "Ich glaube, er war kinderlos", sagte ich. "Und unverheiratet, soweit ich weiß."

Layla bestätigte meine Mutmaßungen. Sanft stupste sie Alva an. "Weißt du, ob Philippos ein Testament hinterlassen hat, Liebes?"

Alva fasste sich. Zum ersten Mal richteten sich ihre stark geröteten, aber dafür umso intensiver leuchtenden Augen wieder auf den Tribun und mich. "Philippos hat mir erzählt, dass er ein Testament gemacht hat. Zu Gunsten der gesamten Familia, hat er gesagt. Ich habe nie nachgefragt, was genau er damit meinte. Er war ja noch so jung, ich ... ich dachte, wir könnten nun endlich zusammen glücklich werden." Sie presste die Lippen zusammen, ihre Lider schlossen sich für einen Moment, doch es kamen keine Tränen mehr.

"Wo finden wir das Testament?", fragte Marcellus. "Hat Philippos es im Tempel hinterlegt?"

Alva schüttelte den Kopf. "Nein, Tribun. Er bewahrte es in seiner Geldtruhe auf, soweit ich weiß."

"Dann wollen wir nachsehen." Marcellus wirkte erleichtert, sich derlei Routine-Aufgaben wie der Testamentsvollstreckung widmen zu können. Ein Teil von ihm schien bereits wieder zu dem unerschrockenen Feldherren-Gehabe zurückgefunden zu haben, das er so gerne an den Tag legte. Mit einem entschlossenen Blick in seinem jugendlichen Gesicht erhob er sich vom Sofa. Nur in seinen Augen lag noch der Schmerz eines Menschen, der gerade in den Abgrund des Bösen geblickt hatte.

XXI.

Wir fanden den Schlüssel zur Geldtruhe an einer Kette, die der tote Philippos um den Hals trug. Marcellus nahm ihn an sich und schloss damit die Truhe auf. Sie war aus schwerem Holz gefertigt, mit Eisen beschlagen und von beeindruckender Größe. Zu unser aller Erstaunen fand sich darin jedoch nicht der reiche Goldschatz, den wir erwartet hatten. Im Gegenteil, die Truhe war beinahe leer, gerade einmal der Boden war mit Münzen bedeckt. Wie war das möglich? Ich hatte den alten Griechen immer für einen schwerreichen Mann gehalten, und seine Villa, Inbegriff der Luxuria, legte beredtes Zeugnis davon ab. Sein Sohn konnte unmöglich in der kurzen Zeit, seit er das Anwesen übernommen hatte, so viel Gold verprasst haben.

Der Tribun schien von dem Anblick der nahezu leeren Truhe ebenso bestürzt wie ich. "Philippos wurde beraubt", sagte er. "Vor oder nach seinem Tod." Sein Blick wanderte zu Alva, die mit Layla hinter uns stand.

"Nein, Herr", entgegnete sie erschrocken. "Bestimmt nicht! Niemand von uns würde –"

"Ich habe auch niemanden aus der Dienerschaft beschuldigt", fiel ihr Marcellus ins Wort. "Noch nicht. Aber die Truhe eines reichen Mannes sieht anders aus."

Angst spiegelte sich im Blau von Alvas Augen. "Weder Lycortas noch Philippos haben mit mir über ihre Geschäfte gesprochen", sagte sie hastig. "Aber Philippos sorgte sich ums Geld, als er das Haus übernahm, soviel weiß ich."

"Sie sagt die Wahrheit", mischte ich mich ein. "Auch mir gegenüber hat Philippos Sorge darüber geäußert, wie er seinen Lebensunterhalt verdienen sollte. Was mich zu der Zeit sehr verwundert hat."

"Wann war das?", fragte Marcellus.

"Erst vor ein paar Tagen."

"Ich denke, ich weiß, wo all das Gold verblieben ist", sagte Layla.

Marcellus runzelte die Stirn.

"Die Spiele, die Lycortas in seiner geheimen Arena abhielt", erklärte sie. "Sie müssen ihn ein Vermögen gekostet haben. Ich verstehe nichts von Geschäften, aber ich weiß, welche Summe man aufbringen muss, für eine –" Sie zögerte. "Für eine von uns. Für all die Mädchen, die er getötet hat."

"Natürlich", entfuhr es mir, "Layla hat Recht!"

Ich schalt mich im Stillen einen Narren, dass ich nicht selbst darauf gekommen war. "Die abscheulichen Vergnügungen des Alten waren es, die seine Geldtruhe leerten. Er wurde nicht bestohlen", sagte ich.

Marcellus nickte langsam, schien aber nicht vollends überzeugt. Er wandte sich dem Legionär Aculeo zu, dessen Anwesenheit ich längst vergessen hatte. Der junge Soldat hatte sich die ganze Zeit im Hintergrund gehalten, sprang jetzt jedoch diensteifrig vor.

"Ruf die Männer zusammen", befahl ihm Marcellus, "und dann durchsucht ihr das gesamte Anwesen. Keller, Wirtschaftsräume, Sklavenquartiere, alles! Verstanden? Wenn Philippos beraubt wurde, so muss das Gold noch im Haus sein. In der Nacht hatte niemand Gelegenheit, es wegzubringen."

Bei dieser letzten Aussage warf er Aculeo einen prüfenden Blick zu, den dieser wohl richtig deutete. "Nein, Tribun, niemand hat das Anwesen in der Nacht verlassen. Das schwöre ich dir! Das gesamte Haus war unter Bewachung."

"Und dennoch ist es Juba gelungen, sich selbst zu richten", bemerkte Marcellus. "Praktisch unter euren Augen."

Aculeo sah aus, als wäre er am liebsten im Erdboden versunken. Er stammelte etwas, doch der Tribun brachte ihn mit einer gebieterischen Handbewegung zum Schweigen. "Darüber sprechen wir später. Und nun los. Stellt das Haus auf den Kopf."

"Sofort, Tribun." Der Legionär hastete davon.

Der Respekt, den Marcellus seinen Männern einflößte, war wirklich erstaunlich. Ich fragte mich, ob er im Legionslager wohl als ähnlicher Tyrann galt wie der ermordete Primus Pilus. Auszuschließen war das nicht, aber es ging mich nichts an, entschied ich. Mir hatte der Tribun das Leben gerettet, und dafür stand ich tief in seiner Schuld.

Er schien über etwas nachzudenken. Er verharrte eine ganze Weile unbeweglich neben der geöffneten Truhe, doch dann bückte er sich, langte hinein und zog ein Bündel Wachstafeln hervor. Das Testament.

Die Tafeln waren ordnungsgemäß verschnürt und von sieben Zeugen besiegelt worden. Alles schien seine Richtigkeit zu haben. Marcellus erbrach die Siegel, klappte die Tafeln auf und studierte den Text.

Schließlich ließ er die Hände sinken und fixierte Alva mit seinem Blick. "Philippos lässt seine gesamten Sklaven frei, und du bist seine Alleinerbin", verkündete er.

Alva entfuhr ein kleiner Schrei. Mit geweiteten Augen wandte sie sich Layla zu. "Frei", wisperte sie. "Frei!"

Layla lächelte sie an, dann fiel sie ihr um den Hals. "Das hast du dir wahrlich verdient, Liebes! Nach allem, was du durchmachen musstest."

"Frei", wiederholte Alva, als spräche sie eine Zauberformel.

"Hast du davon gewusst?", unterbrach Marcellus den Freudentaumel. "Kanntest du den Inhalt von Philippos' Testament?"

Alva fuhr zusammen, als habe der Tribun sie aus einem Traum hochgeschreckt. Aus einem süßen, viel zu kurzen Schlummer. Sie legte den Kopf schief, schien erst nach den richtigen Worten suchen zu müssen. "Philippos sprach ein paar Mal davon, dass er uns alle freilassen wolle", sagte sie schließlich. "Er hat es aber nie in die Tat umgesetzt. Und über sein Testament hat er mir nichts anvertraut."

Marcellus nickte abwesend, dann vertiefte er sich noch einmal in die Wachstafeln. "Ich denke, es hat alles seine Richtigkeit damit", sagte er, nachdem eine ganze Weile verstrichen war.

Ich musste mich zwischenzeitlich selbst in irgendeiner Grübelei verloren haben, denn als ich aufblickte, waren Layla und Alva nicht mehr bei uns.

Marcellus schien sich daran nicht zu stören. Vielleicht hatten sich die beiden Frauen aufgemacht, den anderen Sklaven des Hauses die freudige Botschaft zu überbringen. Dass der Tod ihres Herren sie alle zu Freien machte.

Der Tribun wandte sich mir zu, musterte mich eindringlich aus seinen dunklen Augen, dann sagte er: "Lass uns gehen, Thanar. Wir sind hier fertig."

***

Als wir Philippos´ Privatgemächer hinter uns gelassen hatten, machte sich Marcellus auf, nach seinen Männern zu sehen. Zwischenzeitlich hatten sie vermutlich das halbe Haus auf den Kopf gestellt, aber ich zweifelte daran, dass sie irgendwo auf gestohlenes Gold stoßen würden. Philippos hatte offensichtlich Geldsorgen gehabt – nachdem der Alte die Profite seines ganzen Lebens einem Monstrum zum Fraß vorgeworfen hatte.

Ich lief eine Weile ziellos durchs Haus, durchquerte all die prächtigen Räume, in denen ich so viele unbeschwerte Abende mit Belius verbracht hatte, und verlor mich in Gedanken an meinen ermordeten Freund. Nie wieder würde er mir in diesen Mauern über Sparsamkeit und Bescheidenheit predigen, nur um gleich darauf eine weitere Amphore teuersten Weines zu ordern oder ein Luxusgeschöpf wie Suavis auf seinen Schoß zu ziehen. Nie wieder würde er mich mit Klatsch und Tratsch über die Bürger Vindobonas unterhalten, nie mehr mir mit Rat und Tat zur Seite stehen oder mir wohlwollend sein Ohr leihen, wann immer ich ein

Problem hatte. Es fühlte sich an, als hätte ich meinen Vater verloren – zum zweiten Mal.

Im Garten hinter dem Sommertriclinium stieß ich schließlich auf Layla. Sie stand bei einer Gruppe Sklaven, die aufgeregt durcheinander redeten. Als sie mich erblickten, verstummten sie jedoch sogleich. Suavis, die sich gerade noch in die Arme von Orodes, dem Wächtersklaven, geschmiegt hatte, riss sich erschrocken von ihm los.

"Keine Angst", beschwichtigte ich sie, "ihr habt nichts von mir zu befürchten."

Suavis sah mich unsicher an, dann zog der stämmige Parther sie zurück in seine Arme, und sie ließ es geschehen. Neben dem massigen Mann wirkte sie noch kindlicher als sonst.

Sie war Alvas Tochter, im Haus geboren, ging es mir durch den Kopf. Was heißen musste, dass der alte Grieche sie gezeugt hatte. So eifersüchtig, wie er Alva für sich allein beanspruchte, selbst seinem eigenen Sohn gegenüber, hatte er seine Leibsklavin bestimmt auch mit keinem anderen Mann geteilt. Suavis war Lycortas′ Kind und damit Philippos′ Halbschwester.

Nun, es spielte keine Rolle. Die Tochter einer Sklavin wurde als Sklavin geboren, ganz egal, wer ihr Vater war. Kein Hausherr erkannte den Nachwuchs an, den er mit seinem Gesinde zeugte. Es war einfach nur ein kostengünstiger Weg, den Sklavennachschub im Haus zu gewährleisten. Insbesondere in Friedenszeiten, wenn man nicht auf Kriegsgefangene zurückgreifen konnte, und die Preise für Sklaven unaufhaltsam in die Höhe kletterten.

Neben Suavis und Orodes stand Chloe, die junge Griechin, die in der Villa stets meine Favoritin gewesen war. Sie wirkte seltsam abwesend und schien meine Ankunft gar nicht bemerkt zu haben.

Auch sie sah ich jetzt mit völlig veränderten Augen. Sie war nicht mehr die verführerische, geheimnisvolle Schönheit, die mich stets so bezaubert hatte, sondern schlicht ein junges Mädchen, das völlig verloren wirkte. Ein Kind, das man vor allem Unheil beschützen wollte.

Die Villa und die sinnlichen Freuden, die dieses Anwesen meinem Freund und mir geboten hatte, gehörten der Vergangenheit an. Hinter dem schönen Schein an der Oberfläche war ein Ort des Grauens zu Tage getreten.

"Was geschieht jetzt mit uns?", fragte mich Orodes. "Werden wir nun alle –" Er zögerte und blickte auf Suavis hinunter, die sich noch immer an ihn schmiegte.

Er musste es nicht aussprechen, ich wusste auch so, was er meinte. *Werden wir nun alle hingerichtet?*

Layla hatte Philippos′ Sklaven bestimmt schon von dem Testament berichtet, das sie zu Freien machte – aber Orodes wusste wohl, dass es nur unter einer Bedingung gültig war: Philippos musste tatsächlich von eigener Hand gestorben sein.

Sollte der Tribun auch nur den kleinsten Verdacht hegen, jemand habe beim Ableben des Hausherrn nachgeholfen, so konnte das für die Sklaven statt der greifbar nahen Freiheit den Tod bedeuten. Blieb ein Mord in einem Haushalt ungeklärt, so war es gängige Praxis, alle Unfreien, die unter diesem Dach gedient hatten, hinzurichten.

Ich wusste nicht, zu welchem Urteil Marcellus kommen würde. Ich konnte und wollte nicht für ihn sprechen.

Dass Philippos nur allzu guten Grund gehabt hatte, seinen Vater zu töten, das ließ sich nicht bestreiten. Und auch für die Ermordung von Falco, Rufus und Belius ließ sich aus seiner Sicht wohl ein Motiv konstruieren. Zum Mord an Falco und an Rufus mochte ihn der Hass auf Tyrannen bewogen haben. Vermutlich hatten diese Männer Philippos an seinen Vater erinnert. Und die Angst, als Mörder entlarvt zu werden, konnte ihn dazu getrieben haben, meinen Freund Belius zu töten.

Juba war bei all diesen Taten der Komplize des jungen Griechen gewesen. Am Ende hatten sich beide das Leben genommen, um der Hinrichtung zu entgehen. Es ergab alles einen Sinn.

Und doch ...

Ich wünschte Philippos′ Sklaven wahrlich nicht den Tod. Sie hatten sich die Freiheit mehr als verdient. Aber wenn ich ganz ehrlich mit mir selbst war: Tief in meinem Inneren nagte ein hartnäckiger Zweifel. Bei weitem nicht alle Fragen, die mich beschäftigten, waren geklärt worden. Ich konnte das Gefühl nicht loswerden, dass etwas mit dieser Mordserie nicht stimmte.

Bloß was?

Ich beschloss, dem Tribun gegenüber zu schweigen. Ich würde schon noch die Zeit finden, meinen Zweifeln nachzugehen – ohne damit ein paar Dutzend Unschuldige ans Kreuz zu bringen.

***

Wenige Augenblicke später kam ein Legionär zu uns in den Garten geeilt. Er war keiner der Männer, die im Gefolge des Tribuns hierher in die Villa geritten waren. Vermutlich ein Bote aus dem Lager. "Ich suche Tribun Marcellus", rief er, während er sich vornüber beugte und nach Luft rang. "Es ist dringend."

Ich wollte gerade erwidern, dass ich keine Ahnung hatte, wo Marcellus sich auffhielt, da trat der Tribun hinter einem der Springbrunnen hervor, die sich über den obersten Teil der Gartenanlage verteilten.

War er gerade am Weg zu uns gewesen? Hatte ihn einer seiner Männer auf den Boten aufmerksam gemacht, der nach ihm suchte? Oder hatte Marcellus schon länger in unserer Nähe geweilt, ohne uns seine Anwesenheit zu offenbaren? Ich weiß nicht, wie ich auf letzteren Gedanken kam. Und doch konnte ich mich des Eindrucks nicht erwehren, Marcellus habe uns belauscht.

Vermutlich war ich nach all den Ereignissen der letzten Tage und aufgrund der Schmerzen, die noch immer meinen Körper peinigten, nicht mehr ganz zurechnungsfähig.

Der Bote eilte auf Marcellus zu, begrüßte ihn eilig und drückte ihm eine zugeklappte Wachstafel in die Hand.

Marcellus überflog den Brief, nahm dann den Boten zur Seite und erteilte ihm einige Anweisungen. Dabei sprach er so leise, dass ich nichts verstehen konnte.

Der Legionär hastete davon.

"Ich muss umgehend ins Lager zurück", verkündete uns der Tribun. "Ich werde Aculeo beauftragen, die Hausdurchsuchung zu Ende zu führen und sich danach um die Leichen zu kümmern. Außerdem können meine Männer dich nach Hause geleiten, Thanar."

"Das wird nicht nötig sein", versicherte ich ihm. Auf den Straßen Vindobonas drohte mir ja nun keine Gefahr durch den Mörder mehr.

Marcellus wollte sich bereits zum Gehen wenden, doch ich hielt ihn zurück. "Diese Sklaven hier erwarten dein Urteil, Tribun", raunte ich ihm zu.

XXII.

"Mein Urteil?", fragte Marcellus.

"Sprichst du sie frei von aller Schuld am Tod des Hausherrn? Hat Philippos tatsächlich Selbstmord begangen?"

Marcellus sah mich unverwandt an. "Natürlich hat er das. Zweifelst du daran?"

"Nein, Tribun", sagte ich, darauf bedacht, vollends überzeugt zu klingen.

Marcellus nickte stumm. Dann wandte er sich um, richtete sich zu seiner vollen Größe auf und sprach die Sklaven an. So dringend seine Angelegenheiten in Vindobona auch sein mochten, für eine große Geste blieb wohl noch Zeit. "Euer Herr - und sein Diener - sind mehrerer abscheulicher Verbrechen schuldig", begann er. "Um sich ihrer gerechten Strafe zu entziehen, schieden sie feige, durch eigene Hand, aus dem Leben. Ihre Leichen werden ohne Begräbnisriten dem Danubius überantwortet. Philippos′ letzter Wille wird morgen vollstreckt, euch wird allesamt die Freiheit geschenkt, und Alva erbt das verbliebene Vermögen."

Ich war kein Advokat und konnte wahrlich nicht von mir behaupten, des römischen Rechts kundig zu sein. Dennoch: Hätte Lycortas neben seinem Sohn noch weitere interessierte Erben gehabt, so hätten diese Philippos′ Erbschaft und in Folge dessen eigenes Testament vermutlich anfechten können. Ein Vatermörder war bestimmt nicht erbberechtigt. Oder doch?

Es galt wohl, wie so oft: *Ubi non accusator, ibi non iudex*! Wo kein Kläger, da kein Richter. Und überhaupt: Weder Lycortas noch sein Sohn waren römische Bürger gewesen. Was zerbrach ich mir hier eigentlich den Kopf? Letztendlich lag in diesem Fall wohl alle Entscheidungsgewalt bei demjenigen, der sie sich nahm. Konkret beim Tribun der römischen Legion. Das war der Lauf der Welt. Was mich anbelangte, hatte Marcellus jedenfalls eine weise und gerechte Entscheidung gefällt.

"Sollten meine Männer bei der Hausdurchsuchung auf gestohlenes Gold stoßen, so wird der Dieb selbstverständlich hart bestraft", fügte der Tribun noch hinzu, aber es war ihm deutlich anzumerken, dass er das selbst nicht mehr für wahrscheinlich hielt.

Suavis und Orodes brachen in Jubel aus, Chloe hob den Kopf, sah sich um, als müsse sie sich erst vergewissern, wo sie war, dann stimmte sie jedoch in die Freudenrufe mit ein.

Layla sprang plötzlich vor und fiel dem Tribun mit einem leidenschaftlichen "Danke!" um den Hals.

Ich traute meinen Augen nicht, Marcellus jedoch schien diese ungehörige Geste nicht zu erzürnen. Er stieß Layla nicht von sich, wie es einem römischen Feldherrn gebührte, dem sich in aller Öffentlichkeit eine fremde Sklavin an den Hals warf. Im Gegenteil, seine Arme schlossen sich wie selbstverständlich um Layla, und einen Augenblick lang hielt er sie fest an sich gedrückt.

Dann kam meine Sklavin zur Besinnung. Sie löste sich von ihm, tat ein paar Schritte rückwärts und senkte den Kopf. "Verzeihung, Tribun", sagte sie mit belegter Stimme.

Ich konnte mir nicht erklären, was in sie gefahren war. Layla hatte sich sonst stets perfekt im Griff und verfügte über die besten Umgangsformen.

"Wir haben alle viel durchgemacht", murmelte ich, mehr an mich selbst als an den Tribun gerichtet.

Marcellus wandte sich ohne ein weiteres Wort um und ging davon.

Für ihn schien die Sache damit erledigt. Anscheinend erwartete er sich nicht einmal von der Hausdurchsuchung seiner Männer noch irgendeine Überraschung. Und das, obwohl er vorhin, als Layla ihm ihre Erklärung für die leere Truhe präsentiert hatte, durchaus skeptisch gewirkt hatte.

Nun, vermutlich ging es Marcellus nur darum, den Fall endlich abgeschlossen zu haben. Und das erfolgreich. Der Mörder war gefasst und auch bereits gerichtet, die öffentliche Ordnung in Vindobona wieder hergestellt.

Ein Ausländer – ein Grieche – war als Schuldiger überführt worden, das passte der Legion bestimmt gut ins Bild. Die Griechen hielten sich noch immer für etwas Besonderes, etwas Besseres. Sie hatten sich nie so wirklich mit der Herrschaft der Römer abgefunden, obwohl ihre einst so stolze Heimat bereits seit Jahrhunderten Teil des Imperiums war. Einen passenderen Mörder hatte Marcellus gar nicht finden können.

Dem Tribun war es bestimmt nicht entgangen, dass so manche Frage unbeantwortet geblieben war. Dennoch war seine überstürzte Rückkehr ins Legionslager wohl zum Besten aller Beteiligten. Die Sklaven der Villa hatten ihre Freiheit erlangt, und ich konnte diskret den Dingen nachgehen, die mich noch beschäftigten – ohne damit gleich den ganzen Haushalt ans Kreuz zu bringen.

***

"Ich möchte mir Jubas Leiche noch einmal genauer ansehen", sagte ich zu Layla. "Bevor die Legionäre sie wegschaffen."

Meine Sklavin blickte mich erschrocken an.

"Du kannst gerne inzwischen hier bei deinen Freundinnen bleiben", erklärte ich ihr. "Ich hole dich dann ab, wenn wir nach Hause zurückkehren."

Dass sie sich nicht noch einmal den im Todeskampf erstarrten Leichnam besehen wollte, konnte ich Layla nicht verdenken. Mich jedoch beschäftigte, wie der Africaner genau gestorben war.

Doch es war wohl nicht der grauenvolle Anblick, den Layla scheute. "Stimmt etwas nicht, Herr?", fragte sie nach. "Ich sehe dir an, dass dich etwas stört."

"Nur ein paar offene Punkte, die ich gerne noch für mich klären möchte."

"Dann komme ich mit dir, Herr."

Ich fühlte mich genötigt, Layla eine Erklärung zu geben. "Du musst dich um deiner Freunde willen nicht sorgen, Liebes. Der Tribun hat sie freigesprochen, und ich will ihnen nichts Böses. Es ist nur –"

"Ja, Herr?"

"Ich will mir Klarheit verschaffen, damit ich Belius reinen Gewissens beerdigen kann. Das ist alles. Ich muss sichergehen, dass mein Freund wirklich gerächt wurde. Ich möchte diese Ehrenschuld nicht für den Rest meiner Tage mit mir herumtragen."

Layla nickte langsam. "Ich verstehe dich, Herr", sagte sie sanft.

Ich lenkte meine Schritte zurück zu den Herrengemächern, und Layla folgte mir schweigend.

Juba lag noch so in seiner Kammer, wie wir ihn gefunden hatten. Mit verdrehten, im Krampf erstarrten Gliedern und weit aufgerissenen Augen. Als habe er dem Totengott persönlich ins Antlitz gestarrt und darüber den Verstand verloren.

"Du denkst nicht, dass ihn die Furien niederstreckten?", fragte Layla, nachdem ich eine ganze Weile grübelnd neben der Leiche auf dem Boden gekniet hatte.

"Ich denke, er ist an Gift gestorben", erwiderte ich. "Ich vermag nicht zu sagen, ob ihn die Rachegöttinnen dazu trieben, es zu trinken. Vielleicht wollte er sich einfach der Verhaftung durch die Römer entziehen. So starb er eines leichteren Todes, als sie ihm bereitet hätten. Aber wenn er das Gift hier in seiner Kammer zu sich nahm, wo ist dann der Becher, das Gefäß, aus dem er es trank? Er kann es nicht weggetragen haben, denn draußen auf dem Gang wachte ein Legionär."

"Er kann das Gift doch eingenommen haben, bevor er sich in sein Zimmer zurückzog", sagte Layla, doch unmittelbar darauf widersprach sie sich selbst. "Nein, das wäre seltsam. Wenn er im Besitz von Gift war, so versteckte er es bestimmt hier in seiner Kammer. Er wollte sicher nicht riskieren, dass jemand anderes es fand und es womöglich aus Versehen trank. Obwohl – ja natürlich, das muss es sein!"

Sie kniete neben mir nieder und starrte dem toten Africaner in die Augen. "Diese geweiteten Pupillen, ich dachte aus ihnen spräche die Angst, die ihn verzehrte, als sich die Furien auf ihn stürzten – aber vielleicht gibt es noch eine andere Möglichkeit."

"Ja?"

"Denkst du, er hat das Gift der schönen Frauen getrunken, Herr? Das hätte er nicht in seiner Kammer verstecken müssen, dazu hatten alle hier im Haus jederzeit Zugang."

"Das Gift der schönen Frauen?"

"Ja, Herr. Sieh doch, seine Augen. Wie groß und glänzend sie sind."

"Weil die Pupillen geweitet sind", sagte ich. "Da hast du Recht."

"Genau wie bei den schönen Frauen. Atropa, der heilige Saft der Schicksalsgöttin, lässt die Pupillen so weit werden. Die Mädchen wenden ihn abends an, bevor sie sich den Gästen zeigen."

"Die Mädchen trinken Gift?"

Layla schüttelt den Kopf. "Sie träufeln sich den Saft der Pflanze in die Augen. Nur wenige Tropfen. Man muss sehr vorsichtig damit sein. Jede Lustsklavin weiß um die tödliche Macht der Atropa. Sie kann dich blind machen, wenn du ihre Gaben zu oft anwendest. Aber sie ist auch ein Ausweg, wenn –"

"Wenn?"

"Nun, wenn es keinen anderen Weg mehr gibt. Wenn du nicht mehr darauf warten willst, dass die Schicksalsgöttin dir den Lebensfaden abschneidet, mit ihren gefürchteten Scheren. Wenn ein Mädchen an einen Besitzer gerät, der ihr das Leben schwerer macht als das Sterben." Sie zögerte, dann fuhr sie im Flüsterton fort: "Ich selbst konnte einmal Alva gerade noch davon abhalten, Atropa zu trinken. *Man darf nie die Hoffnung verlieren*, sagte ich ihr damals. Ich hatte ja keine Ahnung, was sie durchmachen musste. Wie schrecklich Lycortas sie quälte." Layla verstummte und ihre Lider schlossen sich für einen Moment.

"Wo bewahren die Mädchen dieses Atropa auf?", fragte ich.

"In ihrem Quartier, Herr."

"Wo Juba jederzeit Zugang hatte?"

Layla nickte.

"Er kann es also dort getrunken haben, kurz nachdem die Legionäre hier einfielen und man Philippos tot fand", sagte ich. "Dann kehrte er in seine Kammer zurück – und wartete auf den Tod."

"So wird es gewesen sein, Herr."

"Hm. Schau doch einmal, wie er da liegt. Sieht es für dich nicht so aus, als habe er im Todeskampf noch versucht, die Tür seiner Kammer zu erreichen? Um Hilfe zu holen?"

"Ja, Herr. Ich denke schon."

"Warum hätte er das tun sollen, wenn er das Gift selbst getrunken und sich bereits zum Sterben gebettet hatte?"

"Vielleicht waren seine Schmerzen so stark, dass er doch noch versuchte, sich zu retten?"

"Gibt es denn ein Gegengift gegen dieses Atropa?", fragte ich.

Layla schüttelte den Kopf. "Ich glaube nicht, Herr."

Ich blickte eine Weile stumm auf den erstarrten Leichnam hinab. Juba hatte noch im Todeskampf versucht, sein Bett und seine Kammer zu verlassen, dessen war ich mir sicher. Aber da war noch etwas anderes, das mich beschäftigte.

XXIII.

Ich trat vor das einfach gezimmerte Regal, das eine der Wände bedeckte. Darauf standen einige Gefäße, auf einem der Bretter lag eine säuberlich gefaltete Tunica, und eine Ebene tiefer lehnten schief zwei Wachstafeln. Ich nahm sie aus dem Regal, klappte sie auf, aber beide waren sorgfältig geglättet worden und bereit, neu beschriftet zu werden.

"Ich frage mich, warum Juba keinen Abschiedsbrief hinterlassen hat, wie Philippos es tat?", sagte ich zu Layla. "Schreibmaterial hatte er hier in seiner Kammer." Ich zeigte ihr die leeren Tafeln. "Er wollte doch bestimmt nicht, dass sein Tod wie Mord aussah, oder? Ihm musste doch klar sein, dass er damit den gesamten Sklavenhaushalt gefährdete."

Laylas dunkle Stirn legte sich in Falten. "Juba wurde sicher nicht ermordet – also von keinem der Sklaven. Er war ein beliebter Mann. Denkst du, jemand von den Gästen könnte ihn –"

"Gestern Nacht waren keine Gäste mehr im Haus, Liebes", unterbrach ich sie.

"Aber Juba könnte das Gift doch schon am Abend verabreicht bekommen haben. Oder er hat es zu dieser Zeit selbst getrunken."

"Bevor die Römer hier auftauchten und sein Herr sich entleibte? Das bezweifle ich. Warum hätte er das tun sollen?"

Layla verfiel ins Grübeln. Es war offensichtlich, dass sie die Sklaven der Villa schützen wollte.

"Es könnte sich jemand von außen in die Villa eingeschlichen haben", sagte ich – mehr um Layla willen, als dass ich wirklich an diese Möglichkeit glaubte.

"Die Mauern rund um das Anwesen sind kein echtes Hindernis, nehme ich an", erwiderte sie. Ihre Augen leuchteten hoffnungsvoll auf.

Doch unmittelbar darauf verdüsterte sich ihre Miene wieder. "Wie sollte der Mörder denn an den Legionären vorbeigekommen sein?", fragte sie. "Die Gemächer hier waren doch die ganze Nacht bewacht?"

Ich zuckte mit den Schultern. Layla wollte ihre Freunde schützen, aber sie war auch eine Frau mit höchst scharfem Verstand, die sich nicht in die eigene Tasche lügen würde.

"Ich möchte mir gerne die Sklavenquartiere ansehen", sagte ich in die entstandene Stille hinein. "Zeigst du mir, wo dieses Atropa aufbewahrt wird?"

In normalen Haushalten schliefen Sklaven meist in den Gängen vor den Zimmern ihrer Herren. Hier in der Villa jedoch hatte das Gesinde, samt der Luxusmädchen, ein eigenes Schlafquartier. Es war ein einziger großer Raum, den man nur mit dem Notwendigsten ausgestattet hatte. Schmale Pritschen, die sich übereinander stapelten und einfache Holzregale an den Wänden. Lediglich Juba als Leibdiener und Alva als Konkubine des Alten hatten ihre Unterkünfte im privaten Trakt der Villa. Orodes und seine Wächter verfügten darüber hinaus über ein Quartier direkt hinter der Portiersloge im Atrium. Alle anderen Sklaven waren hier untergebracht.

Der Saal, der mit seinen Stockbetten einer Legionärskaserne ähnelte, lag nahezu verlassen da. Zweifellos waren die Sklaven damit beschäftigt, die Neuigkeiten über Philippos´ Testament und das glückliche Urteil des Tribuns auszutauschen und zu feiern. Nur im hinteren Teil des Raums kniete ein Mann, der sich jedoch erhob, als Layla und ich den Saal betraten. Es war kein Sklave, sondern einer von Marcellus´ Legionären. Der Mann namens Aculeo, der über Nacht die Herrengemächer bewacht hatte. Die Hausdurchsuchung, die der Tribun angeordnet hatte, war anscheinend noch nicht abgeschlossen.

"Bis jetzt haben wir nichts gefunden", erstattete mir der Soldat Bericht, obwohl ich ihn nicht dazu aufgefordert hatte.

In dem Moment ging hinter uns die Tür auf, und ein Mädchen kam in den Saal gelaufen. Es war Chloe, die junge Griechin.

Sie blieb verwundert stehen, als sie mich erblickte. Sie wollte wohl etwas sagen, doch ihr Mund öffnete und schloss sich, ohne dass ein Wort herauskam. Dann bemerkte sie Layla, die schnurstracks eines der Regale an der linken Längswand des Raumes angesteuert hatte. "Was suchst du denn hier?", wandte sich Chloe ihrer alten Freundin zu.

Layla warf mir einen fragenden Blick zu, und ich nickte zurück. Ich schuldete zwar niemandem Rechenschaft, aber ich wollte auch kein großes Geheimnis daraus machen, warum ich noch in der Villa herumschnüffelte.

"Bewahrt ihr das Atropa noch hier auf?", fragte Layla wie beiläufig, während sie einige der Fläschchen in Augenschein nahm, die sich in dem Regal aneinander reihten. Daneben standen Salbentöpfe und eine Schale mit jenen seltsamen Utensilien, die Frauen nutzten, um sich zu schminken.

Chloe schien die Frage nicht weiter merkwürdig zu finden. "Hier drüben", sagte sie, trat ans Regal heran und reichte Layla ein kleines Gefäß.

Layla öffnete es vorsichtig und spähte hinein. "Fast leer", bemerkte sie und blickte dabei zu mir herüber.

Ich ging zu ihr, nahm ihr das Gefäß aus der Hand und hielt es unter meine Nase. Dem Flakon entströmte ein Geruch, der Übelkeit erregte, irgendwo zwischen bitter und scharf. Ich stöpselte ihn rasch wieder zu und stellte ihn aufs Regal zurück.

"Sag mal, Chloe", begann ich – bemüht, ebenso beiläufig wie Layla zu klingen, "war Juba gestern Abend hier in eurem Quartier?"

Sie schien nicht erst nachdenken zu müssen, sondern erwiderte prompt: Juba? Nein, was sollte der denn hier? Der hat eine eigene Kammer bei den Herrengemächern."

"Ja", sagte ich zögerlich und wusste für den Moment nicht weiter.

Layla kam mir zur Hilfe. "Was habt ihr denn getan, gestern Nacht?", fragte sie, "du und die anderen Mädchen? Nachdem man den Herrn tot fand."

Chloe sah sie nun doch etwas misstrauisch an. "Wir saßen hier zusammen. Wir haben ewig lange getratscht, weil wir keinen Schlaf fanden. Aber Juba war nicht dabei, ganz bestimmt nicht."

Eine plötzliche Veränderung ging in ihrem schönen Gesicht vor. "Oh – denkst du, dass er sich mit Atropa das Leben nahm?"

"Wäre möglich", sagte ich unverbindlich.

Chloes Augen weiteten sich. "Wie schrecklich. Aber er muss es sich schon früher beschafft haben. Ganz bestimmt. Gestern Abend war er nicht hier, da bin ich mir sicher."

Ich nickte. "So wird es gewesen sein", sagte ich, und erntete dafür einen vielsagenden Blick von Layla. Ich wusste, was sie dachte: Wenn Juba das Gift in seine Kammer mitgenommen hätte, so wären wir dort auf das Gefäß gestoßen; und dass er den Saft bereits vor dem Auftauchen der Legionäre getrunken haben sollte, ergab keinen Sinn. Dennoch sah ich keine Möglichkeit, je zu erfahren, wie es sich wirklich zugetragen hatte.

"Wer bereitet den Atropa Saft denn zu?", fragte ich Chloe.

"Das macht Alva", kam die Antwort. "Sie kultiviert die Beeren im Wirtschaftsgarten. Sie kennt sich wahnsinnig gut aus, mit Kräutern und all dem Zeug."

Chloe lief auf eine der Liegen zu, die wohl die ihre war, kramte eine winzige Truhe darunter hervor und entnahm etwas, das ich nicht erkennen konnte. Dann huschte sie aus dem Raum.

Layla und ich blieben mit dem Legionär allein. Der Mann hatte sich in die hinterste Ecke des Raumes vorgearbeitet und dabei gewissenhaft unter jede Liege geblickt. Er hatte sämtliches Bettzeug durchwühlt und jede Kiste und Truhe geöffnet. "Hier ist auch nichts", sagte er jetzt und erhob sich. "Ich werde sehen, ob einer von den anderen Männern fündig wurde, dann kümmern wir uns um die Leichen und rücken ab." Er nickte mir zu und schickte sich an, den Raum zu verlassen.

"Einen Augenblick", hielt ich ihn zurück. "Aculeo, richtig?"

Der Soldat nickte.

"Du hast über Nacht vor den Privatgemächern Wache gestanden, nicht wahr?"

In den gutmütig dreinblickenden Augen des Mannes flackerte etwas auf. Etwas, das er im nächsten Augenblick schon wieder unter Kontrolle hatte. Angst?

"Das ist richtig", antwortete er. Es klang eher wie eine Frage als eine simple Antwort.

Bildete ich es mir nur ein, oder war dieser Soldat plötzlich auf der Hut? "Ich frage mich nur, ob Juba seine Kammer nicht vielleicht doch verlassen hat", sagte ich. "Um sich das Gift zu beschaffen, mit dem er sich tötete."

"Ganz bestimmt nicht", erwiderte Aculeo hastig.

Der Mann hatte definitiv etwas zu verbergen.

"Und du hast auch niemand gesehen, der sich in Jubas Kammer stahl?", bohrte ich weiter.

"Nein, Thanar. Wollen wir jetzt gehen? Die Männer und ich müssen ins Lager zurück. Der Tribun erwartet bestimmt schon unseren Bericht." Er machte eine ehrerbietige Handbewegung, mich aus dem Raum geleiten zu wollen.

"Ich denke, ich werde noch etwas bleiben", erwiderte ich. "Es gibt da noch einige Kleinigkeiten, die mich beschäftigen. Ich möchte noch die Sklaven befragen."

"Die Sklaven befragen?", echote Aculeo. Alle Farbe schien plötzlich aus seinen braungebrannten Wangen entwichen.

Ich blickte mich im Raum um. Der Legionär, Layla und ich waren ganz unter uns. Mit ein paar raschen Schritten war ich bei der Tür, die Chloe hinter sich halb offen stehen gelassen hatte, und zog sie zu.

Dann kehrte ich zu dem Soldaten zurück und legte ihm die Hand auf die Schulter. "Willst du uns nicht sagen, was dich quält, Aculeo? Mir geht es nicht darum, wie gut du deinen Dienstpflichten nachkommst, ich will nur wissen, was sich gestern Nacht wirklich ereignet hat. Du hast etwas gesehen, oder? Was war es? Ich verspreche dir, es bleibt unter uns."

"Du bist doch ein Freund des Tribuns", presste der Mann hervor, während er mich angstvoll musterte. Auf seiner jugendlichen Stirn glänzten plötzlich Schweißperlen.

"Dennoch habe ich kein Interesse, dir Schwierigkeiten zu machen. Wie gesagt, mich interessiert nur die Wahrheit. Mein Freund starb gestern Abend in diesem Haus, und ich will sichergehen, dass sein Mörder tatsächlich tot ist."

Aculeo stieß einen tiefen Seufzer aus. "Mithras stehe mir bei!" rief er. "Wenn du mit den Sklaven sprichst, wirst du es ja doch erfahren." Er schlug sich die Hände vors Gesicht.

"Was erfahren?", fragte ich.

XXIV.

"Da war dieser Knabe", begann Aculeo. "Einer der Sklaven, nein, bestimmt war es ein böser Dämon, in Knabengestalt, der mich verhexte! Ich wollte wirklich nicht ... Ich konnte nicht ... Oh, bei allen Göttern, er war so wunderschön! Ich habe meine Pflichten vergessen und ließ mich von ihm verführen. Marcellus wird mich den Wölfen vorwerfen!"

"Marcellus wird es nicht erfahren", versuchte ich ihn zu beschwichtigen. "Du hast also deinen Wachposten verlassen, um dich, ähm, diesem Dämon zu widmen, ja?"

"Nur ganz kurz!", erwiderte Aculeo. "Ich glaube nicht, dass in dieser Zeit jemand –"

"Wo wart ihr, du und der Knabe? In einem der Gästezimmer?"

Aculeo nickte wortlos und schlug dann die Augen nieder.

Das verkomplizierte alles. Juba war also nicht isoliert in seiner Kammer gewesen. Er mochte sie verlassen haben, aber genauso gut hätte sich jemand bei ihm einschleichen können, während Aculeo den Freuden des Eros gehuldigt hatte. Jemand konnte den Africaner in dieser Zeit ermordet haben.

"Wie sah er denn aus, dieser Dämon in Knabengestalt?", fragte ich den Legionär.

"Er hatte rotblondes Haar, das ihm bis zu den Hüften fiel", schwärmte Aculeo, unterbrach sich jedoch sogleich selbst. In nüchternerem Ton fügte er hinzu: "Er sagte, er sei Britannier und nannte sich Lons – aber er war bestimmt kein Mensch. Kein Sterblicher kann solch strahlende Schönheit besitzen, solch unglaubliche –" Wieder stockte der junge Soldat. Er biss sich auf die Lippen. Der entrückte Glanz verschwand aus seinen Augen. Stattdessen flehte er mich noch einmal an, dem Tribun nichts zu verraten.

Ich versprach es ihm und schickte ihn seiner Wege. Er huschte aus dem Raum wie ein fliehendes Wild.

"Nein, Herr. Bestimmt nicht. Ich habe ihn gesehen. Er war –"

Mit einer ungeduldigen Geste gebot ich ihr, zu schweigen. Es war sinnlos, dieses Mädchen zu befragen. Sie tischte mir schamlos eine Lüge nach der anderen auf. Wenn ich nicht zu Mitteln griff, die ich keinesfalls ergreifen wollte, so war aus Chloe nichts Vernünftiges herauszubekommen.

Ich blickte Layla an, und stellte fest, dass sich deren Gesicht verdüstert hatte. Sie fixierte Chloe mit ihren schwarzen Augen, und die junge Griechin starrte trotzig zurück.

"Warst du Jubas Geliebte, Chloe?", fragte ich unvermittelt. Befriedigt registrierte ich, wie sehr diese Frage die junge Frau aus dem Konzept brachte. Vielleicht war ihr ja auf diesem Wege beizukommen.

Sie schnappte nach Luft, wie ein Fisch, den man aufs Trockene gezogen hat. "Nein, Herr!", rief sie, als sie sich wieder gefasst hatte. "Das musst du mir glauben. Ich schwöre es!", setzte sie hinzu, aber natürlich gab ich mich damit nicht zufrieden.

Stattdessen sagte ich: "Ich habe Euch neulich gesehen, dich und Juba. Mit meinen eigenen Augen. Ihr habt es am helllichten Tag miteinander getrieben, unmittelbar neben dem Atrium."

Ich schielte zu Layla hinüber, stellte aber zu meiner Bestürzung fest, dass diese Enthüllung sie nicht zu überraschen schien.

Sie war es auch, die Chloe mit der Antwort zuvorkam. "Juba pflegte sich die Mädchen zu nehmen, wie es ihm passte", erklärte sie mir. "Schon zu Lebzeiten des alten Herrn."

Die Art, wie sie mich dabei ansah, konnte nur eines heißen: Layla sprach aus eigener Erfahrung.

"Was? Dich hat er auch –" Die Worte blieben mir im Halse stecken.

Layla nickte. Ihre Augen hatten sich zu schwarzen Schlitzen verengt. "Wir konnten nichts dagegen tun. Als Leibdiener des Herrn genoss Juba dessen volles Vertrauen. Wenn eine von uns geredet hätte, versucht hätte, ihn anzuklagen –"

"Das wäre Selbstmord gewesen", kam ihr Chloe zu Hilfe. "Natürlich war es nicht rechtens, was Juba tat, aber was mich anbelangte, so war es auch keine große Sache."

"Keine große Sache?", rief ich. "Juba vergriff sich am Eigentum seines Herrn!"

"Ja, und?", entgegnete Chloe trotzig. "Denkst du, das kümmerte uns Frauen, so wie das alte Scheusal uns behandelte?"

Ich konnte nicht glauben, was ich da sah und hörte. Das stets freundliche und gut aufgelegte Mädchen, das ich so gut zu kennen geglaubt hatte, war verschwunden. Stattdessen stand da jetzt eine kämpferische junge Frau vor mir, die mir völlig fremd war. Und die sich kein Blatt vor den Mund nahm. "Juba war nur ein weiterer Mann, den wir bedienen mussten", sagte sie. "Denkst du, das kümmerte irgendeins der Mädchen, bei all den Männern, die sich tagaus, tagein an uns vergingen?" Sie starrte mich zornig an.

Ich wusste nicht, was ich sagen sollte. Ein Teil von mir verstand sie nur allzu gut, ein anderer jedoch empörte sich über diese ungeheuerliche Anklage.

Unwillig schüttelte ich den Kopf. Ich selbst war einer der Männer gewesen, über die sie gerade so abfällig gesprochen hatte. Nie war mir bei meinen Treffen mit Belius in der Villa der Gedanke gekommen, ich könnte mich an einem Mädchen "vergehen", wie Chloe das ausdrückte.

Doch aus ihrer Sicht war es wohl so gewesen. Eine Sicht, die ich zweifellos geteilt hätte, hätte ich mich in ihrer Lage befunden.

Eine seltsame Empfindung überkam mich – als wäre ich die ganze Zeit über mit Blindheit geschlagen gewesen und jetzt mit einem Mal sehend geworden. Nur dass ich den Anblick, dessen, was sich mir enthüllte, nicht ertragen konnte.

Ich schickte Chloe ihrer Wege, aber selbst das fühlte sich falsch an. Sie war jetzt eine Freie. Wer war ich, ihr Befehle zu erteilen?

***

"Alles in Ordnung, Herr?", hörte ich Layla sagen. Ich wusste nicht, wieviel Zeit vergangen war. Wie lange ich wie festgewachsen dagestanden und mich in düsteren Gedanken verloren hatte.

"Was? Ja, Liebes. Komm, lass uns diesen Lons finden."

"Chloe sprach die Wahrheit, Herr", sagte Layla, als wir ein paar Schritte gelaufen waren. "Also, was Juba anbelangt. Sie hat sich ihm bestimmt nicht freiwillig hingegeben. Orodes ist es, dem ihr Herz gehört."

Sie fing meinen erstaunten Blick auf und fügte rasch hinzu: "Zumindest war es so, als ich noch Teil der Familia war. Aber das tut ja nichts zur Sache." Sie lächelte ihr Sphinx-Lächeln und beschleunigte ihre Schritte.

Es war Layla offensichtlich unangenehm, dass sie sich zu diesem bisschen Tratsch über Chloe hatte hinreißen lassen. Dennoch griff ich ihre Bemerkung auf, vielleicht nur, weil Chloe sich mir gegenüber gerade eben so aufbrausend verhalten hatte. Oder weil ich schlicht nicht mehr wusste, was bei diesem Rätsel, das ich so verzweifelt zu lösen versuchte, wichtig war. Was eine Rolle spielte und was nicht. "Erwidert Orodes denn Chloes Gefühle?", fragte ich. "Sind die beiden ein Paar?"

Layla schüttelte den Kopf. "Nein, Herr, ich denke nicht. Orodes hatte stets nur Augen für Suavis. Und das scheint mir noch so zu sein."

"Suavis?" Ich entsann mich, wie der bullige Parther die zarte Blondine an sich gedrückt hatte, als die beiden vorhin mit Layla und Chloe im Garten zusammen gestanden waren. Ich hatte angenommen, er wolle Suavis nur Trost spenden, aber jetzt nahm diese Geste eine völlig neue Bedeutung an.

Mir schwirrte der Kopf. Es widerstrebte mir, in den persönlichen Beziehungen dieser Menschen herumzuschnüffeln. Ich war Händler, kein Spion. Einen Mord zu untersuchen oder auch nur mich durch die Verwicklungen in dieser Villa zu wühlen – das war wahrlich nicht meine Sache. Darin hatte ich keinerlei Erfahrungen, und in welche Richtung ich mich auch wandte, stets hatte ich das Gefühl, gegen eine Wand zu laufen. Je mehr ich über dieses Haus erfuhr, über seine Toten ebenso wie über die Lebenden, desto weniger verstand ich. So wollte es mir jedenfalls scheinen.

XXV.

Es dauerte eine ganze Weile, bis wir Lons endlich aufstöbern konnten. Der junge Britannier hatte sich in den hintersten Teil des Gartens zurückgezogen. Er war allein und schien nicht erfreut, mich zu sehen. Misstrauisch musterte er mich, und ich konnte mich des Eindrucks nicht erwehren, dass er sich in diesen abgelegenen Teil des Anwesens begeben hatte, um den römischen Soldaten aus dem Weg zu gehen.

Hatte er etwas zu verbergen?

Was sein Äußeres anbelangte, so hatte Aculeo, der Legionär, nicht übertrieben. Lons war vielleicht sechzehn oder siebzehn Jahre alt, ein stattlicher junger Bursche, der die Proportionen einer griechischen Statue besaß. Auch seine Gesichtszüge strahlten eine geradezu klassische Schönheit und Anmut aus. Kupferblondes Haar umfloss seine Schultern wie feinster Seidenstoff. Man konnte es Aculeo nicht verübeln, dass er diesem Jüngling nicht hatte widerstehen können. Alles, was der junge Legionär vermutlich von den Freuden der Venus kannte, waren die Lagerprostituierten oder die Wölfinnen von Vindobona. Lons musste ihm wie ein Sohn des Eros höchstselbst erschienen sein.

Layla war es, die den Britannier schließlich zum Sprechen brachte. Sie verbürgte sich gewissermaßen für mich und versicherte Lons, dass er mir vertrauen könne.

"Es geht nicht um Vertrauen", entgegnete der Jüngling und beäugte mich argwöhnisch. "Du willst echt nur reden?"

Ich begriff nicht gleich. Erst als Layla sagte: "Thanar ist an deinen Liebesdiensten nicht interessiert. Er hat nur ein paar Fragen an dich", wurde mir klar, warum Lons sich so abweisend verhielt. Und im gleichen Moment kam mir der Verdacht, dass die Verführungsgeschichte, die Aculeo uns aufgetischt hatte, vielleicht nicht ganz der Wahrheit entsprach. Ich war gespannt, Lons' Version der Ereignisse zu hören.

"Ich stand mit ein paar Sklaven in der Küche zusammen", begann er, als ich ihn darauf ansprach. "Nur für eine halbe Stunde oder so, bevor uns die Legionäre in unser Quartier schickten. Die Römer teilten das Mahl mit uns, und als wir fertig waren, nahm mich dieser eine Legionär beiseite."

"Aculeo?"

"Er nannte mir seinen Namen nicht. Er zog mich mit sich fort, in eines der Gästezimmer, wo er - ach, das Übliche." Lons machte eine unwillige Handbewegung. "Er wollte erst Fellatio, dann nahm er mich, bis er nicht mehr konnte. Natürlich ohne zu bezahlen. Er gab mir noch nicht einmal ein Trinkgeld."

"Und danach?"

"Brachte er mich in die Sklavenunterkunft."

"Ich verstehe. Stand da ein Wachposten vor dem Eingang zum Quartier?"

Lons schüttelte den Kopf. "Nein, da war niemand. Und der Legionär ging auch wieder weg. Soviel habe ich noch gesehen."

Wie ich es mir gedacht hatte. Diese Darstellung der Ereignisse ähnelte nur entfernt der dämonischen Verführungsgeschichte, die Aculeo mir aufgetischt hatte. Ich war mir sicher, dass die Wahrheit näher bei der Version von Lons lag. Der britannische Jüngling hatte mit einer resignierten Gleichgültigkeit über die Taten des Römers gesprochen, die überzeugender wirkte als jede große Beteuerung. Jetzt verstand ich auch, warum er sich in den hintersten Winkel des Gartens zurückgezogen hatte, solange die Römer noch im Haus weilten. Vermutlich aus keinem anderen Grund, als sich vor neuerlichen Liebesdiensten zu drücken.

Die Legionäre hatten zwar keinerlei Recht, sich so an den Sklaven eines fremden Hauses zu bedienen, aber welcher einfache Mann, egal ob nun frei oder unfrei, würde es schon wagen, einem römischen Soldaten zu verweigern, was der begehrte?

Jedenfalls kam ich zu dem Schluss, dass Lons Aculeo vermutlich nicht absichtlich von dessen Posten weggelockt hatte. Und ich wusste jetzt, dass die Sklavenquartiere ebenfalls unbewacht gewesen waren. Zumindest zu dem Zeitpunkt, als Lons dahin zurückkehrte. Vermutlich hätte mir der dafür verantwortliche Legionär auch beteuert, von einem glutäugigen Dämon verführt worden zu sein.

Ich seufzte laut auf. Im Klartext hieß das, jeder hatte letzte Nacht unter dem Dach der Villa seiner Wege gehen können, wie es ihm beliebte. Ob einer dieser Wege in Jubas Kammer – und zu dessen Tod – geführt hatte, würde ich unter diesen Umständen wohl nie erfahren.

Selbstmord oder nicht? War Juba freiwillig aus dem Leben geschieden, oder war er ermordet worden? Wenn der africanische Diener sich gewohnheitsmäßig die Sklavinnen zu Willen gemacht hatte, als wäre er selbst der Hausherr, so mochte ihm vielleicht eines seiner Opfer nach dem Leben getrachtet haben?

Oder auch nicht. Nach Chloes Reaktion zu schließen, waren Jubas Übergriffe zwar ein Ärgernis für die Mädchen, aber keines, das einen Mord lohnte.

Ein Ärgernis. Was die Sklavinnen wohl in mir gesehen hatten – und in all den anderen Männern, die die Villa regelmäßig besuchten? Hatten sie uns hinter ihrem lieblichen Lächeln und ihrer verführerischen Anschmiegsamkeit allesamt verabscheut? Oder gar gehasst? Gehörte ich selbst zu den pflegeleichteren Gästen, die man noch halbwegs gern bediente, während ein Mann wie der Primus Pilus, der sein übles Temperament kaum zu zügeln wusste, als gefürchteter Unhold galt?

Schon zum zweiten Mal an diesem Tag beschlich mich dieses scheußliche Gefühl, den Sklavinnen der Villa über lange Jahre ein Unrecht angetan zu haben. Insbesondere Chloe, die ich an so vielen Abenden beansprucht hatte.

Hastig vertrieb ich den Gedanken.

"Ist das alles?", fragte Lons, dessen Anwesenheit ich beinahe vergessen hatte. Dabei sah er mir forschend ins Gesicht.

Ich nickte wortlos, und der junge Britannier machte sich eilig davon.

Da stand ich nun, in dem wohlgepflegten Garten, den ich fast wie meinen eigenen kannte, umgeben von dem munteren Plätschern der Zierbrunnen und heiterem Vogelgesang, und wusste nicht weiter.

Layla bat um die Erlaubnis, noch einmal nach ihren Freundinnen sehen zu dürfen. Ich ließ sie gern gewähren.

Eine Weile lang wanderte ich ziellos unter den Bäumen umher, verloren in allen möglichen düsteren Gedanken. Bis ich mich schließlich vor der Mauer wiederfand, die das Anwesen umschloss. Ich folgte ihr ein paar Hundert Schritte weit, ohne zu wissen, warum ich das tat oder wonach ich suchte. Wenn ich überhaupt nach etwas suchte.

Natürlich fand ich auch nichts, das mir irgendwie von Bedeutung erschien. Ich kam an einer Pforte vorbei, die wohl in den Wald führte, aber verschlossen war, und entdeckte unzählige Stellen, an denen ein halbwegs geschickter Kletterer die Mauer leicht hätte überwinden können. Es war also durchaus möglich, dass sich gestern Abend ein Fremder ins Haus geschlichen und es später auf gleichem Wege wieder verlassen hatte. Ein Mörder, dessen Motive ich nicht kannte, und der nach wie vor auf freiem Fuß war. Möglich - aber nicht sehr wahrscheinlich. Wie hätte ein Außenstehender von der Bärenarena wissen sollen, in der ich beinahe mein Leben gelassen hatte?

Ich kehrte ins Haus zurück und befragte noch einige andere Sklaven, die mir über den Weg liefen. Zwei davon waren Liebesdienerinnen, die anderen gehörten dem Hausgesinde an.

Ich erfuhr nichts, was ich nicht schon wusste. Jeder wollte in der Nacht tief und fest geschlafen haben. Jeder schwor mir, dass er weder etwas gehört noch gesehen hatte. Niemand wollte auch nur gerüchteweise von der unterirdischen Bärenarena gewusst haben. Keiner hatte den Keller betreten, niemand war bei den Herrengemächern vorbeigekommen oder hatte beobachten können, wie Philippos in sein Arbeitszimmer geeilt war, um sich dort zu entleiben. Praktisch jeder fragte mich, ob es tatsächlich stimmte, dass sie freigelassen würden.

Ich gab es auf.

War es das nun gewesen, mit meinen hochtrabenden Ermittlungen, von denen ich mir so viel versprochen hatte? Sah ich jetzt klarer als zuvor? Wusste ich mehr als der Tribun, der schon vor Stunden sein Urteil gefällt hatte, scheinbar ohne jeden Zweifel?

Wie gerne hätte ich Belius um Rat gefragt. Mein alter Freund hatte mir stets das Gefühl vermittelt, dass es für jedes noch so schwierige Problem am Ende eine Lösung gab. Und meist war er es gewesen, der sie mir dann auch tatsächlich präsentiert hatte. Ich vermisste ihn. Jetzt schon, obwohl Belius noch keinen ganzen Tag tot war.

War seine Ermordung gerächt worden? Ich hoffte es, aber ganz sicher konnte ich mir nicht sein. Und ich sah keine Möglichkeit, daran noch irgendetwas zu ändern. Mir blieb nur noch, seine Söhne bei der Vorbereitung des Trauerzuges zu unterstützen und einen großzügigen Beitrag für ein würdiges Fest an seinem Grab zu leisten. Spiele, Musik, ein üppiges Gastmahl – Vindobona sollte meinen Freund in ehrenvoller Erinnerung behalten. Dafür würde ich persönlich sorgen.

Ich sah mich nach Layla um. Ich wollte nur noch so schnell wie möglich fort, aus diesem Haus des Todes. Ich fand sie in der Küche, einem gewölbeartigen Saal, der seiner Größe und Ausstattung nach auch den Sklaven als Speiseraum diente.

Am oberen Ende einer langen, grob gezimmerten Holztafel saß Layla. An ihrer Schulter lehnte Chloe, anschmiegsam wie eine dunkle Katze. Ein uralter Sklave, der wohl der Koch sein musste, redete in einem kaum verständlichen Kauderwelsch, das nur entfernt an Latein erinnerte, auf Suavis ein, die zur Rechten von Layla Platz genommen hatte. Dabei steckte er dem Mädchen alle paar Augenblicke irgendeine Leckerei in den Mund, und als sie ein genussvolles Schnurren von sich gab, klatschte der Alte begeistert in die Hände. Orodes, der neben Suavis saß und schützend seinen Arm um sie gelegt hatte, lächelte still in sich hinein.

Als Layla mich erblickte, sprang sie auf und lief mir entgegen.

"Lass uns nach Hause fahren", sagte ich, "ich gebe mich geschlagen."

"Keine neuen Erkenntnisse mehr?", fragte sie, als wären wir zwei Gelehrte, die an einem schwierigen philosophischen Problem arbeiteten. Ohne eine Antwort abzuwarten, fügte sie hinzu: "Darf ich dich kurz sprechen, Herr? Ich habe eine Bitte an dich."

"Sicher. Lass uns im Wagen darüber reden."

"Können wir es hier besprechen? Es geht um meine Freundinnen." Sie deutete mit ihrem Kopf auf die beiden Mädchen am Tisch. Suavis war gerade dabei, nun ihrerseits Orodes mit etwas zu füttern, das nach kaltem Braten aussah.

Layla zog mich auf den Flur hinaus, wo sie ohne Umschweife mit ihrer Bitte herausrückte. "Es ist so, Herr. Die Mädchen sind nun frei, aber –" Sie suchte nach den passenden Worten. "Chloe und Suavis wissen nicht, wo sie jetzt hin sollen, und hier in diesem Haus möchten sie nicht bleiben. Alva wird das Anwesen verkaufen müssen, denn ohne die Einnahmen der Gäste lässt es sich wohl nicht erhalten. Und dann sind da all die bösen Erinnerungen, all die Menschen, die hier den Tod fanden ... Sie haben Angst, Herr, und sie sind beide wie Schwestern für mich. Also wollte ich dich fragen, ob du sie eine Weile unter deinem Dach wohnen lassen würdest. Nur bis sie wissen, wo sie hin sollen. Natürlich würden sie sich nützlich machen, im Haushalt helfen, in der Küche. Chloe ist eine hervorragende –"

Ich hob die Hand, und Layla, die ihre Bitte ohne Atem zu holen heruntergerattert hatte, schnappte nach Luft.

"Deine Freundinnen sind als Gäste in meinem Haus willkommen, so lange sie möchten", gab ich ihr zur Antwort. "An freien Zimmern mangelt es uns ja wahrlich nicht."

Ich hatte mein Haus einst in der sicheren Hoffnung gebaut, die Götter würden mich mit einer großen Nachkommenschaft segnen. Eine Hoffnung, die ich zusammen mit meiner Frau zu Grabe getragen hatte.

"Oh danke, Herr!" Layla drückte mir einen dicken Kuss auf die Wange, dann huschte sie zurück in die Küche, zweifelsohne um ihren Freundinnen sogleich die Einladung zu überbringen.

Ich kehrte ebenfalls in das dunkle Gewölbe zurück, um zu sehen, wie die Mädchen es aufnehmen würden. Es gab ein großes Getuschel, Freudenrufe, Umarmungen, dann kamen beide auf mich zugeeilt, um mir zu danken.

Orodes stand als letzter auf, trat hinter Suavis und legte ihr behutsam die Hände auf die Schultern. Mit ernster Stimme wandte er sich an mich. "Deine Einladung ist überaus großzügig, Herr –"

"Nenn mich Thanar", unterbrach ich ihn. "Du bist jetzt ein freier Mann wie ich."

Er nickte und ein kaum merkliches Lächeln huschte über sein kantiges Gesicht. "Suavis und ich – wir gehören zusammen", sagte er feierlich. "Wo sie hingeht, da will auch ich sein. Brauchst du vielleicht einen Diener in deinem Haus, einen Wächter oder sonst einen Knecht? Ich kann für zwei Männer arbeiten, du wirst nicht enttäuscht sein. Ein Schlafplatz im Stall oder im Keller und das tägliche Brot reichen mir als Lohn, solange ich nur bei meiner Liebsten sein kann." Er lächelte auf Suavis´ blonden Haarschopf hinab, der eine gute Handbreit unter seinem Kinn lag. Das Mädchen stand reglos da, mit dem Rücken an seine breite Brust gelehnt und blickte unter ihren dichten Wimpern zu mir hoch.

Die Leidenschaft, mit der Orodes seine Bitte vorgetragen hatte, rührte etwas an in mir. Dieser Mann liebte tief und treu, dessen war ich mir sicher. "Auch du bist als Gast unter meinem Dach willkommen, solange es dir beliebt", sagte ich.

Der Parther dankte es mir mit wenigen, aber umso eindringlicheren Worten.

Wir vereinbarten, dass er mit den Mädchen gleich am nächsten Tag in mein Haus kommen würde. Eine umfangreiche Habe hatte ja keiner der drei zusammenzupacken.

XXVI.

Das Testament des Philippos wurde am nächsten Tag auf dem Forum verlesen, und jeder einzelne seiner Sklaven erhielt seinem letzten Wunsch entsprechend die Freiheit. Die Leiche des jungen Griechen wurde, zusammen mit jener von Juba, ohne Totenrituale in den Fluss geworfen, wie es bei Verbrechern üblich war.

Chloe, Suavis und Orodes zogen wie vereinbart in mein Haus. Ich gab jedem der drei ein schönes geräumiges Zimmer ganz für sich und hielt sie davon ab, sich in mein Gesinde einzureihen. Sie waren meine Gäste, und ich wollte, dass sie es gut hatten. Sie sollten das Grauen der Morde und all die Ängste, die insbesondere die Mädchen durchgestanden hatten, so rasch wie möglich hinter sich lassen.

Die beiden jungen Frauen brachten etwas mit sich, das ich vorher nicht gekannt hatte, und das Layla richtiggehend erblühen ließ. Mein Haus war plötzlich erfüllt von dem Lachen, dem Lärm, der Lebensfreude junger Menschen, die sich im Rudel zusammenscharten. Und Layla, Chloe und Suavis gaben ein gar prächtiges Rudel ab.

Chloe schien sich unter meinem Dach vom ersten Tag an wie zu Hause zu fühlen, Suavis hingegen brauchte ein wenig, um ihre Schüchternheit abzulegen. Nach drei oder vier Tagen jedoch erbebte das Haus geradezu im Wirbel ihrer Aktivität. Egal ob man sich in der Bibliothek, im Peristylgarten oder im Speiseraum aufhielt, immer war irgendwo, in nicht allzu weiter Ferne, munteres Geplauder oder mädchenhaftes Gekicher zu hören, und an so manchem sonnigen Nachmittag tobten die drei Freundinnen wie junge Hunde durch den Garten. Nur wenn Orodes dazukam, ging eine Änderung in Suavis und Chloe vor – eine, die ich nicht so recht verstand.

Suavis legte manchmal eine gewisse Scheu vor dem Parther an den Tag, was ich seltsam fand, wo die beiden doch ein Paar waren. Chloe hingegen schien Orodes umso offensichtlicher zu lieben, obwohl sie doch wissen musste, dass er ihre Gefühle nicht erwiderte. All seine Aufmerksamkeit galt stets nur Suavis, er schien in ihr die Frau seiner geheimsten Träume gefunden zu haben. Als er und ich einmal im Schatten des Säulengangs hinter dem Haus bei einem Becher Wein zusammensaßen, vertraute er mir an, dass sie so bald wie möglich heiraten wollten.

Obwohl ich dem Parther mehrfach klar machte, dass er Gast und nicht Knecht in meinem Haus war, ließ er es sich nicht nehmen, ein paar Stunden am Tag in meinen Stallungen auszuhelfen. Er hatte eine Hand für Pferde und war fasziniert von den Tieren, die ich mein eigen nannte. Ich besaß einige Züchtungen meines Bruders, dessen Rösser im Umkreis von hundert Meilen die besten und begehrtesten waren. Orodes erzählte nicht viel von sich, er war kein Mann großer Worte, aber ich konnte heraushören, dass er einst im Heer der Parther ein begnadeter Reiter gewesen sein musste.

Für mich selbst war es längst Zeit, mich wieder meinen Geschäften zu widmen. Ein paar neue Lieferungen waren eingetroffen, inklusive einiger höchst wertvoller Schmuckstücke zweifelhafter Herkunft, die ich sobald wie möglich wieder aus dem Haus schaffen musste.

Die Pfeilwunde in meinem Rücken machte mir allerdings noch immer zu schaffen, und so entschied ich mich nach einigen Tagen, meinen Leibdiener Darius mit der Fahrt nach Norden zu betrauen, die ich eigentlich selbst hatte antreten wollen.

Es war nicht das erste Mal, dass ich eine heikle Handelsreise ganz in seine Hände legte, und so verluden wir die Schätze des Nachts auf schnelle Reisewagen, ich gab Darius sechs schwer bewaffnete Männer mit, und sie machten sich guter Dinge auf den Weg.

Ich war erleichtert, die gefährlichen Waren aus dem Haus zu wissen, denn zu den neuen Bewohnern meines Heims gesellte sich nahezu täglich ein unerwarteter Besucher: Tribun Marcellus. Das heißt, anfangs kam er unerwartet, nach ein paar Tagen war er schon ein ebenso vertrauter Anblick wie das schnatternde und kichernde Mädchenrudel, das durch Haus und Garten tobte.

Marcellus kam meist zwei oder drei Stunden vor Sonnenuntergang – ohne, dass ich ihn einlud und ohne ersichtlichen Grund für seinen Besuch – und blieb oft bis lange nach dem Abendmahl. Manchmal bat er Layla, ihm vorzulesen oder die Flöte für ihn zu spielen. Bei einer Gelegenheit konnte ich es mir nicht verkneifen, ihm auch ein Zimmer in meinem Haus anzubieten, wo es ihm doch scheinbar so gut bei mir gefiel. Natürlich lehnte er ab. Er schien nicht einmal zu bemerken, dass ich ihn aufzog.

Was wollte er in meinem Haus? Hatte der Mann keine Amtsgeschäfte im Legionslager zu regeln, die seiner Aufmerksamkeit bedurften? Natürlich verboten es die Regeln der Gastfreundschaft, ihn abzuweisen, speziell bei einem so hochrangigen Gast. Es sah ganz danach aus, als habe er in mir seinen neuen besten Freund gefunden. Ich würde ihn wohl nicht so bald wieder loswerden und alsbald ertappte ich mich dabei, dass ich seine Gesellschaft eigentlich als durchaus angenehm empfand.

***

Zwei Tage nachdem Orodes und die Mädchen bei mir eingezogen waren, erhielt ich Besuch von Alva, der neuen Eigentümerin der Villa. Sie wirkte angespannt, ja regelrecht betrübt. Sie hatte offensichtlich etwas auf dem Herzen, aber erst nachdem sie eine ganze Weile höfliche Konversation mit mir gemacht hatte, senkte sie plötzlich den Blick und kam stockend auf den Grund ihres Besuchs zu sprechen. "Verzeih mir, dass ich dich damit belästige, Thanar", begann sie, "aber ich kenne sonst niemanden in Vindobona, an den ich mich wenden könnte."

"Worum geht es denn?", fragte ich. "Wenn ich kann, helfe ich dir gerne."

Sie hob den Kopf und musterte mich scheu. "Ich muss einen Käufer für die Villa finden, aber ich weiß nicht, wie ich es anstellen soll", sagte sie. "Du hingegen bist ein erfahrener Geschäftsmann, und deswegen hatte ich gehofft, dass du – nun ja, dass du mir dabei helfen könntest. Natürlich gegen eine Beteiligung am Verkaufserlös", fügte sie rasch hinzu, "was immer da üblich ist."

"Willst du Vindobona denn verlassen?", fragte ich.

"Das nicht, aber ich will nicht in der Villa wohnen bleiben. Das Haus ist voller Geister der Vergangenheit. Ich wache nachts auf und höre den Bären brüllen. Oder die Schreie all der Mädchen, die er mit seinen Klauen zerfetzt hat. In nahezu jedem Raum erinnert mich etwas an Philippos, den ich verlor." Sie stockte. "Denkst du, es lässt sich ein Käufer finden? Und dass der Verkaufserlös für meinen Lebensunterhalt reichen würde? Könnte ich mir ein kleines Haus in der Zivilstadt leisten? Dort soll es sicher sein, habe ich gehört. Ein paar der Mädchen würden auch gerne bei mir bleiben, sie haben nie in Freiheit gelebt und wissen nicht, wohin sie sollen. Natürlich können wir uns Arbeit suchen –" Die Fragen quollen nur so aus ihr heraus, und dabei fixierte sie mich angstvoll mit ihren schönen blauen Augen.

Ich hob die Hand und versuchte, sie zu beruhigen. "Mach dir keine Sorgen, Alva", sagte ich. "Du kannst auf mich zählen. Wir werden einen Käufer für die Villa finden, obwohl dir vermutlich niemand ihren wahren Wert zahlen wird. Es gibt nicht viele Männer in Vindobona, die sich ein solches Anwesen leisten können. Die Kunstgegenstände im Haus lassen sich aber unabhängig davon gut zu Geld machen – einige davon kann ich dir sogar selbst abkaufen, wenn du möchtest. Dafür kann ich im Germanicum ohne Probleme Abnehmer finden. Und damit bin ich auch schon großzügig entlohnt."

Ich war zuversichtlich, dass Alva allein aus dem Verkauf des Inventars der Villa einen gesicherten Lebensunterhalt finden würde – ohne eine Lohnarbeit annehmen zu müssen. Die Stammesführer im Norden wussten erlesene Kunstgegenstände aus dem Imperium Romanum durchaus zu schätzen. Wenn sie nicht gerade mein Bruder waren. Und selbst ein bescheidener Kaufpreis für die Villa würde ausreichen, ein schmuckes Stadthaus in Vindobona zu erwerben, das auch eine größere Familia beherbergen konnte. Ein Heim hinter den sicheren Mauern der Zivilstadt, das den Frauen Zugang zu den Märkten und Geschäften bot, zur Therme, den Tempeln und dem Amphitheater.

Ich versprach Alva, alles nötige in die Wege zu leiten, und sie dankte es mir mit einem strahlenden Lächeln. Die Anspannung und Sorge, mit der sie in mein Haus gekommen war, fielen von ihr ab.

Wir besiegelten das Geschäft mit einem guten Becher Wein, und ich ließ Früchte und ein paar Honig-Leckereien servieren. Es war wohl das erste Mal für Alva, in einem Haus als Gast bewirtet zu werden. Sie aß und trank wie ein Kind, das sich in seine Lieblings-Fabel verirrt hatte.

Nach einer Weile sagte sie: "Ich wollte dir auch noch danken, dass du meine Tochter bei dir aufgenommen hast, Herr. Sie ist bestimmt sehr glücklich, dass sie bei Layla sein kann. Hoffentlich fällt sie dir nicht zur Last?"

"Ganz im Gegenteil", versicherte ich ihr, "Suavis ist mir willkommen, so lange sie möchte. Bis wir ein hübsches Stadthaus für dich gefunden haben – dann wird sie wohl bei dir wohnen wollen, nicht wahr?" Ich lächelte ihr aufmunternd zu.

Was allerdings nicht die beabsichtigte Wirkung hatte. Alvas Gesicht verdüsterte sich unvermittelt. Mit einem Mal waren die Anspannung und die Sorge wieder da, die zuvor auf ihr gelegen hatten wie ein schwerer dunkler Schleier.

"Suavis und ich stehen uns nicht nahe", begann sie zaghaft. "Sie wird ganz bestimmt nicht bei mir wohnen wollen.

Vielleicht wird sie ihr Heim bei Orodes finden? Er liebt sie sehr, nicht wahr? Ich glaube, ein Stammesführer, wie er einst einer gewesen ist, wird in seine Heimat zurückkehren wollen. Und vielleicht möchte Suavis ja mit ihm gehen? Sie selbst hat die Länder ihrer Ahnen nie gesehen und verspürt keine Sehnsucht danach."

"Sie ist in der Villa geboren, oder?", fragte ich. "War Lycortas ihr Vater?" Die Frage rutschte mir heraus. Ich hatte nicht beabsichtigt, Alvas schmerzhafte Vergangenheit erneut aufzuwühlen.

Alva entfuhr ein leises, aber umso gequälteres Stöhnen. "Er hat sie gezeugt, wenn du das meinst. Aber er war ihr alles, nur kein Vater. Er ließ noch nicht einmal zu, dass ich ihr eine Mutter war, er beanspruchte mich stets ganz für sich. Suavis wuchs im Sklavenquartier auf. Anfangs kümmerte sich eine Frau um sie, die selbst gerade ein Kind geboren hatte, doch die starb bald darauf. Ab da war meine Kleine auf sich allein gestellt – und Lycortas machte sie viel zu früh zur Liebesdienerin."

Alva sog hörbar die Luft ein und presste die Lippen zusammen. "Ich konnte ihr beim besten Willen nicht helfen, aber dennoch hat sie mir wohl nie verziehen, dass ich nicht für sie da war. Und nach Lycortas' Tod, als ich ihr gestand, dass ich Philippos liebte, da wandte sie sich erst recht von mir ab. Nein, sie wird um keinen Preis bei mir wohnen wollen, so sehr ich mir das auch wünsche. Ich hoffe nur, dass sie irgendwann selbst eine glückliche Mutter sein kann."

Ich wusste nicht, wie ich das Mitgefühl ausdrücken sollte, das ich empfand. Oder meinen wachsenden Hass auf Lycortas, obwohl der längst tot war. Die Art, wie Alva sich jetzt in ihrem Stuhl aufrichtete und unauffällig eine Träne aus dem Augenwinkel wischte, sagte mir, dass sie nicht bedauert werden wollte. Hinter ihrem zarten, mädchenhaften Äußeren schien sie eine starke, wenn nicht sogar eine harte Frau zu sein. Auch wenn sie sich das wohl kaum selbst ausgesucht hatte. Lycortas war es, der sie mit seinen Gräueltaten dazu gemacht hatte.

"Deine Layla war die beste Mutter, die Suavis je hatte", fuhr Alva unvermittelt fort. "Oder wenigstens eine ältere Schwester, jedenfalls einer der wenigen Menschen, in deren Gegenwart ich mein Mädchen je glücklich sah. Auch wenn Layla nur ein paar Monate bei uns lebte – sie hat sich so liebevoll um Suavis gekümmert! Sie ist ein ganz wunderbarer Mensch. Genau wie du, Herr", fügte sie hinzu.

"Thanar", korrigierte ich sie, und schluckte den dicken Kloß hinunter, der sich plötzlich in meinem Hals gebildet hatte.

"Thanar", wiederholte Alva mit einem schüchternen Lächeln. "Daran werde ich mich erst noch gewöhnen müssen."

XXVII.

Wider meine Erwartungen musste ich nicht lange nach einem Käufer für Alvas Villa suchen.

Ich hatte dafür gesorgt, dass jeder Mann in Vindobona, der Ansehen und vor allem Vermögen besaß, über den anstehenden Verkauf Bescheid wusste. Auf den Interessenten, der nur drei Tage nach meinem Gespräch mit Alva im Atrium meines Hauses auftauchte – ohne vorher einen Boten gesandt zu haben – wäre ich jedoch niemals gekommen. Es war Servius Asinius Blandus, aber in Vindobona nannte ihn jedermann nur den *Lupanarius*.

Blandus besaß gut drei Viertel all jener Bordelle der Stadt, die bei den Römern Lupanare hießen. Die Bezeichnung leitete sich von Lupus, dem Wolf ab, von dem auch die Mädchen – die Wölfinnen, die in diesen traurigen Häusern dienten – ihren Namen hatten. Es waren schmutzige, dunkle Orte, die eher an die Unterwelt des Hades als an eine blühende Heimstatt der Venus erinnerten.

Was sagte es eigentlich über die Römer aus, dass der göttliche Romulus, der Gründer der Stadt Rom, angeblich von einer Wölfin gesäugt worden war? Einer echten vierbeinigen immerhin, aber trotzdem. Diese Frage hatte ich meinem Freund Belius oft gestellt, wenn wir bei einem schönen Becher Wein ins Philosophieren gerieten. Ein besonders gutes Licht schien es mir nicht gerade auf die Ewige Stadt zu werfen.

Nun, Belius war tot, und Blandus, der Lupanarius von Vindobona, heute Abend mein Gast.

Die Gunst eines neuen Handelspartners über den Weg seines Gaumens zu gewinnen, war eine Strategie, die sich schon oft für mich bewährt hatte. In der Villa selbst gab es allerdings kein Küchen- oder Servierpersonal mehr, sodass ein Abendmahl dort nicht in Frage kam. Aber der Lupanarius kannte das Anwesen ohnedies aus eigener intensiver

Anschauung, wie er das auf seine hochtrabende Art ausgedrückt hatte, und es ging lediglich darum, sich bezüglich des Preises einig zu werden.

Blandus war selbst ein Libertus, ein ehemaliger Sklave, und obwohl er es zu ansehnlichem Wohlstand gebracht hatte, sprach und gebärdete er sich noch immer wie der Mühlenarbeiter, der er einst gewesen war. Das tat seinem Selbstvertrauen allerdings keinen Abbruch. Er hatte mir großspurig verkündet, dass er in der Villa nicht nur selbst zu wohnen beabsichtigte, sondern sie auch nach der Art des alten Griechen weiterführen würde – "nur noch luxuriöser!"

Wo er die entsprechenden Mädchen dafür herbekommen wollte, fragte ich ihn nicht. Ich war froh, wenn ich für Alva einen guten Preis für das Haus erzielen konnte. Die Angelegenheiten des Lupanarius waren ganz allein seine Sache.

Für das Gastmahl, bei dem ich den Verkauf mit Blandus besiegeln wollte, lud ich diesmal auch ganz bewusst den Tribun ein. Er speiste ohnedies fast täglich bei mir und würde bei dieser speziellen Gelegenheit dem Abend den nötigen Glanz verleihen. Der Lupanarius hatte bestimmt in seinem ganzen Leben noch nicht mit einem römischen Adeligen das Speisesofa geteilt – dessen war ich mir sicher.

***

Marcellus traf vor der vereinbarten Stunde ein.

Er wirkte seltsam nervös, leerte seinen ersten Becher Wein in einem Zug und erging sich dann in einem seltsamen Monolog über das Wetter und andere Nichtigkeiten. Das war sonst gar nicht seine Art, also fragte ich nach, ob ihm etwas widerfahren sei. Und stellte zu meinem Erstaunen fest, dass ich mich tatsächlich um sein Wohlergehen sorgte.

War Marcellus nun wirklich mein Freund geworden, ohne dass ich es selbst beabsichtigt hatte? Über Probleme innerhalb der Legion würde er gewiss nicht mit mir sprechen, aber was sonst konnte diesen üblicherweise so selbstbewussten jungen Adeligen in eine solch nervöse Stimmung versetzt haben?

"Da ist etwas, das ich mit dir besprechen wollte, Thanar", sagte er, nachdem er mehrmals zu reden begonnen, doch sogleich wieder abgebrochen hatte.

Ich kann nicht sagen, warum mich bei diesen Worten eine seltsame Unruhe überkam – aber so war es.

Was Marcellus mir mitzuteilen hatte, sollte ich jedoch nicht erfahren, denn in diesem Moment betrat ein Sklave den Raum und meldete mir die Ankunft von Alva. Natürlich hatte ich sie als Verkäuferin der Villa auch zu dem Gastmahl eingeladen.

Zu meinem Erstaunen kam sie in Begleitung des Lupanarius, der sie ins Zimmer geleitete, als wäre sie seine Königin. "Habe mir erlaubt, mir doch noch einmal die Villa zu besehen, bevor ich einen ganzen Batzen Gold dafür auf den Tisch packe", erklärte er mit einem schiefen Grinsen. "Und durfte die Herrin des Hauses hierher geleiten."

Er deutete eine Verbeugung vor Alva an, bei der er aussah wie ein alternder Raubvogel, der nach einem Korn pickte. Er war ein dünner, knöcherner Mann, mit einer riesenhaften Nase im Gesicht und zerzaustem Kopf- und Barthaar. Gekleidet war er in eine schreiend bunte Tunica, die teuer gewesen sein mochte, ihm jedoch wie ein Sack von den Schultern hing.

Ich führte meine Gäste ins Speisezimmer, wo sich bereits Layla, Suavis, Chloe und Orodes eingefunden hatten. Man begrüßte sich gegenseitig – teils mit einer freudigen Umarmung, teils mit nicht mehr als einem höflichen Nicken, dann ließen wir uns auf den Sofas nieder, und ich gab meinen Bediensteten ein Zeichen, das Mahl beginnen zu lassen.

Der Lupanarius schien sich sofort wie zu Hause zu fühlen. Davon allerdings, wie man sich als Gast in einem fremden Haus verhielt, hatte er wohl noch nie etwas gehört.

Als Ehrengast des Abends hatte ich ihn direkt neben mir auf dem Sofa Platz nehmen lassen. Zu seiner Linken wiederum lag Layla, die von Anfang an seine gesamte Aufmerksamkeit auf sich zog. Von den gebotenen Speisen kostete Blandus, ohne hinzusehen, an der Konversation bei Tisch beteiligte er sich nur, wenn man ihn direkt ansprach, dafür konnte ich hören, wie er Layla eine Anzüglichkeit nach der anderen ins Ohr flüsterte. Dabei rückte er meinem armen Mädchen immer näher, und ich fing einen flehentlichen Blick von ihr auf, ihr doch zur Hilfe zu eilen. Nur wie sollte ich es anstellen, ohne diesen Wüstling vor den Kopf zu stoßen?

Der Lupanarius selbst kam mir zuvor. Ruckartig wandte er sich plötzlich mir zu, klopfte mir auf die Schulter, als wäre ich sein alter Trinkbruder, und verkündete lautstark: "Also wenn du dieses holde schwarze Juwel hier drauflegst, dann werden wir uns bestimmt handelseinig, was die Villa anbelangt!" Er deutete mit dem Daumen über seine Schulter auf Layla. Dabei leckte er sich seine ausgetrockneten Lippen.

"Layla steht nicht zum Verkauf", entgegnete ich, bemüht, mir meinen Ärger über sein ungehöriges Angebot nicht anmerken zu lassen.

Gegenüber von mir knallte Tribun Marcellus seinen Becher so heftig auf den Tisch, dass das Holz ächzte.

"Natürlich würde sie ausschließlich mir persönlich dienen", entgegnete der Lupanarius und grinste mich lüstern an. "Als Wölfin wäre sie viel zu schade. Wir wollen doch nicht Perlen vor die Hühner werfen, nicht wahr?" Sein heißer Atem, der nach Fisch stank, schlug mir ins Gesicht.

"Sie ist nicht zu verkaufen", wiederholte ich bestimmt, und dabei musste ich Blandus wohl so finster angestarrt haben, dass er erschrocken die Augen aufriss. Alva zuliebe wollte ich das Geschäft mit diesem Widerling nicht gefährden – doch es gab Grenzen meines guten Willens.

Blandus murmelte etwas Unverständliches, dann wandte er sich den Speisen auf seinem Teller zu und ließ Layla für den Rest des Mahls in Ruhe. Was ihn nicht davon abhielt, so gut wie jede andere Frau im Raum mit Blicken auszuziehen und ihr lüstern zuzuzwinkern, wenn er sich unbeobachtet fühlte.

XXVIII.

Nachdem wir fast zwei Stunden in sehr gedämpfter Stimmung getafelt hatten, lud ich Blandus ein, sich mit mir zu Geschäftsverhandlungen zurückzuziehen. Die anderen Gäste, inklusive Alva, ließ ich im Speisezimmer zurück. Auch wenn sie die Eigentümerin der Villa war, so konnte ich ihre Interessen doch besser vertreten, wenn ihr der Lupanarius während der Verhandlungen nicht ständig Löcher in die Brüste starrte.

Ich führte Blandus in jenen Raum, den ich scherzhaft das *Barbarenzimmer* zu nennen pflegte. Es war ein Gemach im traditionellen Stil meines Volkes, angefüllt mit schlicht gezimmerten Holzstühlen, die sich um einen schweren Eichentisch gruppierten. Die Stirnwand war mit einer großflächigen Malerei geschmückt, die Fischer am Danubius zeigte. Die Männer waren gerade dabei, unter Aufbietung all ihrer Kräfte einen Hausen aus den Fluten zu zerren – jenes furchteinflößende Ungeheuer, das eine Länge von gut zwanzig Fuß erreichen und wie ein Rudel Wölfe kämpfen konnte.

Ich nutzte dieses Zimmer gern, wenn ich germanische oder keltische Handelspartner empfing. Gäste, die es vorzogen, im Sitzen zu essen, statt sich auf einem römischen Speisesofa auszustrecken.

Ich stieg selbst in den Keller hinab und wählte eine Amphore besten gallischen Wein aus, ließ noch einige süße Leckereien servieren, dann nahm ich mit Blandus am Tisch Platz und kam ohne weitere Umschweife aufs Geschäftliche zu sprechen.

Jetzt wo der Lupanarius nicht mehr von der eigenen Lüsternheit abgelenkt war, kamen wir gut voran. Er war ein schlauer Fuchs, der hart verhandelte, aber er musste rasch einsehen, dass ich auch nicht erst seit gestern im Geschäft war. Ich war zuversichtlich, den Handel noch heute Abend zu einem für beide Seiten zufriedenstellenden Preis abschließen zu können. Dann jedoch erklärte mir der Lupanarius in plakativen Worten, dass er die Latrine aufsuchen müsse, und ich blieb für den Moment allein zurück.

Er kehrte nicht wieder.

Nachdem ich eine endlos lang scheinende Zeit auf ihn gewartet hatte, machte ich mich auf die Suche nach ihm. Er konnte sich doch nicht in meinem Haus verlaufen haben? Nein, vermutlich war er einer der Frauen über den Weg gelaufen, und –

Ich führte den Gedanken nicht zu Ende, beschleunigte stattdessen meine Schritte. Als ich die Tür zur Latrine aufstieß, traf ich auf Chloe. Sie saß auf einer der Holzbänke und schien in Gedanken verloren.

Ich fragte sie nach dem Lupanarius, doch sie war ihm nicht begegnet. Ich ließ mich ihr gegenüber nieder und nutzte die Gelegenheit, mich ebenfalls zu erleichtern, wenn ich schon einmal hier war.

Die junge Griechin und ich wechselten ein paar Worte, sie äußerte sich abfällig über die Umgangsformen des Lupanarius, dann ließ ich sie allein zurück. Ich konnte ihr nur zustimmen, was den Charakter dieses alten Kauzes anbelangte, aber nichtsdestotrotz hatte er doch hoffentlich nicht mitten in unserer Preisverhandlung einfach mein Haus verlassen?

Wo konnte er stecken? Ich kehrte ins Triclinium zurück, wo wir ursprünglich gespeist hatten – und fand Layla, die gerade dem Tribun etwas ins Ohr flüsterte.

Die beiden waren allein im Raum, wozu also diese Geheimniskrämerei? Noch dazu verstummte Layla prompt, als sie mich erblickte, und Marcellus hatte eine Miene aufgesetzt, die ich noch nie bei ihm gesehen hatte. Er wirkte noch jünger, als er tatsächlich war und hatte nahezu nichts gemeinsam mit dem selbstbewussten Feldherrn, den er sonst so gerne gab.

Ich fragte die beiden nach den anderen Gästen, aber die hatten sich wohl schon vor einer ganzen Weile entfernt. "Ich glaube, sie wollten in den Garten", sagte Layla und der Tribun nickte nur wortlos dazu.

Es war ein herrlicher, wolkenloser Sommerabend, ideal geeignet für einen Spaziergang im Mondlicht. Hatte der Lupanarius einem der Mädchen nachgestellt und war ihr in den Garten gefolgt? Zuzutrauen war es ihm – ich hoffte nur, dass Orodes bei den Frauen geblieben war. Im Beisein des Parthers würde es der alte Lüstling bestimmt nicht wagen, Suavis oder Alva zu nahe zu treten.

Ich schickte zwei Diener los, den Garten nach Blandus zu durchsuchen und kehrte selbst zurück ins Haus. Ich blickte in jedes Zimmer, jeden Flur, jede Kammer, doch nirgends entdeckte ich eine Spur des Lupanarius. Schließlich fand ich mich wieder vor der Tür zur Latrine. Ich blickte noch einmal hinein, doch keiner der Sitze war jetzt belegt.

Direkt gegenüber der Latrine führten Stufen in den Keller. Vielleicht war Blandus neugierig gewesen und hier hinabgestiegen? Ich nahm die Öllaterne vom Haken neben der Treppe, entzündete sie und stieg ins Dunkel hinunter.

Mein ganzes Haus war unterkellert, da ich den Platz unter anderem für Warenlager brauchte. In den zahlreichen Gängen konnte ein Fremder sich nur allzu leicht verlaufen. Und dennoch – ich musste nicht lange nach dem Lupanarius suchen.

Ich fand ihn, just vor jenem Kellerabteil, in dem ich Luxuswaren heikler Herkunft zu lagern pflegte. Blandus lag hingestreckt auf dem Rücken. Sein Blick war gebrochen, der Saum seiner Tunica blutbeschmiert. Er war ohne jeden Zweifel tot.

Neben ihm auf dem Boden glänzte eine Messerklinge im Schein meiner Lampe. Ich kniete nieder – und erkannte die Waffe sofort. Es war ein Kurzsax, der normalerweise zusammen mit einigen anderen Erbstücken meiner Ahnen die Wand in meinem Atrium schmückte.

Der Körper des Lupanarius jedoch schien unverletzt – bis ich ihn auf den Bauch drehte. In seinem Rücken klafften drei Messerstiche, und da wo er gelegen hatte, bedeckte eine verschmierte Lache aus leuchtend rotem Blut den Boden.

Was hatte Blandus hier unten gewollt? Er hatte bestimmt keinen Einbruch versucht, er trug ja keinerlei Werkzeug bei sich. Er war just vor der Tür zu meinem Geheimlager gestorben – aber er konnte unmöglich von der verborgenen Seite meiner Geschäfte gewusst haben. Oder etwa doch? War es bloßer Zufall, dass er ausgerechnet hier zu Tode gekommen war? Ich dankte den Göttern, dass ich das Lager erst vor ein paar Tagen geleert und die heikle Fuhre in Begleitung von Darius ihrer Wege geschickt hatte.

Aber was die noch viel dringlichere Frage war, die sich aus irgendeinem Grund erst jetzt in meinen Kopf bohrte: Wer um alles in der Welt hatte den Lupanarius ermordet?

Eilige Schritte im Gang hinter mir rissen mich aus meinen Gedanken. Ich richtete mich ruckartig auf und wandte mich um. Es war Marcellus, der Tribun, der in Begleitung eines meiner Sklaven auf mich zukam. Sie mussten die vordere Kellertreppe genommen haben.

"Ah, hier bist du Thanar", begann Marcellus, "ich fragte gerade den guten Mann hier" – er deutete auf den Diener – "nach dem Weinkeller, um noch eine Amphore auszusuchen. Er wusste nicht, wo du verblieben warst, deswegen bin ich selbst gekommen. Ich hoffe, du hast nichts dagegen, ich –"

In diesem Moment sah er die Leiche. Sie lag hinter mir auf dem Boden, und ich hatte sie wohl im Halbdunkel des Kellers für einen kurzen Augenblick mit meinem eigenen Körper seinen Blicken entzogen.

Marcellus blieb unvermittelt stehen und starrte mich an. Jäh wurde mir bewusst, wonach es aussehen musste. Mein Sax, der blutbeschmiert neben dem Toten lag – eindeutig mal wieder eine Barbarenwaffe. Ich, der ich eben noch ganz allein über der Leiche gekniet hatte. Meine Hände blutig, weil ich den Körper umgedreht hatte. Wenn dieser Anblick den Tribun nicht unvermittelt an den Tod seines Primus Pilus in meinem Hafen gemahnte, so wollte ich verdammt sein. In einem Stoßgebet dankte ich den Göttern, dass es diesmal wenigstens kein römischer Offizier war, der niedergemeuchelt zu meinen Füßen lag.

. XXIX.

"Blandus wurde ermordet!", sagte ich rasch. "Ich fand ihn vor wenigen Augenblicken." Meine Stimme klang überraschend fest angesichts der Tatsache, dass sich das kalte Grauen durch meine Eingeweide fraß.

"Trommle die anderen Diener zusammen", wandte ich mich meinem Sklaven zu, bevor der Tribun etwas erwidern konnte. "Seht zu, ob ein Fremder ins Haus eingedrungen ist! Findet die Gäste, versammelt sie im Atrium, und dann erstattest du mir Bericht, wen ihr wo, in wessen Gesellschaft, angetroffen habt! Verstanden? Niemand verlässt das Haus!"

Der Diener stand starr und steif vor mir und glotzte mich aus leeren Augen an.

"Los!", befahl ich.

Damit kam zum Glück Leben in den Burschen. "Ja, Herr", keuchte er und stolperte davon.

Ich beeilte mich, dem Tribun meine eigene Anwesenheit hier unten zu erklären. "Der Lupanarius wollte die Latrine aufsuchen" sagte ich, "er kehrte aber nicht mehr zurück. Deswegen machte ich mich auf die Suche nach ihm."

Der Tribun nickte wortlos, aber in seinen Augen lag etwas Dunkles, Seltsames. Misstrauen, zweifellos. Wer konnte es ihm verübeln?

Aber war das wirklich alles? Ein vollkommen verrückter Gedanke drängte sich mir auf – wohl aus dem Schrecken des Augenblicks geboren: Was wollte eigentlich Marcellus selbst hier unten im Keller? Dass ein Besucher sich eigenhändig im Weinkeller bediente, entsprach nicht den Regeln der Gastlichkeit. Obwohl Marcellus ja neuerdings in meinem Haus ein- und ausging, wie es ihm beliebte. Hatte er die Wahrheit gesagt? Oder war er nur hier herunter gekommen, um mich neben der Leiche zu ertappen? Neben dem Toten, von dem er *wusste*, dass er hier lag? Weil

Marcellus den Lupanarius kurz zuvor selbst ermordet hatte?

Nein, das war doch lächerlich. Aber wenn nicht der Tribun, wer dann?

Mit einem Mal kehrte all das Grauen wieder, das ich erst vor wenigen Tagen hinter mir gelassen hatte. Schon schwebte die Todesstrafe mir wieder vor Augen, wie das Schwert des Damokles. Der Anblick des toten Primus Pilus in meinem Hafen drängte sich in mein Bewusstsein zurück. Schmerz durchzuckte die Wunde in meinem Rücken, als durchbohre mich erneut der Pfeil des heimtückischen Bogenschützen. Ich sah den Leichnam meines geliebten Belius vor mir, starrte erneut in den blutgierigen Rachen des Bären, der mich nun endgültig zerfleischen würde.

Ich hatte mit all dem abgeschlossen, so gut es eben ging. Hatte mich in mein neues, altes Leben gestürzt, das jetzt von jungen Menschen unter meinem Dach bereichert war, und versucht, zu vergessen.

Die Verbrecher, die hinter all den Gräueltaten gesteckt hatten – sie waren doch tot! Durch eigene Hand gerichtet. Oder etwa nicht?

Hier in meinem Keller, zu meinen Füßen, lag eine neue Leiche, ein weiterer Toter – an einem Abend, an dem vier ehemalige Bewohner der Villa unter meinem Dach weilten. Das konnte doch unmöglich ein dummer Zufall sein. Auch wenn ich meinen Diener beauftragt hatte, das Haus nach einem Einbrecher zu durchsuchen, so zweifelte ich doch sehr an dieser Möglichkeit. Die Mauer um mein Anwesen ließ sich nicht so leicht überwinden wie jene, die die Villa des Griechen umgab, und die Pforte meines Hauses war zu jeder Tages- und Nachtstunde bestens bewacht.

Was nur heißen konnte, dass der Mörder des Lupanarius unter meinem Dach zu suchen war. Unter meinen Gästen. Eine Vorstellung, die einfach nicht in meinen Kopf wollte. Nicht einmal Marcellus traute ich eine solche Tat wirklich zu. Warum sollte er ausgerechnet den Lupanarius töten wollen? Warum sollte *irgendjemand* den Lupanarius töten wollen? Gut, er war ein alter, aufgeblasener Lüstling gewesen – aber das war doch wohl kaum Grund genug, ihn auf die Reise über den Totenfluss zu schicken?

Die Fragen wollten nicht aufhören, sich in meinen Kopf zu drängen. War es nur Zufall gewesen, dass *ich* die Leiche gefunden hatte? Und dass der Mörder meinen Sax benutzt hatte? Vielleicht hatte er bloß nach einer verfügbaren Waffe im Haus gesucht und sich im Atrium bedient. Ein so kurzes Messer ließ sich gut in den Falten des eigenen Gewandes verbergen. Und um mit einem Sax zu töten, brauchte es keine sonderliche Kraft. Drei Stiche in den Rücken eines schwächlichen, alten Kauzes waren etwas ganz anderes, als einem Primus Pilus die Brust mit einem einzigen Axthieb zu spalten. Diesen Mord hier konnte ein jeder begangen haben.

Mich schauderte bei dem Gedanken.

Abgesehen vom Tribun weilten noch Alva, Suavis, Chloe und Orodes unter meinem Dach. Den zarten Frauen traute ich eine so blutrünstige Tat kaum zu, Kraft oder nicht, also kam vor allem der Parther als Mörder in Frage. Der allerdings hätte dem Lupanarius mit bloßen Händen den Hals umdrehen können, anstatt für die Tat erst ein Messer stehlen zu müssen. Auch Marcellus trug im Übrigen seine eigene Waffe bei sich. Also war es doch darum gegangen, die Tat mir anzuhängen? Deshalb der Sax?

"Was kann Blandus hier im Keller gewollt haben?", holte mich die Stimme des Tribuns auf den Boden der Tatsachen zurück. Auf den blutigen Boden der Tatsachen. Marcellus hockte jetzt selbst unmittelbar neben der Leiche und besah sich die tödlichen Wunden. "Die Latrine wird er wohl kaum hier unten vermutet haben, oder?"

Er erhob sich und wies mit einer Handbewegung auf die Türen, die sich entlang des Gangs aufreihten. "Bewahrst du etwas Wertvolles hier unten auf, Thanar?", fragte er. "Kann es sein, dass Blandus dich bestehlen wollte?"

"Nein", log ich. Das heißt, im Moment stimmte es ja sogar. Wieder dankte ich den Göttern, dass ich Darius mit der Hehlerware aus dem Haus geschickt hatte.

"Hier hinter uns befinden sich einige Lagerräume", erklärte ich, "und dort vorne liegen der Eiskeller und der Weinkeller. Dann gibt es noch Vorratskammern, einige ungenutzte Abteile und das Hausheiligtum. Das ist alles. Keine Ahnung, was der Lupanarius hier unten suchte."

"Ein sehr ungewöhnliches Verhalten für einen Gast", sagte Marcellus. Heimlich und allein den Keller aufzusuchen. Diese neureichen Freigelassenen haben einfach keine Umgangsformen!" Er verzog sichtlich angewidert die Mundwinkel.

Ich erwiderte nichts.

"Wie viele Zugänge gibt es zu deinem Keller?", fragte er weiter. "Nur die Vorder- und die Hintertreppe?"

Ich nickte, aber dann entsann ich mich der Pforte, die von hier unten direkt hinaus auf die Uferböschung des Danubius führte. Ein Pfad schlängelte sich hinter dieser Tür zum Hafen hinab – so konnten wir Warenlieferungen von den Schiffen direkt in die Lager bringen, ohne sie durchs ganze Haus schleppen zu müssen. Die Pforte lag in dem Gang hinter der nächsten Ecke. Ich lief die paar Schritte vor, bog ab und fand, was ich erwartet hatte. Die schwere, eisenbeschlagene Tür war von innen verriegelt. Alles hatte seine Ordnung.

"Über diesen Weg ist wohl niemand entkommen", bemerkte der Tribun, der mir gefolgt war. "Und ich kann mir auch ehrlich gesagt nicht vorstellen, dass ein Räuber hier einbrechen würde, zu so früher Stunde, wo noch alle Hausbewohner auf den Beinen sind. Abgesehen davon, dass sich ein solcher Schurke wohl eher in deinem Atrium umsehen würde, als im Keller nach Wertgegenständen zu suchen."

Es sei denn, der Einbrecher hätte gewusst, welche Schätze ich normalerweise in meinem Keller verbarg. Aber diesen

Gedanken wollte ich nicht unbedingt mit Marcellus durchspielen.

Wir lenkten unsere Schritte zu der Leiche zurück, und der Tribun setzte seine Überlegungen fort. Er gefiel sich sichtlich in der Rolle des Rätsellösers. "Hatte einer deiner Knechte eine offene Rechnung mit dem Lupanarius?", fragte er. "Ein Bursche, der sich einen Tripper geholt hat, bei einem von Blandus′ Wölfinnen?" Er lachte kehlig, verstummte aber sogleich wieder. Ihm war wohl selbst klar, dass die Lage ernst war.

"Ich denke nicht, dass es einer meiner Diener getan hat", sagte ich. "Der könnte den Mord doch viel leichter in einer dunklen Gasse von Vindobona begangen haben, als ausgerechnet während eines Gastmahls in dem Haus, in dem er selbst dient."

"Also war es einer von uns?", sagte Marcellus.

Ich nickte stumm. "Der Lupanarius muss seinem Mörder genug vertraut haben, ihm den Rücken zuzuwenden."

"Nicht unbedingt", entgegnete Marcellus. "Der Mörder kann sich lautlos von hinten angeschlichen haben.

"Über keine der beiden Kellertreppen kannst du lautlos hier herabsteigen", widersprach ich ihm. "Das Holz ist alt und knarrt bei jedem Schritt. Blandus hätte ihn gehört."

"Und wenn der Mörder Blandus bereits auflauerte?"

"Welchen Grund sollte er gehabt haben, den Lupanarius hier unten zu erwarten? Er müsste ihn schon selbst hierher gelockt haben – was wiederum heißen würde, dass der Lupanarius ihm halbwegs trauen musste. Sonst hätte er sich wohl kaum ausgerechnet im Keller mit ihm getroffen."

"Sieht ganz danach aus", brummte Marcellus. "Der Lupanarius beging den Fehler, seinen Mörder für ungefährlich zu halten."

Der Blick des Tribuns wanderte über den Boden neben der Leiche. "Hier ist übrigens nirgends eine Lampe, Thanar. Schlich sich Blandus selbst im Dunklen herunter? Oder hat der Mörder nach vollbrachter Tat sein Licht mitgenommen? Aber wozu?"

"Es gibt noch eine andere Möglichkeit", sagte ich: "Die beiden können gemeinsam hier heruntergekommen sein. Mit nur einer Lampe."

"Du warst sehr erzürnt, dass Blandus dir Layla abkaufen wollte", bemerkte Marcellus wie nebenbei. Als spräche er unabsichtlich die eigenen Gedanken laut aus.

"Das ist wohl kaum ein Grund, ihn in den Keller zu locken und hier abzuschlachten", entgegnete ich kalt, während ich innerlich um Beherrschung rang. Beinahe hätte ich hinzugefügt: *Du selbst, Tribun, bist auch verdächtig oft zur Stelle, wenn es einen Toten gibt.* Aber natürlich sagte ich nichts dergleichen. Jetzt war nicht der Zeitpunkt, sich diesen so mächtigen Mann erneut zum Feind zu machen.

Ich kniete nieder und drehte die Leiche noch einmal in die Lage zurück, in der ich sie gefunden hatte. Da war doch Blut gewesen auf der Vorderseite, am Saum von Blandus′ Tunica.

Ich studierte die Flecken genauer. Sie konnten nicht durch die Messerwunden im Rücken entstanden sein. Nein, sie erinnerten eher an die Art Spuren, die man hinterließ, wenn man sich schmutzige Hände mit einem Handtuch säuberte. Einige der Flecken sahen eindeutig nach den Abdrücken aus, die die Finger eines Menschen hinterließen.

Marcellus schien zu dem gleichen Schluss wie ich gekommen zu sein. "Hier hat sich der Mörder die blutigen Hände abgewischt", sagte er. "Was mich nicht überrascht. Sonst hätte er ja kaum unbemerkt nach oben zurückkehren können."

Und dann sprach der Tribun den Gedanken aus, der mich selbst am meisten quälte: "Denkst du es gibt einen Zusammenhang mit den anderen Morden, Thanar?"

"Ich weiß es nicht", brummte ich. "Bei allen Göttern, ich will es nicht hoffen."

Marcellus′ Augen verengten sich zu dunklen Schlitzen. "Es würde bedeuten, dass wir die falschen Männer in den Fluss geworfen haben. Dass uns der wahre Mörder entkommen ist."

Ja, das hieß es wohl. So sehr mich dieser Gedanke peinigte.

"Lass uns nach oben gehen", sagte ich. "Wir wollen sehen, wer sich wo aufhielt – solange es sich noch halbwegs rekonstruieren lässt."

XXX.

Befriedigt stellte ich fest, dass meine Diener gut organisiert waren und ganze Arbeit geleistet hatten. Alle Gäste waren im Atrium versammelt und redeten aufgeregt durcheinander. Die Gespräche verstummten jedoch sofort, als Marcellus und ich den Raum betraten.

Layla, die mit Orodes beisammen gestanden hatte, eilte mir entgegen und umarmte mich. "Den Göttern sei Dank, ihr seid wohlauf!"

Da war es wieder, dieses "ihr". Es entging mir nicht, dass Layla sich zwar in meine Arme warf, dass aber dabei ihre Augen die des Tribuns suchten. Ihre Erleichterung galt ihm genauso wie mir.

"Deine Diener wollten uns nichts Genaues verraten", schaltete sich Orodes ein. "Nur dass es einen Mord gegeben hat. Ist das wahr?"

"Blandus wurde getötet", sagte Marcellus. "Man hat ihn im Keller niedergestochen."

Laute des Entsetzens wurden ausgestoßen. Alva zog ihre Tochter an sich, die jedoch entwand sich ihrer Umarmung sogleich wieder und lief zu Orodes hinüber. Der sie wiederum fest in seine massigen Kriegerarme schloss. Chloe stand einfach nur stocksteif da und starrte mich aus angstgeweiteten Augen an.

Layla flüsterte in mein Ohr: "Denkst du, einer der Gäste hat ihn ermordet, Herr?" Ihre Stimme klang völlig beherrscht, höchstens ein Anflug von Neugier ließ sich darin ausmachen.

Ich nickte. "Davon müssen wir wohl ausgehen. Wir werden jeden von ihnen einzeln befragen. Feststellen, wer wo gewesen ist und ob vielleicht jemand etwas gesehen hat, das uns weiterbringt."

Ich wollte mich von Layla lösen, und das Gesagte in die Tat umsetzen. Sie jedoch hielt mich zurück. "Darf ich dabei sein, Herr? Dann haben sie bestimmt weniger Angst."

Ich erinnerte mich daran, mit welcher Konzentration und Hingabe mir Layla schon in der Villa bei den Befragungen geholfen hatte. Als ich den Kopf hob, fing ich Marcellus' Blick auf. Anscheinend hatte er das Geflüster zwischen meiner Sklavin und mir mitangehört. Ich überlegte kurz, ihn nach seinem Einverständnis zu fragen, unterließ es jedoch. Der Lupanarius war unter meinem Dach ermordet worden. Im Germanicum. Marcellus hatte hier keinerlei offizielle Befugnisse. Also entschied ich kurzerhand selbst, dass Layla dabei sein durfte. Alva, Chloe und Suavis würden eher zu reden wagen, wenn sie eine Freundin an ihrer Seite wussten.

Marcellus ließ es sich nicht nehmen, die Sache trotzdem mit einem Kopfnicken und einem großzügigen Lächeln abzusegnen. "Layla war die ganze Zeit über im Triclinium", sagte er dann, obwohl ich ihn nicht danach gefragt hatte. "Mit mir gemeinsam."

Ich kann nicht behaupten, dass diese Information mein Herz erleichterte, obwohl sie Laylas Unschuld bewies. Ich musste daran denken, wie ich den Tribun und sie vorhin im Triclinium vorgefunden hatte: eindringlich miteinander flüsternd, bei einer guten Amphore Wein. Aber immerhin schied damit auch der Tribun selbst als Mörder aus. Er war zuerst bei Layla gewesen und dann mit einem Diener an seiner Seite in den Keller hinabgestiegen. Er hatte keine Gelegenheit gehabt, den Lupanarius zu töten.

Wir nutzten das Barbarenzimmer, um die anderen Gäste zu befragen. Jenen Raum, in dem ich vorhin die Verhandlungen mit Blandus geführt hatte. Marcellus, Layla und ich nahmen an dem großen Eichentisch Platz, und ließen uns von einem Diener meine Gäste einzeln vorführen. Als säßen wir in der Basilica über sie zu Gericht.

Der Tribun besah sich verwundert den grimmigen Hausen, der in meinem Wandgemälde mit den Fischern rang. Solche Ungeheuer hatte der Tiber-Fluss in Rom bestimmt nicht zu bieten, sagte ich mir mit einer seltsam düsteren Befriedigung – die ich selbst nicht ganz verstand.

Wir begannen die Befragung mit Orodes. Die Frauen konnten etwas gesehen oder gehört haben oder uns vielleicht bestätigen, wer sich wo aufgehalten hatte, aber sie kamen wohl kaum als Mörderinnen in Frage. Sie waren vollendete Liebesdienerinnen, keine wilden Weiber, die sich aufs Meucheln verstanden.

"Kanntest du den Lupanarius?", fragte ich den Parther. "Bevor er heute Abend in mein Haus kam?"

"Ich habe ihn ein paar Mal in der Villa gesehen", kam die Antwort. "Das ist alles. Er war gelegentlich dort zu Gast."

"Und heute Abend? Wo warst du da, nach dem Essen?"

Orodes behauptete, dass er mit Suavis direkt auf sein Zimmer gegangen war. Dort waren sie geblieben, bis ein Diener sie aufgefordert hatte, ins Atrium zu kommen.

Ich hatte Suavis und Orodes jeweils ein eigenes Gemach zur Verfügung gestellt, aber die beiden hielten sich die meiste Zeit gemeinsam im Zimmer des Parthers auf. Was er sagte, konnte also gut der Wahrheit entsprechen – wenn Suavis es bestätigte.

Marcellus war die Enttäuschung ins Gesicht geschrieben. Der Parther war wohl auch sein Hauptverdächtiger gewesen. Aber wenn Orodes ausschied, wer blieb uns dann? Doch eine der Frauen? Bei den Göttern, was für eine Vorstellung!

Als nächstes ließen wir Alva kommen. Sie war angeblich die meiste Zeit über mit Chloe beisammen gewesen, zuerst im Atrium, danach im Garten. Die beiden Frauen hatten sich einige Kunstgegenstände besehen und sich anschließend ein wenig die Beine vertreten. Dabei waren sie keinem der anderen Gäste begegnet. Chloe hatte einmal die

Latrine aufgesucht, währenddessen Alva alleine auf einer Bank im Garten gesessen hatte. Nur ein paar Minuten lang.

"Bist du dem Lupanarius bei früherer Gelegenheit schon begegnet?", fragte Marcellus.

Alva verneinte. "Ich bin kaum je irgendwem begegnet", sagte sie und klang dabei höchst melancholisch. "Das ließ mein Herr nicht zu."

Die Gespräche mit Chloe und Suavis erwiesen sich als ähnlich unergiebig. Beide hatten sich in ängstliche kleine Mädchen verwandelt, die sich scheu an Layla drückten.

Wieder einmal bestaunte ich den kühlen Kopf meiner geliebten Nubierin. Sie verstand es, sowohl Chloe wie auch Suavis so weit zu beruhigen, dass wir ihnen Fragen stellen konnten. Dabei sprach sie selbst nur wenig, aber dennoch konnte ich sehen, wie sie jeder Aussage aufmerksam folgte, und sogleich alles hinter ihrer dunklen Stirn zu verarbeiten schien. Jener Ausdruck höchster Konzentration lag in ihrem Gesicht, den ich schon bei unseren Befragungen in der Villa an ihr bemerkt hatte. Als ob sie gänzlich versunken eine Schriftrolle aus meiner Bibliothek studiere.

Chloe stammelte etwas von einem Fluch, der uns von der Villa hierher gefolgt sein musste. Unter Tränen fragte sie, ob wir am Ende alle sterben würden.

Von Suavis schien ebenso alles Lachen, alle Unbeschwertheit der letzten Tage abgefallen zu sein. In ihren großen blauen Augen spiegelten sich nur noch Unverständnis und Furcht.

Darüber hinaus bestätigte Chloe nur das, was wir bereits von Alva erfahren hatten, und Suavis erzählte, dass sie mit Orodes Liebe gemacht habe, wie sie es formulierte. Direkt nach dem Abendmahl, in seinem Gemach. Wo sie dann von einem Diener abgeholt worden waren, der ihnen aber nicht verraten wollte, was vorgefallen war.

Wir fragten auch beide Mädchen nach den Besuchen des Lupanarius in der Villa.

"Er war ein paar Mal bei Chloe", erzählte Suavis, "und benahm sich ganz scheußlich ihr gegenüber. Wie ein wildes Tier."

"Das hat Chloe dir erzählt?", fragte Marcellus.

"Ja, Tribun. Aber sie hat sich nicht beklagt", fügte Suavis rasch hinzu. "Das tat sie nie."

"Natürlich nicht. Schon in Ordnung", versicherte ich ihr, und Layla strich ihr sanft eine goldene Haarsträhne aus der Stirn.

Chloe hatte bei ihrer Befragung eben zuvor erwähnt, den Lupanarius ein paar Mal bedient zu haben. Sie hatte aber nichts davon gesagt, dass er sie schlecht behandelt habe. Selbst als ich nachfragte, ob Blandus spezielle Wünsche geäußert habe, sagte sie: "Nichts anderes als viele anderen Kunden auch." Und dann war sie verstummt.

***

"Das ist doch unmöglich", sagte Marcellus, als wir wieder unter uns waren. "So wie es aussieht, kann es keiner getan haben!"

Layla legte den Kopf schief. "Und doch hatte ich den Eindruck, dass sie alle die Wahrheit sagten."

"Ich auch", brummte Marcellus. Übellaunig fuhr er sich durch sein perfekt gescheiteltes Haar.

"Sollen wir jetzt die Dienerschaft befragen?", schlug ich vor. Vielleicht hat einer von ihnen etwas Verdächtigtes bemerkt? Oder hegte tatsächlich einen persönlichen Groll gegen den Lupanarius?"

Der Tribun tat den Vorschlag mit einer unwilligen Handbewegung ab. "Das führt doch zu nichts. Sie würden sich gegenseitig decken, wie jeder Sklavenhaushalt. Und wenn sie etwas über die Gäste behaupten, so kannst du ihnen nicht trauen. Aus dem gleichen Grund. Ja, sie werden dir schwören, dass es einer der Gäste gewesen sein muss. Sie wollen für den Toten nicht mit ihrem eigenen Leben bezahlen."

Er schüttelte den Kopf. "Nein, so kommen wir nicht weiter. Schon die Aussagen deiner Gäste sind wertlos." So wie er das Wort *Gäste* betonte, klang es sehr abschätzig. Eher nach einer Bande Straßenräuber, als nach Freunden, mit denen man sich gerne einen schönen Abend machte.

"Darf ich den Toten sehen?", fragte Layla unvermittelt.

Marcellus zog die Augenbrauen hoch. Und er übernahm es auch, ihr zu antworten, obwohl die Entscheidung eindeutig bei mir lag. "Wenn du das wirklich möchtest, gehen wir noch einmal hinunter", sagte er. "Vielleicht kann uns die Leiche des Lupanarius ja noch etwas mitteilen, das wir aus den Lebenden nicht herausbekamen. Wenigstens kann er uns nicht mehr ins Gesicht lügen."

XXXI.

Ich trug zwei Dienern auf, uns mit Fackeln in den Keller zu begleiten. Damit hatten wir mehr Licht, als uns die Öllampen spendeten. Womöglich hatten wir ja wirklich etwas übersehen, das uns weiterhelfen konnte.

Wir rollten den toten Lupanarius noch einmal auf den Bauch, und Layla besah sich – scheinbar ohne jede Abscheu – die drei Einstichwunden. Sie inspizierte die scharfe Klinge des Sax und studierte die Blutflecken auf Blandus´ Tunica. Jene auf dem Rücken, wo das Gewand sich durchgehend rot gefärbt hatte, und nachdem wir Blandus wieder in seine ursprüngliche Lage gebracht hatten, auch die auf der Vorderseite, am Saum des Gewands. Die blutigen Fingerabdrücke schienen es ihr besonders angetan zu haben.

"Der Mörder hat die Tunica als Handtuch benutzt, um seine Hände nach der Tat zu säubern", erklärte ihr Marcellus.

"Ah", machte Layla und schenkte dem Tribun zum Dank ein Lächeln. Ich war mir allerdings sicher, dass sie längst selbst auf diesen Schluss gekommen war.

"Wenn diese Fingerabdrücke doch durch irgendeinen Zauber zu uns sprechen könnten", sagte sie, und ihre Stirn lag dabei in tiefen Falten. "Wenn sie uns mitteilen könnten, zu wessen Hand sie gehören! Dann wäre der Mörder überführt."

Der Tribun lachte und schüttelte den Kopf. An mich gewandt flüsterte er: "Die Kleine hat wirklich eine blühende Fantasie!"

Ich selbst besah mir noch einmal den Kellerboden. Abgesehen von der Lache, die sich unter dem Lupanarius gebildet hatte, fand sich nirgendwo Blut. Keine verschmierten Schleifspuren, nirgends auch nur ein einziger Tropfen. Der Lupanarius war hier unten ermordet worden, genau da, wo er zu Fall gekommen war, soviel stand fest.

Abgesehen von den drei Stichwunden in seinem Rücken, konnte ich keinerlei Kampfspuren erkennen. Blandus hatte sich nicht gegen seinen Angreifer zur Wehr gesetzt, und wie es aussah, war er auch nicht gefesselt worden. Zumindest war an seinen Handgelenken keine Spur davon zu erkennen, kein Abrieb, noch nicht einmal eine verräterische Rötung der Haut. Er musste also tatsächlich freiwillig hier herunter gekommen sein – ob allein oder gemeinsam mit seinem Mörder.

"Wisst ihr, was ich mich frage", wandte ich mich wieder Layla und dem Tribun zu. "Der Mörder steht hinter dem Lupanarius, er stößt ihm drei Mal den Sax in den Rücken – und trägt nur blutige Hände davon? Müsste nicht auch sein Gewand besudelt sein, von dem spritzenden Blut?"

Die Augen des Tribuns leuchteten auf. "Ja, du hast Recht.

Aber keiner der Gäste hat Blut an der Kleidung, das hätten wir bemerkt."

"Wenn der Mörder unter meinem Dach wohnt, hätte er sich nach der Tat rasch umziehen können", sagte ich. "Die Zeit dazu blieb ihm."

"Aber er hätte riskiert, am Weg zu seinem Zimmer gesehen zu werden", entgegnete Marcellus. "In blutbespritztem Gewand. Was ihn sofort als Mörder enttarnt hätte."

"Nicht unbedingt. Wenn du die vordere Kellertreppe nimmst, sind es nicht mehr als zwanzig Schritte zu den Gästegemächern. Wenn der Mörder wirklich dort zu suchen ist, so hatte er nur einen sehr kurzen Weg."

Marcellus brummte unwillig. "Oder unser Täter verstand sein Geschäft. Nicht überall spritzt gleichermaßen Blut aus dem menschlichen Körper, wenn man ein Messer hinein rammt. Mit der nötigen Erfahrung kann sich unser Angreifer so hinter seinem Opfer positioniert haben, dass das Blut vielleicht nur seinen Arm besudelte. Den er genauso abwischen konnte wie die Hände. Jeder deiner Gäste trägt entweder eine kurzärmlige Tunica oder überhaupt ein ärmelloses Gewand, das ist mir aufgefallen."

Einschließlich dir, Tribun, ging es mir durch den Kopf. Wenn sich hier jemand auf die Kunst des Tötens verstand, dann bestimmt ein römischer Offizier. Aber gewiss auch ein früherer Krieger der Parther. Orodes.

"Würde ein solcher Mann dann aber dreimal zustechen müssen?", fragte Layla unvermittelt.

Ich schüttelte den Kopf. Der Primus Pilus war mit nur einem Axthieb niedergestreckt worden. Der Bogenschütze, der mir im Wald aufgelauert hatte, hatte einen einzigen gut gezielten Pfeil abgeschossen. Aber ich weigerte mich noch immer, daran zu glauben, dass der Lupanarius dem gleichen Täter zum Opfer gefallen war.

"Vielleicht empfand der Angreifer große Wut auf Blandus", sagte Marcellus, "und stach deshalb mehrfach zu."

"Oder", sagte Layla mit ihrer warmen, dunklen Stimme, "er war doch kein geübter Kämpfer, aber er stand vor dem Lupanarius, nicht hinter ihm, als er zustach."

In ihren Augen spiegelte sich wieder dieser Ausdruck höchster Konzentration. *Layla, die Denkerin.*

Diesmal konnte ich ihr allerdings nicht folgen. "*Vor* dem Lupanarius?", fragte ich. "Aber Liebes, die Einstiche sind im Rücken des Mannes."

"Das sehe ich", sagte Layla unbeirrt. "Was ich meine, ist –"

Sie unterbrach sich, machte einen Schritt auf mich zu und umarmte mich unvermittelt. Sie drückte sich an meine Brust und schlang ihre Arme um meinen Rumpf. Dann beschrieb sie mit ihrer rechten Hand eine Bewegung, als wolle sie mir einen Dolch in den Rücken rammen.

Marcellus lachte. "Deine Arme reichen ja kaum um ihn herum!"

"Bei einem so kräftigen Mann wie Thanar vielleicht nicht", erwiderte Layla, "aber seht euch doch den Lupanarius an. Wie hager und schmächtig er ist. Selbst die Arme eines zarten Mädchens könnten ihn ganz umfassen."

Ich sonnte mich einen Augenblick in der eitlen Freude darüber, dass Layla mich einen *kräftigen Mann* nannte.

Hatte da Bewunderung in ihren Worten gelegen? Dann erst dämmerte mir die Bedeutung dessen, was meine Sklavin da gerade von sich gegeben hatte. *Die Arme eines zarten Mädchens.*

"Jede von uns hätte den Lupanarius zu einem romantischen Stelldichein bewegen können", sprach sie weiter. "Im Schutz der Dunkelheit des Kellers, wo niemand nach uns suchen würde. So hungrig wie er jede von uns mit seinen Blicken verschlungen hat, hätte er sich bestimmt nur allzu gerne verführen lassen."

Marcellus war das Lachen vergangen. Verwundert lauschte er jetzt Laylas Worten.

"Hätte ich Blandus ermorden wollen", fuhr sie fort, "so hätte ich den Sax in meinem Gewand verborgen und seine erste Umarmung abgewartet. Bei der er blind für jede Gefahr war. Dann hätte ich zugestochen. Ein paar Mal vermutlich, weil ich nicht genau weiß, wo ich treffen muss, um zu töten. Meine Hände wären von Blut besudelt, der Rest von mir jedoch durch den Körper des Lupanarius gut gegen Spritzer geschützt. Und es würde passen, dass Blandus auf den Rücken fiel. Ich hätte ihn von mir gestoßen, sobald das Leben aus ihm entwichen wäre."

Marcellus und ich sahen uns wortlos an. Layla hatte so leidenschaftslos und ruhig gesprochen, als schildere sie uns nichts weiter als die Zubereitung einer Mahlzeit.

"Du glaubst doch nicht wirklich, eine der Frauen könnte den Lupanarius ermordet haben?", sagte der Tribun schließlich. Dabei musterte er Layla, als sähe er sie gerade zum ersten Mal. Und als liefe ihm dabei ein eisiger Schauer über den Rücken.

Layla zuckte scheinbar ungerührt die Schultern. "Ich sage nur, dass es möglich wäre. Das ist alles. Natürlich könnte ein Mann es auf ganz ähnliche Art getan haben. Wenn auch unter einem anderen Vorwand."

Ich sah, wie es hinter der Stirn des Tribuns arbeitete. "Lasst uns das Haus nach einem blutigen Gewand durchsuchen", sagte er schließlich, in dem ihm eigenen Befehlston. Auch wenn der jetzt nicht mehr halb so überzeugend klang wie sonst.

Wir verließen den Keller über die Vordertreppe. Oben angekommen, befahl ich den beiden Dienern, die uns begleiteten, in unserem Beisein die drei Zimmer zu durchsuchen, die Suavis, Chloe und Orodes bewohnten.

Die Burschen taten, wie ihnen geheißen. Sie öffneten Schränke und Truhen, hoben die Matratzen an, spähten unter die Bettgestelle, durchwühlten jede Ecke der Räume und fanden – nichts.

Ich schickte sie schließlich fort, mit dem Auftrag, auch noch den Rest des Hauses auf den Kopf zu stellen. Auch wenn ich mir kaum etwas davon versprach. Der Mörder konnte sein besudeltes Gewand schlicht in der Küche ins Feuer geworfen haben. Obwohl er dabei natürlich Gefahr lief, einem der Sklaven zu begegnen, die dort ein und aus gingen. Oder er hätte es in der Latrine entsorgen können – wo er allerdings ebenfalls jederzeit mit Gesellschaft rechnen musste. Wenn es dieses besudelte Gewand denn überhaupt je gegeben hatte.

Am Ende kehrte ich mit Layla und Marcellus ins Barbarenzimmer zurück. Wir legten den Weg schweigend und mit gesenkten Köpfen zurück, wie eine besiegte Armee.

In dem kleinen Speisezimmer angekommen, ließ sich der Tribun schwer auf einen der Holzstühle fallen. Er starrte in das zahnbewehrte Maul des Hausens an der Wand und machte eine übellaunige Handbewegung. "Der Tod des Lupanarius wird wohl ungesühnt bleiben, wie es aussieht. Fortuna ist seinem Mörder hold. Sie verbirgt ihn vor uns."

Er griff nach der Weinamphore, die noch von meiner Verhandlung mit dem Lupanarius auf dem Tisch stand, goss sich einen Becher ein und leerte ihn in einem Zug.

Ich konnte ihm seinen Ärger nachfühlen. Ich selbst hatte inzwischen mehr als genug von dieser Mörderjagd, die doch zu nichts führte. Ich hatte die Nase voll von Verhören, Unterstellungen und haarsträubenden Theorien darüber, wie der Lupanarius sein Ende gefunden hatte. Weder wollte ich in meiner Lieblingssklavin eine kaltblütige Meuchlerin sehen, noch in meinen Gästen, die mir inzwischen sehr ans Herz gewachsen waren. Und selbst Marcellus konnte ich mir, wenn ich ehrlich war, nicht als den ruchlosen Schurken vorstellen, der einen schwächlichen alten Kauz hinterrücks in einem Keller abstach. Abgesehen davon, dass ich mir beim besten Willen kein Motiv für diese Tat zusammenreimen konnte.

Schließlich sprang der Tribun auf und verkündete, dass er ins Legionslager zurückkehren müsse.

Ich nickte. "Ich werde den Toten morgen zu seiner Familie bringen und mich bei der Gelegenheit in seinem Haus umsehen", sagte ich. "Vielleicht findet sich ja dort noch irgendein Hinweis darauf, ob Blandus Feinde hatte, oder warum ihm jemand nach dem Leben trachtete."

"Mach das", entgegnete der Tribun trocken, und damit schien die Sache für ihn erledigt.

Nachdem ich Marcellus verabschiedet hatte, kehrte ich ins Atrium zurück, wo noch immer meine Gäste beisammen saßen. Ich bot Alva ein Bett für die Nacht an, die inzwischen weit fortgeschritten war. Die schöne Germanin lehnte es jedoch ab. Also gab ich ihr wenigstens einen meiner Wächter als Begleitschutz mit, und sie machte sich unvermittelt auf den Heimweg.

Dann nahm ich gemeinsam mit meinen Hausgästen noch einen Schlummertrunk ein, bei dem niemand ein Wort sprach, und schließlich zog sich jeder auf sein eigenes Zimmer zurück.

Bestimmt war ich nicht der einzige, der in dieser Nacht keinen Schlaf fand.

XXXII.

Das Haus des Lupanarius lag in der Lagervorstadt, direkt hinter einem seiner Bordelle.

An der Pforte trafen wir auf einen Sklaven, der uns versprach, die Herrin zu wecken. Dann überließ er uns in dem Hof, der zwischen Haus und Lupanar lag, uns selbst. Ich sage *uns*, weil mich Layla natürlich wieder einmal beschwatzt hatte, dass sie mitkommen wolle. Und natürlich hatte ich mich erneut breitschlagen lassen, obwohl sie diesmal nicht hatte argumentieren können, dass irgendwelche Zeugen – oder Verdächtige – in ihrem Beisein gesprächiger sein würden. Nein, meine kluge Nubierin hegte einfach eine Leidenschaft fürs Verbrechen. Danach sah es aus.

Das Lupanar, vor dem wir standen, war eines der größten von Vindobona. Neben dem Eingang warb ein Relief um Kunden, das den Gott Priapus zeigte. Er war gerade damit beschäftigt, seinen riesigen Phallus zu vermessen und zu wiegen. Ein Anblick, bei dem jeder Mann vor Neid erblassen musste.

Ich trat in den Flur des Bordells, um mich ein wenig näher umzusehen, wie Blandus so seine Geschäfte geführt hatte. Ich fand jedoch nichts Unerwartetes. Zu dieser frühen Stunde waren weder Wölfinnen noch interessierte Kunden anzutreffen. Links und rechts vom Flur gingen die bei Lupanaren üblichen kleinen Kammern ab, die man durch einen Vorhang betrat. Jede der Zellen war mit einem gemauerten Bett ausgestattet, auf dem eine zerschlissene Matratze kargen Komfort bot. Die Wände waren mit Malereien geschmückt, die die Art und Vielfalt der angebotenen Liebesdienste zeigten. Dazwischen hatten sich Kunden – und wohl auch so manche Wölfin – mit Kritzeleien verewigt.

Veneria, du bläst gut!

Hier trieb ich es mit Cytheris und Serena.
Gibt es hier keine Knaben?
Der Tripper hat mich erwischt.
Letzteres war bestimmt keine gute Werbung fürs Geschäft.

***

Blandus' Witwe vergoss keine Träne, als ich ihr vom Tod ihres Gatten berichtete. "Legt ihn da drüben hin", wies sie meine Männer an, die die Leiche in ihr Atrium trugen. Dabei befleißigte sie sich eines Tonfalls, als ginge es um die Einlagerung von ein paar Säcken Mehl.

"Keines meiner Kinder hat das Erwachsenenalter erreicht", erklärte sie mir, "und um jedes davon hab' ich bitterlich geweint. Aber nicht um ihn! Nicht um den geizigen alten Lüstling. Hat seine Mädchen öfter besprungen als jeder Kunde. Der geile Bock!"

Ich fragte behutsam nach, ob Blandus Feinde gehabt habe.

Sie winkte ab. "Feinde? Der doch nicht. Er war ein Feigling, durch und durch. Der suchte keinen Streit."

"Hatte er irgendwelche Verbindungen zur Villa des Griechen, von denen du weißt? Bevor er sich entschloss, sie zu kaufen, meine ich?"

"Sie zu kaufen?", kreischte die Witwe.

"Hat er dir davon nichts erzählt? Das war der Grund für seinen gestrigen Besuch bei mir."

"Hab mich schon gewundert, was ihn ins Barbaricum trieb", sagte die Frau und beäugte mich dabei unverhohlen. "Nix für ungut. Dachte, er wäre wieder mal hinter irgendeinem Weibsbild her. Die Villa kaufen? Der hat sie ja nicht mehr alle, der alte Narr!"

Sie stieß einen Fluch aus. "Wenn er sich so 'n Anwesen leisten konnte, dann muss er noch viel mehr Gold gehortet haben, als ich dachte. An mir hat er immer gespart, als nagten wir am Hungertuch. Musst´ ihn immer anbetteln für ein paar Sesterzen Haushaltsgeld. Dieser Schuft!" Sie schielte zu der Leiche hinüber, und ich konnte mich des Gedankens nicht erwehren, dass Blandus wohl mit keinem allzu festlichen Begräbnis rechnen durfte. Für einen Augenblick tat mir der alte Kauz fast leid.

"Die Villa", wiederholte die Witwe, die sich jetzt in Fahrt geredet hatte. "Davon hat er immer geschwärmt, war öfter dort, als er zugab. Denen ihre Preise waren ja unverschämt, wenn du mich fragst. Ich meine, ein Fick ist ein Fick, nicht wahr? Und darin sind unsere Mädels nicht schlechter als diese ach so feinen Nobelhuren, das sag ich dir!"

"Gewiss", erwiderte ich taktvoll.

"Wir haben sogar selbst eine Sklavin aus der Villa, eine ältere, die der Grieche nicht mehr wollte. Blandus konnte sie günstig erstehen – zumindest hat er mir das erzählt. Sie ist erblindet, weißt du, aber wen kümmert´s? Nicht die Kerle, die sich in der dunklen Kammer auf sie werfen, oder?"

Sie kicherte, doch es klang eher wie ein Grunzen. "Oh, wie er sich damit gebrüstet hat, der alte Narr! *In meinem Lupanar könnt ihr ein Mädel aus der Villa vögeln*! Das hat er jedem erzählt, der´s wissen wollte – und allen anderen auch."

"Dürfen wir das Mädchen sprechen?", fragte ich aus einem spontanen Impuls heraus.

Die Witwe beäugte mich misstrauisch. "Nix für ungut, Germane, aber unsere Mädels sind nicht zum Quatschen da. Und was kümmert dich der Tod meines Alten eigentlich so? Er war doch nicht dein Freund?"

"Er starb unter meinem Dach", sagte ich mit so viel Würde, wie ich angesichts dieses absurden Gesprächs aufbringen konnte. "Er wurde ermordet, und ich will wissen, wer ihm das Leben nahm. Und warum."

"Und was soll das mit der Villa zu tun haben?"

"Hoffentlich nichts", sagte ich - und meinte es. Auch wenn Blandus bei einem Abendmahl mit vier Bewohnern der Villa gestorben war, und er das Anwesen hatte kaufen wollen.

Die Wölfin - sie hieß Mina - wurde geholt, nachdem ich der Witwe eine Silbermünze für ihre Mühe zugesteckt hatte. Doch die Alte dachte nicht daran, mich mit der Frau allein sprechen zu lassen.

Ich fragte Mina, ob sie uns etwas über ihren Herrn erzählen könne. Hatte er verändert gewirkt in den letzten Tagen? Ängstlich womöglich? Hatte sie etwas von Streitigkeiten im Lupanar mitbekommen? "Irgendein unzufriedener Kunde vielleicht?", schlug ich vor.

"Wir haben keine unzufriedenen Kunden", blaffte die Witwe, bevor Mina etwas sagen konnte.

Die Wölfin lächelte dünn und beeilte sich, ihrer Herrin zuzustimmen. "Blandus war ein guter Herr", fügte sie hinzu, "er war bei allen beliebt." Aber was hätte sie auch sagen sollen, mit der bissigen alten Hexe im Nacken?

Mina wirkte ängstlich, und ich konnte es ihr nicht verübeln. Das letzte, was ich wollte, war, ihr Schwierigkeiten zu bereiten. Sie schien kaum älter als ich selbst zu sein, Ende dreißig, oder höchstens Anfang vierzig. Ihre einstige Schönheit ließ sich noch erahnen. Darüber hinaus sprach sie mit einer lieblichen Stimme und in gepflegtem Latein - welch wohltuender Kontrast zu ihrer Herrin! Ansonsten wirkte sie jedoch völlig verwahrlost und war in die erbärmlichsten Lumpen gekleidet. Ich fragte mich, welcher Mann bei so einem geschundenen Wesen Freude finden konnte.

"Du hast früher in der Villa des Griechen gedient", probierte ich einen anderen Zugang. Einen, bei dem die Witwe wenigstens nicht mitmischen konnte.

Mina nickte. "Ja, aber das ist schon lange her."

"Kanntest du Alva, die Leibsklavin des alten Griechen? Oder Suavis, ihre Tochter? Chloe, die Griechin, vielleicht?"

"Alva", wiederholte Mina träumerisch, als habe dieser Name die Macht, sie an einen schöneren Ort zu versetzen. An einen lange verlorenen. "Und Suavis ... so ein wunderhübsches Kind."

An Chloe konnte sie sich jedoch nicht erinnern. "Die muss später dazugekommen sein", sagte sie.

Ich sah, wie Layla wortlos die Hand der Frau ergriff und sie sanft drückte. Ein Lächeln stahl sich über Minas Gesicht. "So weiche Haut", murmelte sie.

"Wie steht es mit Orodes, dem Parther?", fragte ich weiter. "Er stand der Wache in der Villa vor."

"Nicht zu meiner Zeit", entgegnete Mina. "Warum fragst du mich nach ihnen, Herr? Ist etwas nicht in Ordnung in der Villa?"

"Es hat einige Veränderungen gegeben", sagte ich ausweichend.

Die Mädchen in Blandus´ Lupanaren waren anscheinend selbst von dem Sklavennetzwerk ausgeschlossen, das Layla mir so lebhaft geschildert hatte. Wie es aussah, hatte Mina noch nichts von den Todesfällen erfahren, die letztlich zur Auflösung der Villa geführt hatten. Und ich wollte nicht derjenige sein, der es ihr erzählte. Ich beschränkte mich also darauf, sie nach einer möglichen Verbindung zwischen Blandus und den Bewohnern der Villa zu fragen.

"Was denn für eine Verbindung? Der Herr war dort gerne zu Gast, er kaufte mich Lycortas ab – meinst du das?"

"Ja ... nein. Ich weiß selbst nicht genau, wonach ich suche", gestand ich ein, und kam mir dabei wie ein rechter Esel vor.

Ich dankte ihr und drang nicht weiter in sie. Es hatte ja doch keinen Zweck. Hier würde ich nichts erfahren, das irgendein Licht auf Blandus´ Ermordung warf, soviel schien gewiss.

"Sind unter Euren Kunden eigentlich auch hochrangige römische Offiziere?", wandte ich mich ein letztes Mal der Witwe zu, als Mina gegangen war. Auch mit dieser Frage wusste ich selbst nicht so richtig, worauf ich eigentlich hinaus wollte. Der Gedanke an Marcellus spukte in meinem Kopf herum, die quälende Frage, ob er nicht vielleicht doch etwas mit dem Tod des Lupanarius zu tun haben konnte. Ich wusste es nicht und würde es vermutlich nie erfahren. In Wahrheit fischte ich völlig im Trüben, wem wollte ich etwas vormachen?

Die Antwort fiel nicht anders aus, als ich erwartet hatte. "Hochrangige Römer? Bei uns?", prustete die Witwe, als müsse sie an einem Lachanfall ersticken. Dabei stierte sie mich an, als habe ich nun endgültig den Verstand verloren.

Ich verabschiedete mich so rasch es der Anstand erlaubte, legte meinen Arm um Layla und zog sie fort von diesem trüben Ort, an dem mich selbst keine zehn Pferde mehr hielten.

"Wir haben nichts erfahren, das uns weiterbringt, nicht wahr, Herr?" streute Layla Salz in meine Wunden, als wir zusammen im Wagen saßen. Den Rest des Heimwegs legten wir schweigend zurück.

***

Am Nachmittag des gleichen Tages wurde ich unfreiwillig Zeuge eines seltsamen Gesprächs. Eines Streits eigentlich – Layla redete auf Orodes ein, in einem Tonfall, den sie noch niemals in meiner Gegenwart an den Tag gelegt hatte. Ihre sonst so warme Stimme klang hart und bebte vor Zorn.

Die beiden standen in einer Ecke des Säulengangs, der rund um den Peristylgarten meines Hauses verläuft. Ich selbst war auf dem Weg von der Küche, wo ich Anweisungen für den Vorratseinkauf gegeben hatte, zurück in meine Gemächer. Laylas Tonfall jedoch ließ mich im Schatten einer Säule innehalten, bevor sie oder Orodes mich entdeckten.

Ich hatte eigentlich den Eindruck gewonnen, dass Layla den Parther gut leiden konnte – wie auch sonst jedermann in meinem Haus. Orodes mochte wild und gefährlich aussehen, aber im Herzen schien er ein liebenswerter, friedfertiger Bursche zu sein. Warum also dieser Streit?

Ich bekam nicht mit, was genau Layla dem Parther an den Kopf warf. Der Tonfall versetzte mich so in Erstaunen, dass ich den einzelnen Worten gar keine Beachtung schenkte.

Orodes´ Antwort jedoch konnte ich deutlich verstehen. Er wirkte sichtlich erregt, sprach aber besänftigend auf Layla ein. "Bei Zarathustra, ich gebe dir mein Wort darauf!", sagte er, dann legte er seine massige Hand auf Laylas Schulter, drückte sie sanft und machte sich schließlich entschlossenen Schrittes davon.

Layla verharrte reglos an der Stelle, wirkte unschlüssig, was sie jetzt tun solle.

Ich trat hinter meiner Säule hervor, durchquerte den Garten und stellte sie zur Rede. "Was war das denn, Liebes? Hat Orodes dich bedroht?"

"Nein, Herr", erwiderte sie – so hastig, dass ich ihr keinen Glauben schenkte.

Ich musterte sie wortlos, und sie senkte den Blick. "Willst du mir nicht verraten, worüber ihr gestritten habt?", versuchte ich es erneut. "Du wirktest sehr aufgebracht."

"Oh, es ist nichts, Herr, nichts von Bedeutung. Orodes sprach nur über seine Zukunftspläne mit Suavis ..."

"Und das hat dich so in Rage versetzt?"

Layla lief unter ihrer dunklen Haut rot an. "Verzeih mir, Herr."

"Es gibt nichts zu verzeihen. Ich habe mich nur gewundert –"

Aber Layla hatte mir schon einen flüchtigen Kuss auf die Wange gehaucht und war davon gehuscht.

Kopfschüttelnd schickte ich mich an, den Garten nun meinerseits zu verlassen – da sah ich Chloes dunklen Haarschopf, der auf der gegenüberliegenden Seite des Peristyls hinter einer Bronzestatue verschwand.

Wie es aussah, hatte die junge Griechin dieses seltsame Streitgespräch ebenfalls belauscht.

XXXIII.

Des Nachts wälzte ich mich auf meinem Bett herum und konnte nicht einschlafen. Die Sommernacht war drückend schwül, aber es lag wohl eher an meinen eigenen Gedanken, dass ich keinen Schlaf fand. Auch wenn die Witwe des Lupanarius keine Träne um ihn weinte – der Tod des Mannes ließ mir keine Ruhe. Mir war, als schwebe sein Geist über meinem Bett und blicke anklagend auf mich herab.

Ich entzündete eine Lampe, streifte ein Gewand über und verließ mein Schlafgemach. Laylas Zimmer lag direkt neben dem meinen, und dahin lenkte ich jetzt meine Schritte. In den Armen meiner Nubierin fand ich stets Trost und Frieden, gleichgültig, was mich gerade plagte. Sie hatte die Gabe, meine Gedanken zum Stillstand zu bringen.

Ich öffnete die Tür zu ihrem Gemach, trat an ihr Bett und wollte mich zu ihr legen – doch die Liege war leer. Wo war Layla? Hatte sie ebenfalls keinen Schlaf finden können?

Ich beschloss, ihm Peristylgarten nach ihr zu sehen. Hier wandelte sie gerne, auch häufiger des Nachts, wenn der göttliche Somnus ihr den Zugang ins Reich der Träume verwehrte.

Ich schritt den Säulengang ab, durchquerte den Innenhof, rief leise Laylas Namen, erhielt jedoch keine Antwort.

Wo konnte sie sonst stecken, so spät nachts? Bei einer ihrer Freundinnen, Chloe oder Suavis? Ich lief durch mein Haus, bis ich vor den Gästezimmern stand.

Alle Türen waren verschlossen. Ich lauschte, konnte aber aus keinem der Zimmer Stimmen oder sonstige Geräusche hören. Meine Gäste schienen zu schlafen. Keine Spur von Layla.

Mittlerweile ein wenig beunruhigt kehrte ich in ihr Zimmer zurück. Vielleicht hatten wir uns ja nur verfehlt, und sie war inzwischen längst wieder da. Doch ihr Gemach war so leer, wie ich es zurückgelassen hatte. War meiner Sklavin etwas zugestoßen?

Erst gestern war ein Mann in meinem Haus zu Tode gekommen, und nach allem, was ich wusste, lebte der Mörder unter meinem Dach. Zumindest konnte ich das nicht ausschließen.

Ich beschloss, meine Dienerschaft aus dem Schlaf zu holen und das ganze Anwesen nach Layla auf den Kopf stellen zu lassen – da hörte ich einen Schrei.

Er schien aus meinem eigenen Zimmer zu kommen. Ich hastete hinüber, hob die Lampe an, um besser sehen zu können, doch mein Gemach war ebenso leer wie das von Layla.

Hatten mir meine Ohren einen Streich gespielt? Doch gleich darauf hörte ich es erneut, unzweifelhaft diesmal. Es war der spitze Schrei einer Frau, und er kam von – draußen!

Ich eilte auf die Terrasse hinaus, die sich vor meinem Gemach erstreckt. Von hier hatte man tagsüber eine herrliche Aussicht über den Danubius, jetzt aber konnte ich bloß zwei Schatten auf dem Pfad am Flussufer ausmachen. Nur ein paar Schritte neben jenem Landungssteg, auf dem der ermordete Primus Pilus gelegen hatte. Zwei Menschen, beide in dunkle Gewänder mit Kapuzen gehüllt, was mir reichlich ungewöhnlich schien, in einer so warmen Sommernacht. Aber was noch viel alarmierender war: die beiden rangen miteinander!

Die eine Gestalt schrie erneut auf. Alles, was ich in dem Augenblick denken konnte, war: nicht schon wieder ein Mord in meinem Hafen!

Plötzlich rutschte in dem Handgemenge einem der Kämpfenden die Kapuze vom Kopf. Ein blonder Haarschopf kam zum Vorschein. Und da erkannte ich auch die Stimme und erfasste endlich, was ich da sah. Es war Suavis – und sie wurde angegriffen!

Ich rannte los, auf schnellstem Weg ins Atrium, wo der Sklave hockte, der nachts die Pforte bewachte. Ich hieß ihn aufschließen, griff mir eine der Äxte, die die Wände zierten und befahl dem Mann, mir zu folgen.

Wir stürmten den Pfad zum Fluss hinunter. Auf dem Treppelweg war jetzt niemand mehr, dafür platschte es im Wasser in Ufernähe.

Da war Suavis! Sie schlug um sich, kämpfte gegen die Fluten, sichtlich in Panik. Ohne zu zögern wateten der Wächter und ich in den Fluss und bekamen sie zu fassen. Der Danubius war nicht tief, hier in Ufernähe, und die Strömung nicht stark.

Wir zogen das Mädchen aus dem Wasser, und sie kroch die letzten paar Schritte aus eigener Kraft ans Ufer. An der Böschung ließ sie sich ins Gras fallen, und schlang zitternd die Arme um ihren zarten Leib. Mit weit geöffnetem Mund rang sie nach Atem. Dabei stierte sie mich an, als wüsste sie nicht, wen sie vor sich hatte. Als sähe sie mich zum ersten Mal. Die Angst hatte sie blind werden lassen.

"Du bist in Sicherheit", sprach ich auf sie ein. "Ich bin es, Thanar."

Ihr Kopf wippte auf und ab, was wohl ein Nicken sein sollte, aber nichtsdestotrotz starrte sie mich weiter unverwandt an.

Ich blickte mich um, aber von dem Angreifer fehlte jede Spur. Soweit ich entlang des Pfades in der Dunkelheit sehen konnte, waren wir ganz allein am Ufer.

Mein Wächter allerdings war ein paar Schritte weitergelaufen und bückte sich jetzt nach einem Gegenstand, der im Gras am Rande des Pfads lag. Er hob ihn hoch, kam damit zu mir herüber, so dass ich sehen konnte, was es war. Ein Kurzsax – das heißt, nicht irgendeiner, sondern eben jener aus meinem Atrium, mit dem gestern Abend der Lupanarius ermordet worden war. Ich hatte ihn heute Morgen an seinen Platz zurückgebracht, aber jemand schien eine persönliche Neigung für diese Waffe entwickelt zu haben.

Jemand, der sich in meinem Atrium anscheinend frei bedienen konnte. Was nur einen möglichen Schluss zuließ: Der Mörder des Lupanarius war tatsächlich in meinem Haus zu suchen. Und Suavis wäre um ein Haar sein nächstes Opfer geworden.

Ich zögerte kurz, dann schlang ich meine Arme um den bebenden Körper des Mädchens, hob sie hoch und trug sie zurück ins Haus. Sie versteifte sich erst, doch nach ein paar Schritten erschlafften ihre Glieder und ihr Kopf fiel an meine Brust.

Ich trug sie in ihr Zimmer, half ihr aus der Tunica, die ihr nass am Leib klebte und wickelte ihren kalten, schneeweißen Leib in die Decke, die am Fußende ihres Bettes lag. Ich ließ warmen Honigwein bringen und flößte ihr das Getränk schluckweise ein.

Als sie wieder halbwegs gleichmäßig und ruhig atmete, fragte ich sie, was geschehen war. "Wer hat dich angegriffen, Suavis? Konntest du ihn erkennen?"

Sie reagierte nicht.

"Suavis? Verstehst du, was sich sage?"

Sie nickte langsam. Dann fand sie ihre Sprache wieder, auch wenn ihre Stimme dünn und zaghaft klang: "Ich ... weiß es nicht, Herr. Ich konnte nichts sehen. Es war so dunkel. Und es ging alles so schnell. Er ... hatte ein Messer. Ich bekam irgendwie seinen Arm zu fassen, es entglitt ihm, glaube ich, und daraufhin stieß er mich plötzlich ins Wasser."

"Und dann? Wollte er dich ertränken?"

"Ich weiß es nicht, Herr. Dann warst auf einmal du da ... und hast mich ans Ufer gezogen."

"Du hast nicht gesehen, wohin der Angreifer floh?"

Sie schüttelte den Kopf.

"War es ein Mann? Eine Frau? Konntest du denn gar nichts erkennen?"

"Nein", schniefte Suavis.

Bildete ich es mir nur ein, oder hatte sie einen Augenblick zu lange gezögert, bevor sie antwortete?

"Was ist passiert?", rief plötzlich eine Stimme hinter mir, die mich hochfahren ließ. Sie klang so geisterhaft, als dränge sie aus einem Grab an meine Ohren. Auch Suavis schreckte hoch.

Eine schlanke Gestalt mit einer winzigen Öllampe stand in der offenen Tür und trat jetzt ein. Es war Chloe, kein Geist. Da sie im Zimmer nebenan schlief, hatten wir sie wohl geweckt.

Sie machte nur zwei Schritte, dann blieb sie stehen und starrte Suavis an. Dabei lag ein überaus seltsamer Ausdruck in ihrem Gesicht.

"Suavis wurde angegriffen, am Flussufer", erklärte ich knapp.

"Am Flussufer?", echote Chloe. "Was um alles in der Welt wolltest du denn da, mitten in der Nacht?"

Eine wirklich gute Frage. Ich konnte mir gar nicht erklären, warum sie mir selbst nicht sofort gekommen war.

Suavis warf Chloe einen Blick zu, den ich ebenso wenig deuten konnte wie den seltsamen Ausdruck in den Augen der Griechin. Was war bloß los mit den Mädchen, sie waren doch Freundinnen?

"Ich konnte nicht schlafen", sagte Suavis, nachdem sie und Chloe sich eine ganze Weile auf diese merkwürdige Art angestarrt hatten. "Draußen war eine so schöne Nacht, und ich wollte mir ein wenig die Füße vertreten."

Sie wandte sich mir zu. "Ich genieße es so sehr, das Haus verlassen zu können, wann immer ich will. Zu gehen, wohin es mir beliebt. Manchmal wird es mir eng, zwischen all den Wänden. Und nachts am Fluss ist es so still und friedlich."

Es klang, als wäre ihr heutiger nächtlicher Ausflug nicht der erste gewesen.

"Still und friedlich?", rief Chloe. "Bist du lebensmüde?"

Suavis zuckte zusammen, aber im Grunde konnte ich Chloe nur beipflichten. Ich sah ein, dass Suavis ihre neugewonnene Freiheit voll auskosten wollte, aber sich nachts allein draußen herumzutreiben, war in höchstem Maße töricht. Schon unter normalen Umständen riskierte eine junge Frau bei solch einem Unterfangen Leib und Leben. Mal ganz abgesehen davon, dass ein Mörder frei herumlief.

Suavis fehlte anscheinend jedes Gefühl für die Außenwelt – aber konnte man ihr das verübeln? Sie war ihr Leben lang eingesperrt gewesen. Die Welt, die sie kannte, hatte an den Mauern der Villa geendet.

"Wie bist du eigentlich aus dem Haus gekommen?", fragte ich sie. "Die Pforte war doch bewacht."

Sie schlug die Augen nieder. "Ich schlich mich durch den Keller, Herr. Durch die Tür, die auf die Uferböschung führt. Und dann lief ich zum Hafen hinunter."

Ich fragte mich, wie Suavis von diesem Ausgang wissen konnte. Sie hatte im Keller überhaupt nichts zu suchen. "Ich nehme an, du hast die Türe von innen entriegelt – und bist hinausgeschlüpft?", sagte ich. "Was bedeutet, dass du jedem Herumtreiber den Weg ins Haus geöffnet hast. Während du deinen nächtlichen Spaziergang machtest, hätten sich Diebe einschleichen können. Oder noch üblerer Abschaum. Ist dir das nicht klar?"

"Jetzt wo du es sagst, Herr", flüsterte Suavis. Noch immer hielt sie den Kopf gesenkt. Nervös knetete sie ihre zarten Hände.

Ich beauftragte den Wächter, die Kellerpforte wieder zu verriegeln. Als er zurückkam, war Layla bei ihm. Ich atmete erleichtert auf, als ich sie sah. Wo war sie die ganze Zeit gewesen? Sie schuldete mir eine Erklärung, aber das musste noch warten.

Sie trat ins Zimmer, blickte mich auf ziemlich befremdliche Weise an, stellte aber keine Fragen. Der Wächter hatte sie wohl bereits darüber ins Bild gesetzt, was sich ereignet hatte.

Chloe lief auf sie zu, griff nach ihrem Arm und schmiegte sich an ihre Schulter. Suavis hingegen saß noch immer mit gesenktem Kopf auf dem Bett.

Beim Anblick der drei Mädchen drängte sich mir eine Frage auf: Wo war eigentlich Orodes? Er schlief doch ebenfalls nebenan, wie kam es, dass der Aufruhr ihn nicht geweckt hatte?

XXXIV.

Ich lief auf den Gang hinaus und pochte an die Tür von Orodes´ Gemach.

Nichts regte sich.

Ich trat kurzerhand ein.

Der Parther lag ausgestreckt auf dem Bett, das unter seinem massigen Körper klein und zerbrechlich wirkte. Er atmete schwer und schien in tiefem Schlaf zu liegen.

Ich hob meine Lampe an, sodass ihr Schein ihm ins Gesicht fiel, doch er regte sich nicht. Selbst als ich ihn an der Schulter berührte, zeigte er keinerlei Reaktion. Der Mann hatte wirklich einen gesegneten Schlaf. Oder täuschte er das nur vor?

Als ich mich umdrehte, stand Layla in der Tür, und hinter ihr Chloe. Ich schob mich wortlos an den beiden vorbei, wollte zu Suavis zurückkehren, um ihr noch einige Fragen zu stellen. Doch im Vorbeigehen fiel der Schein meiner Öllampe Chloe ins Gesicht, und dort sah ich etwas, das mich innehalten ließ: einen blutigen Kratzer.

"Wer hat dich verletzt?", fuhr ich sie an, vielleicht etwas zu barsch.

Sowohl sie, als auch Layla wichen erschrocken zurück.

Ich jedoch legte meine Hand in Chloes Nacken, zog ihr Gesicht zurück ins Licht, und besah mir die Wunde genauer. Die Stelle knapp unter ihrem linken Wangenknochen war leicht geschwollen, gerötet und von zwei frischen Kratzern gezeichnet. Aus einem der beiden sickerte Blut.

Es war genau die Art von Wunde, die einem die Fingernägel einer Frau beibringen konnten. Einer Frau, die sich gegen einen Angriff auf ihr Leben gewehrt hatte? Suavis? War Chloe über ihre eigene Freundin hergefallen?

Die junge Griechin befühlte erschrocken ihre Wange, und auch Layla beugte sich jetzt über sie.

"Ich muss ... das selbst aufgekratzt haben", stammelte Chloe, "während ich schlief! Ich habe mein Zimmer nicht verlassen, ich schwöre es!"

Layla deutete auf die gerötete Schwellung unter den Kratzern. "Das sieht nach einem Mückenstich aus, Herr. Die jucken immer so fürchterlich. Passiert mir auch manchmal, dass ich die aufkratze."

Chloe nickte heftig, dann schmiegte sie sich wieder an Layla.

Mir entfuhr ein Stöhnen. Ich ließ die beiden stehen und kehrte an Suavis´ Bett zurück. Ich wusste nicht mehr, was ich sagen sollte. Ja, noch nicht einmal mehr, was ich denken sollte. Was, bei den Pforten der Unterwelt, ging hier vor – unter meinem Dach, hinter meinem Rücken? Waren es meine Gäste, die sich allesamt seltsam verhielten, inklusive Layla, obwohl die ja zu meiner eigenen Familia gehörte? Oder war es am Ende ich selbst, der langsam den Verstand verlor und überall nur noch Lügen und Geheimnisse witterte?

Hatten die Mädchen einfach nur Angst?

Nein, es musste mehr dahinter stecken, das spürte ich einfach. Sie wussten etwas, das sie nicht mit mir teilten.

***

Suavis hatte sich auf ihrem Bett zusammengerollt wie ein müder Hundewelpe und schien bereits in den Schlaf zu gleiten.

Ich ließ es nicht zu. Ich wollte endlich Antworten. "Suavis, du musst mir die Wahrheit sagen. Unser aller Sicherheit hängt davon ab. Derjenige, der dich angegriffen hat, trug die Waffe bei sich, mit der gestern der Lupanarius ermordet wurde. Weißt du, was das heißt?"

Ich erhielt keine Antwort. Nur einen angstvollen Blick aus großen blauen Augen.

"War Orodes wirklich bei dir, gestern nach dem Gastmahl? Die ganze Zeit über?"
"Ja, Herr", kam es prompt. Viel zu prompt.
"Macht es Sinn jemand zu decken, der dich töten wollte?", fragte ich sie geradeheraus.
Sie richtete sich auf dem Ellenbogen auf und schüttelte heftig den Kopf. "Orodes würde mir niemals etwas antun! Er hat mich nicht angegriffen!"
"Wer denn dann?"
"Ich weiß es wirklich nicht! Es war so dunkel, und er trug einen Umhang!"
"Du machst ihr Angst, Herr!", flüsterte eine Stimme in meinem Rücken. Es war Layla.
Ich wirbelte zu ihr herum. "Versteht ihr alle miteinander nicht, dass ein Mörder unter uns ist?", fuhr ich sie an. Was mir gleich darauf leid tat. Layla war kein schreckhaftes Mädchen, aber selbst sie wich jetzt vor mir zurück, als hätte ich sie geschlagen.
"Ich glaube nicht, dass er mich töten wollte", kam es zaghaft von Suavis. "Was hätte ihn davon abhalten sollen? Er hatte das Messer, aber er hat es nicht benutzt. Er stieß mich nur in den Fluss und lief davon."
"Du hättest ertrinken können!", rief ich aufgebracht – doch wusste im gleichen Moment, dass das nicht stimmte. Suavis war in Panik gewesen, und sie konnte offensichtlich nicht schwimmen. Aber das Wasser am Danubius-Ufer war seicht und die Strömung schwach. Der Angreifer hatte davon ausgehen müssen, dass sie überlebte.
Vielleicht war er auf dem Weg in die Stadt gewesen, um sich dort ein weiteres Opfer zu holen – und Suavis war ihm nur in die Quere gekommen, bei ihrem törichten Nachtspaziergang?
"Darf ich jetzt schlafen, Thanar?", riss mich Suavis aus meinen Gedanken. "Ich bin sehr müde."
Ich nickte unwillig. Und hasste mich selbst dafür, dass ich so hilflos war, angesichts all der Verbrechen, die sich um

mich herum ereigneten. Der Mörder, wer immer er war, spielte mit mir wie die Katze mit der Maus.

"Ich werde den Göttern opfern", sagte Layla. "Dafür, dass sie Suavis´ Leben verschont haben. Ich werde sie anflehen, dass kein weiteres Unglück über dieses Haus kommt. Und du solltest dich vorsehen, Suavis, auch tagsüber. Offensichtlich hat es jemand auf dich abgesehen. Jemand, der jeden deiner Schritte beobachtet."

Es lag etwas Seltsames in diesen Worten und in der Art, wie Layla sie sprach. Irgendetwas lief da zwischen den Mädchen ab, das ich nicht verstand.

Oder ich wurde wirklich schon paranoid.

Ich schob Layla und Chloe auf den Gang hinaus und schloss die Tür hinter uns. Chloe drückte sich noch einmal an Layla, dann huschte sie in ihr eigenes Zimmer zurück.

Ich wandte mich dem Wächter zu, der in der Nähe geblieben war. "Ich will, dass die Gästezimmer hier im Auge behalten werden, von jetzt an jede Nacht. Und ein weiterer Mann bewacht mein Gemach – und das von Layla. Du teilst die Schichten ein und bist mir verantwortlich, dass es keine Lücken gibt."

"Ja, Herr", sagte der Wächter, dann eilte er davon, alles in die Wege zu leiten.

Ich führte Layla wortlos in mein Zimmer und trat mit ihr auf die Terrasse hinaus. Der Danubius glänzte silbrig im Mondschein. Die Nacht lag so still und friedlich zu unseren Füßen, als könne sich hier, in unserem Winkel der Welt, niemals etwas Böses ereignen.

"Wo warst du?", wandte ich mich Layla zu. "Ich habe vorhin nach dir gesehen, konnte dich aber nirgends finden." Ich wollte ihr diese Frage nicht stellen, verabscheute die Anschuldigung, die in diesen Worten mitschwang. Ich hatte ihr bis jetzt bedingungslos vertraut. Doch jetzt konnte ich es nicht mehr. Ohne dass ich es wollte, wanderten meine Augen über ihre Arme, ihr Gesicht, ob sich dort womöglich auch eine Verletzung fände. Doch ich entdeckte nichts, nicht einmal einen Insektenstich - oder etwas, das man dafür ausgeben konnte. Nur ihr Haar wallte unbändig um ihre Schultern, aber das tat es des Nachts immer.

Layla musterte mich wortlos, so lange, dass ich schon dachte, sie wolle mir nicht antworten. Hinter ihrer Stirn schienen sich die Gedanken zu drängen, doch sie teilte sie nicht mit mir.

"Ich konnte nicht schlafen und habe mir im Garten ein wenig die Beine vertreten", sagte sie schließlich und klang dabei so verletzlich wie ein kleines Kind. Außerdem sah sie mich an, als habe ich ihr gerade eine Prügelstrafe angedroht. Sie musste spüren, was in mir vorging, dass mein Vertrauen in sie erschüttert worden war - oder, was noch viel schlimmer war, sie traute mir selbst nicht mehr. Nach allem, was sie wusste, konnte genauso gut ich der Mörder sein! Wie der Tribun es von Anfang an vermutet hatte.

Ich wollte meine Arme nach ihr ausstrecken, sie an mich drücken und ihr versichern, dass alles gut war. Dass die Dinge schon wieder in Ordnung kommen würden. Doch ich konnte es nicht.

Ich schickte sie auf ihr Zimmer, wartete bis ein Diener vor unseren Gemächern seinen Wachposten bezog, dann schloss ich meine eigene Tür und warf mich aufs Bett.

Mein Herz schmerzte seltsam. Ich fand lange keinen Schlaf, und als ich es schließlich doch tat, begegnete ich im Traum meiner Ehefrau - die im Leben schon so lange nicht mehr an meiner Seite weilte.

XXXV.

Beim Frühstück am nächsten Morgen teilte mir Orodes mit, dass er sich entschlossen habe, so bald wie möglich in seine Heimat zurückzukehren. Gemeinsam mit Suavis.

Wir saßen zu viert im Barbarenzimmer: der Parther, Chloe, Layla und ich. Suavis frühstückte auf ihrem Zimmer, sie fieberte leicht und wollte das Bett nicht verlassen.

"Eine lange und beschwerliche Reise", sagte ich, überrascht von der plötzlichen Entschlossenheit, die Orodes an den Tag legte.

"Und gefährlich", fügte der Parther hinzu. "Doch ich werde Suavis beschützen, und wenn uns die Götter gewogen sind, so erwartet uns ein gutes Leben im Kreis meiner Familie. Wir besitzen fruchtbares Land, sind angesehen – ich werde meiner Braut alles bieten können, was sie glücklich macht."

Ich nickte. "Das kommt recht plötzlich", sagte ich. Saß hier ein Mörder vor mir, der nun die Flucht ergriff? War Suavis an seiner Seite sicher? Oder ging die wahre Gefahr, die ihr auf der geplanten Reise drohte, von dem Mann aus, der sie angeblich liebte?

"Layla hat die Sehnsucht nach der Heimat in mir geweckt", gab Orodes zurück.

Überrascht blickte ich meine Sklavin an. "Du? Ich wusste nicht, dass du deine Heimat vermisst."

"Das tue ich nicht, Herr", sagte Layla knapp. "Ich bin glücklich hier. Bei dir", fügte sie hinzu. "Es war das Land der Parther, über das ich mit Orodes sprach."

Mein Herz tat einen kleinen Sprung. Es wollte ihr so gerne glauben.

Orodes erhob sich. "Ich will nach meiner Liebsten sehen, ob sie etwas braucht. Danke für das Mahl." Er nickte mir ehrerbietig zu.

Erst als er den Raum verlassen hatte, bemerkte ich, dass Chloe Tränen in den Augen hatte. Als unsere Blicke sich trafen, sprang sie ebenfalls auf – und lief davon.

"Was war das denn?", wandte ich mich an Layla. Da war es wieder, dieses ohnmächtige Gefühl, dass ich rein gar nichts mehr verstand, von dem, was unter meinem Dach vorging. Orodes' plötzlicher Entschluss, abzureisen. Wie wollte er das überhaupt anstellen? Wo wollte er das Geld für Pferde, für einen Wagen, für Reisevorräte hernehmen? Und jetzt Chloes leidenschaftliche Reaktion.

"Sie liebt ihn, Herr", sagte Layla, "das weißt du doch."

"Wer liebt wen?", fragte ich verwirrt.

"Chloe. Orodes. Das habe ich dir doch erzählt."

"Ich dachte, das wäre längst vorbei. Nur eine Schwärmerei. Ist es nicht offensichtlich, dass er nur Augen für Suavis hat?"

Layla nickte. "Das ist es. Aber manchmal will das Herz nicht akzeptieren, was der Kopf doch sicher weiß."

Ich seufzte. Vielleicht war es ja zu unser aller Bestem, wenn Orodes und Suavis mein Haus verließen. Vielleicht konnte doch noch alles wieder so werden, wie es früher gewesen war.

Ich sehnte mich sehr danach.

***

Orodes verbrachte den ganzen Tag in Suavis' Zimmer. Nur ab und zu kam er heraus, um ihr Wasser, Wein oder ein paar Leckereien aus der Küche zu holen. Er ließ nicht einmal einen Diener in ihre Nähe. War er dermaßen um ihre Sicherheit besorgt?

Zweifellos hatte sie ihm mittlerweile von dem nächtlichen Überfall am Flussufer berichtet und seine Reaktion war nur allzu verständlich. Vermutlich kam daher auch sein plötzlicher Entschluss, meine Gastfreundschaft nicht länger in Anspruch zu nehmen. Oder steckte doch mehr dahinter?

***

Am frühen Abend kündigte mir ein Diener den Besuch von Alva an.

Ich eilte ins Atrium und nahm sie in Empfang. Sie war diesmal nicht alleine gekommen, an ihrer Seite stand Lons, der schöne Britannier.

Auf Alvas Lippen lag ein triumphierendes Lächeln. "Ich habe einen Käufer für die Villa gefunden!", verkündete sie, kaum dass ich sie begrüßt hatte. "Die Witwe des Lupanarius. Sie war heute Morgen bei mir."

Endlich einmal gute Neuigkeiten. Ich führte Alva und Lons in den Peristyl-Garten, bot ihnen Plätze im Schatten des Säulengangs an und ließ sie mit eisgekühltem Wein bewirten.

"Blandus´ Witwe fand eine zum Bersten gefüllte Goldtruhe, nach Eröffnung des Testaments", erzählte Alva. "Ihr Mann muss diese Schätze all die Jahre gehortet haben, ohne ihr davon zu erzählen. Jetzt will sie die Lupanare verkaufen und sich in der Villa zur Ruhe setzen. Und ich – das heißt, wir – werden den Verkaufserlös in einen kleinen Gutshof an der Südstraße investieren." Sie sah Lons an und ein zärtlicher Ausdruck stahl sich in ihr Gesicht.

Der junge Britannier erwiderte strahlend ihren Blick.

"Der Hof liegt gleich neben einer Straßenstation", fuhr sie fort. "Wir können Reisende bewirten, ihnen eine warme Mahlzeit bieten, ein Bett für die Nacht. Aber keine Liebesdienste!" Sie lächelte scheu. "Das Haus ist groß genug, dass ich alle aus der alten Familia aufnehmen kann, die bei mir bleiben möchten. Und ein gutes Stück Land ist auch dabei!"

Lons ergriff ihre Hand, und die beiden strahlten mich nun gemeinsam an.

Ich überlegte kurz, Alva von dem Überfall auf ihre Tochter zu erzählen, oder davon, dass diese sich mit Orodes auf die Reise nach Parthien machen wollte – ließ es aber sein. Suavis konnte ihr selbst davon berichten, wenn sie es für richtig hielt. Stattdessen lud ich Alva und Lons ein, zum Abendmahl zu bleiben, zu dem sich auch wieder einmal Marcellus angekündigt hatte.

Vielleicht würde doch noch alles ein gutes Ende finden. Die ehemaligen Sklaven der Villa hatten ein neues Heim, Orodes und Suavis würden heiraten und mit dem Segen der Götter die Heimat des Parthers erreichen. Chloe – nun, sie blieb allein zurück, aber sie war noch so jung. Schön wie sie war, würde sie einen anderen Mann erobern, einen, der ganz ihr allein gehörte, und bestimmt auch ihr Glück machen. Und ich hatte Layla – die mir womöglich in einer Liebesnacht ein Messer ins Herz rammen würde?

Meine hoffnungsfrohen Gedanken fanden ein jähes Ende. Ich wehrte mich nach Kräften gegen diese ungeheure Vorstellung. Layla war bestimmt unschuldig, auch wenn sie sich in letzter Zeit sehr seltsam verhielt.

Alles würde gut werden!

Es musste einfach.

***

Marcellus kam kurz nach Sonnenuntergang und brachte ein höchst ungewöhnliches Geschenk mit sich. Ein Sklave hatte es mit dem Wagen transportiert und trug es jetzt in mein Atrium. Es war ein Rundtisch aus edlem Citrusholz, der ein Vermögen gekostet haben musste.

Der römische Adel sammelte diese Stücke mit großer Leidenschaft, fast so fanatisch, wie reiche Frauen Perlen zu horten pflegten. Es hieß, dass bereits ganze Wälder im Norden Africas diesem Luxus zum Opfer gefallen waren.

Der Citrus-Tisch, den Marcellus mir zum Geschenk machte, wies eine besonders schöne Maserung auf, hatte zierliche Beine aus Elfenbein und machte sich ausnehmend gut in meinem Atrium. "Ein Zeichen meiner Freundschaft", sagte der Tribun salbungsvoll, dann begab er sich ohne ein weiteres Wort ins Speisezimmer.

Ich entsann mich wieder, dass er bei seinem letzten Besuch vorgehabt hatte, etwas mit mir zu besprechen. Der Tod des Lupanarius hatte diese Unterhaltung vereitelt. Aber war die Sache damit vom Tisch – was immer es war, das der Tribun von mir wollte? Hing dieses überaus großzügige Geschenk damit zusammen? Wollte er mich für sein Anliegen günstig stimmen? Oder sah Marcellus jetzt tatsächlich einen so teuren Freund in mir, wie er behauptete?

Bei Wotan, verstehe einer die Römer!

Ich beauftragte einen Diener, die Hausbewohner zum Abendmahl zusammenzurufen, dann folgte ich dem Tribun ins Triclinium, mein römisches Speisezimmer.

Alva und Lons lagen bereits bei Tisch, Layla und Chloe trafen kurz nach mir ein.

"Orodes speist mit Suavis auf ihrem Zimmer, wenn es dir recht ist, Herr", verkündete mir Layla. "Sie ist noch immer etwas fiebrig, und er möchte sie nicht allein lassen."

Alva hob den Kopf. "Suavis ist erkrankt?", fragte sie besorgt.

"Nichts Ernstes", sagte Layla rasch. Zu rasch. Wie es aussah, wollte auch sie nicht die Sprache auf die Ereignisse der letzten Nacht bringen.

Alva nickte und setzte wieder das Lächeln auf, mit dem sie schon vor Stunden in mein Haus gekommen war. Das Lächeln, das mir in meiner trüben Stimmung wohltat wie ein Sonnenstrahl in dunkler Nacht.

Ich winkte einem Diener, mit dem Auftragen der Speisen zu beginnen. Es gab gebackene Haselmäuse, die Layla am liebsten mochte, gefolgt von einem schönen Lammbraten und verschiedenen anderen Köstlichkeiten.

Alva und Lons lobten die Küche, Marcellus unterhielt uns mit höchst pikanten Anekdoten über einige römische Senatoren, die er persönlich kannte, und für ein paar Stunden schien es fast, als wären das Leben und das Lachen in mein Haus zurückgekehrt.

Ich streckte mich behaglich auf meinem Speisesofa aus und atmete tief durch. Die Luft war warm und schwer vom Duft der Speisen.

Und dann geschah es.

Alva und Lons hatten sich bereits auf den Heimweg gemacht, während ich mit Marcellus, Chloe und Layla noch bei einer Amphore Veilchenwein beisammen lag.

Die Tür des Tricliniums wurde plötzlich aufgerissen, und herein stürmte Suavis.

Ihre Augen schwammen in Tränen, das blonde Haar hing ihr wirr vom Kopf, ihre Stimme überschlug sich in einem kaum verständlichen Kreischen. "Kommt schnell!", rief sie. "Orodes ... Er ist tot!"

XXXVI.

Suavis warf sich in Laylas Arme, die jedoch drückte sie seltsam herzlos auf das nächste Sofa und stürmte aus dem Zimmer.

Marcellus reagierte schneller als ich, er war als nächster auf den Beinen und folgte Layla nach. Mir klang noch Suavis′ Schrei in den Ohren, aber schließlich kam auch ich in die Gänge. Ich sprang auf und lief den anderen hinterher.

Orodes, tot? Das konnte doch unmöglich wahr sein. Ich kam mir vor wie ein Schauspieler in einer dieser unerträglichen griechischen Tragödien, in deren Verlauf stets die halben Akteure den Tod fanden. Mein ganzes Leben schien sich in ein solches Drama verwandelt zu haben. Würde es denn nie mehr ein Ende nehmen?

Ich holte Marcellus und Layla ein, und gemeinsam stießen wir die Tür zum Gemach des Parthers auf.

Es war leer.

"In Suavis′ Zimmer?", rief ich – und dort fanden wir ihn.

Er lag auf dem Bett, die Hände zu Fäusten geballt, die Glieder im Krampf erstarrt. Sein Mund war aufgerissen, als wäre er in einem lautlosen Schrei eingefroren. Jede Hilfe kam zu spät. Der Parther war tot.

"Geweitete Pupillen", hörte ich Layla flüstern – mit einer Stimme, die ich kaum als die ihre erkannte. "Das Gift der schönen Frauen."

"Wie schon bei Juba", erwiderte ich reflexartig. Auch meine eigene Stimme klang mir seltsam fremd in den Ohren. Ich konnte einfach nicht begreifen, was ich da sah. Keiner von uns hatte den Speiseraum in den letzten Stunden verlassen, noch nicht einmal für einen Gang zur Latrine. Es war einfach unmöglich, niemand konnte Orodes ermordet haben. Außer ... Suavis? Die Frau, die er liebte?

Sie war uns gefolgt, tauchte in diesem Augenblick hinter uns auf und klammerte sich an Layla. "Ist er wirklich –", begann sie, doch ihre Stimme versagte ihr den Dienst.

"Er wurde ermordet", sagte ich ohne Rücksicht, "Was ist hier passiert?"

In diesem Moment nahm ich aus dem Augenwinkel eine Bewegung wahr. Ich wirbelte herum.

Doch es war nur Chloe, die jetzt ebenfalls den Raum betrat. Sie sagte kein Wort, verharrte wie festgewurzelt an der Stelle, kaum dass sie ihren Fuß ins Zimmer gesetzt hatte. Sie starrte auf den Leichnam des Parthers. Tränen schossen ihr in die Augen, sie schluchzte laut auf, dann machte sie auf den Fersen kehrt und rannte davon.

Suavis ließ Laylas Arm los und taumelte gegen die Wand hinter ihrem Rücken.

"Suavis?", wiederholte ich meine Frage. "Was ist hier geschehen?"

Sie sank an der Wand in die Knie. "Ich weiß es nicht", hauchte sie. "Wir ... haben geschlafen. Ich bin aufgewacht, weil Orodes plötzlich zu röcheln anfing –"

Unvermittelt stürzte sie vor, kroch auf allen Vieren ans Bett und umarmte Orodes′ leblosen Körper. "Oh, Liebster", heulte sie, trommelte mit ihren Kinderhänden gegen seine Brust, übergoss den Leichnam mit Tränen. Es war ein Anblick, der selbst das härteste Herz gerührt hätte.

"Was ist dann passiert?", fragte jemand. Marcellus. Auch er wirkte ehrlich betroffen, aber seine Stimme klang so fest wie immer.

Suavis wischte sich mit dem Handrücken übers Gesicht. Doch neue Tränen strömten sogleich nach. "Ich ... dachte, dass ihn etwas quälte, im Traum. Ich wollte ihn wecken, aber dann wurde mir klar, dass er gar nicht mehr schlief. Er starrte mich so seltsam an, rang nach Luft, doch er konnte nicht sprechen. Und plötzlich begann er zu zittern und zu zucken, als habe ein böser Geist von ihm Besitz ergriffen.

Er krümmte sich zusammen, und dann ... dann –" Sie brach ab, wurde erneut von einem Weinkrampf geschüttelt.

Marcellus drang nicht weiter in sie. Es war klar zu sehen, was danach geschehen war. Orodes hatte sein Leben ausgehaucht, und Suavis war in Panik aus dem Zimmer gestürmt, um Hilfe zu holen. Doch niemand konnte dem Parther mehr helfen.

Ich sah mich im Raum um. Auf dem Boden neben dem Bett stand ein großes Speisetablett mit zwei leergetrunkenen Bechern und zwei Tellern mit Essensresten.

"Wer hat euch serviert?", fragte ich Suavis.

Sie reagierte nicht, war vor dem Bett in sich zusammengesunken und kauerte jetzt wie ein verletztes Tier auf dem Boden. Ihre Augen starrten blicklos ins Leere.

Ich ging zu ihr, zog sie vorsichtig hoch und führte sie zu einem Stuhl. Sie sank darauf nieder wie eine zerbrochene Puppe.

"Wer hat euch das Essen gebracht, Suavis?", wiederholte ich meine Frage. "Und den Wein?"

Sie starrte mich verständnislos an. "Orodes hat es selbst geholt", flüsterte sie schließlich. "Direkt aus der Küche. Zumindest hat er das gesagt."

"Du musst mir alles ganz genau erzählen. Wann war das?"

"Ich ... weiß nicht. Vor ein paar Stunden." Sie sah aus dem Fenster, wo schon lange die Nacht hereingebrochen war. "Orodes sagte, ihr hättet euch zum Abendmahl begeben, und dass er mit mir gemeinsam hier essen würde, weil ich doch noch nicht aufstehen sollte. Ich müsse mich schonen, hat er gesagt, ich –" Sie ließ den Kopf wieder sinken, vergrub ihr Gesicht in den Händen.

Ihr Anblick tat mir weh. Ich hätte sie gern in den Arm genommen und ihre Tränen getrocknet – aber zuerst musste ich die Wahrheit wissen. Die ganze Wahrheit.

Ich fragte also weiter: "Orodes kam mit dem Tablett, ihr habt zusammen gegessen, nehme ich an? Und danach?"

"Danach ... Er wollte ... Er nahm mich", wisperte Suavis. "Und er benahm sich so seltsam dabei. Gar nicht wie sonst."

"Inwiefern seltsam?"

"So, als habe er ... fast als habe er gewusst, dass es das letzte Mal sein würde."

"Und dann, nach dem Sex? Was ist dann passiert?"

"Ich muss eingeschlafen sein ... Ich glaube, er auch. Ich lag auf ihm, als er plötzlich so zu röcheln begann. Als ich dachte, er hätte böse Träume."

"Verließ einer von euch beiden irgendwann im Verlauf des Abends das Zimmer?"

Sie schüttelte den Kopf.

"Kam jemand zu euch herein?"

"Auch nicht."

"Habt ihr beide die gleichen Speisen gegessen?", schaltete sich Marcellus ein. "Denk nach, Mädchen. Dein Geliebter wurde ganz offensichtlich mit Speise oder Trank vergiftet."

"Ja, das haben wir", erwiderte Suavis, doch dann wurden ihre Augen plötzlich groß. Ihr Mund öffnete sich, aber es kamen keine Worte heraus.

Einen Moment lang dachte ich, sie litte auf einmal selbst an Atembeschwerden. Dass das Gift auch ihr verabreicht worden war, und sie nur später darauf reagierte.

"Was ist dir?", fragte der Tribun.

Suavis´ schlanke Finger krallten sich um die Armlehnen ihres Stuhls. "Ich habe unsere beiden Teller vertauscht", flüsterte sie, so leise, dass ich sie kaum verstehen konnte. "Meinen und den von Orodes."

"Was sagst du?", fragte Marcellus. "Warum hast du das getan?"

Suavis war jetzt so bleich wie eine Tote. "Ich ... Er brachte das Tablett mit den Speisen. Stellte es vor mich hin, sodass ich auf dem Bett essen konnte, während er seinen Teller hier –" Sie schniefte, deutete auf den Stuhl, auf dem sie saß. "Er wollte hier essen. Aber dann ... Ich bat ihn, mir etwas

Garum-Soße aus der Küche zu holen. Ich mochte die früher nie, aber hier im Haus –" Sie schluchzte gequält auf, "hier schmeckt sie so köstlich. Doch als Orodes das Zimmer verließ, da bemerkte ich, dass er mir den Teller mit dem fetteren Stück Fleisch gegeben hatte. Das tut er immer, stets möchte er, dass ich das bessere Stück bekomme. Aber ich ... ich wollte, dass er es kriegt, er isst doch so gerne Braten, und so ... so habe ich –"

"So hast du die Teller vertauscht", sagte Marcellus an ihrer Stelle. "Und ihm nichts davon gesagt, als er wiederkehrte?"

"N-nein, sonst hätte er bestimmt darauf bestanden, wieder zurückzutauschen. Ich hab´ nur gehofft, dass er es nicht merken würde. Ich hatte schon zu essen begonnen, als er mit der Soße zurückkam. Er hat mich nur angelächelt und sich dann über seinen Teller hergemacht. Also eigentlich über meinen."

"Er hat den Austausch nicht bemerkt", sagte Marcellus.

Suavis schüttelte den Kopf. "War ... war ich es, die sterben sollte?", fragte sie tonlos. "Wollte mich jemand vergiften?"

"Nicht *jemand*", sagte ich. "Orodes selbst war es."

Suavis heulte erneut auf. "Was? Nein! Das würde er niemals tun. Er liebt mich, er wollte mich heiraten!"

"Thanar spricht die Wahrheit", sagte Marcellus. "Ist es nicht offensichtlich? Niemand außer Orodes hätte wissen können, von welchem der beiden Teller du essen würdest."

Suavis starrte den Tribun an, als habe er sie ins Gesicht geschlagen. Man konnte regelrecht dabei zusehen, wie sich Marcellus´ Worte den Weg in ihren Kopf bahnten. Wie sie langsam begriff, was er da sagte, obwohl sie es nicht begreifen konnte. Nicht begreifen *wollte*.

Das letzte bisschen Farbe wich aus ihren Wangen. Ein Zittern überlief ihren zarten Körper, dann sank sie schluchzend in sich zusammen.

Der Tribun warf mir einen vielsagenden Blick zu.

Ich nickte. So ergab es einen Sinn. In der Küche war das Abendmahl für uns alle zubereitet worden. Wenn sich ein Giftmischer dort zu schaffen gemacht hätte, so hätte er nicht absehen können, wer am Ende die tödliche Speise verzehren würde. Orodes war es gewesen, der das Essen für Suavis und sich selbst in der Küche abgeholt hatte. Nur er konnte seiner Braut das Gift unter die Speise gemischt haben, auf dem Weg in ihr Gemach – alle anderen Gäste waren den ganzen Abend über im Speiseraum versammelt, und Suavis hatte ja bestätigt, dass niemand außer Orodes ihr Zimmer betreten hatte.

Aber warum um alles in der Welt hatte Orodes Suavis töten wollen, die Frau die er doch angeblich liebte? Jeden anderen Mord hätte ich dem Parther ohne weiteres zugetraut. Nur nicht Suavis. Die Frau, die er heiraten wollte, mit der er in seiner Heimat ein neues Leben plante? Waren das alles bloß Lügen gewesen?

XXXVII.

Ich bat den Tribun, Suavis und Layla ins Esszimmer zurückzubringen. Ich trug einem Burschen auf, einen starken Kräuterwein aus dem Keller zu holen und ihn meinen Gästen zu servieren. Dann machte ich mich auf den Weg in die Küche und nahm mir den Koch vor.

Es war so, wie Orodes behauptet hatte. Der Parther hatte direkt beim Koch die Mahlzeiten für sich und Suavis geholt und zwei Becher Wein aus einer bereits angebrochenen Amphore eingegossen.

Ich schnappte mir zwei der Hausdiener und stellte Orodes' Zimmer auf den Kopf.

Wir brauchten nicht lange zu suchen. In seiner Kleidertruhe fanden wir ganz zuunterst ein dunkles Glasfläschchen, das dort nichts zu suchen hatte. Es war halb leer und ihm entströmte das bittere Aroma, das ich schon einmal gerochen hatte. Das mir schon beim ersten Mal Übelkeit verursacht hatte, in der Villa des Griechen, im Sklavenquartier. Es war Atropa, kein Zweifel. Das Gift der Schicksalsgöttin, das die Frauen nutzten, um ihre Augen groß und glänzend erscheinen zu lassen.

Orodes verwendete es wohl kaum als Schönheitsmittel, und wenn, dann hätte er es nicht verstecken müssen. Er musste auf seinem Weg von der Küche zu Suavis' Gemach kurz hier in sein Zimmer geschlüpft sein, um die Speisen auf jenem Teller zu vergiften, den er seiner Braut zugedacht hatte. Und er hatte sich hier des Flakons entledigt – zweifelsohne nur vorübergehend. Bestimmt hätte er ihn ganz aus seinem Zimmer fortgeschafft, bevor er die tote Suavis "gefunden" und uns alarmiert hätte.

Wäre das Fläschchen dann schließlich in Chloes Zimmer aufgetaucht, um ihr die Schuld zuzuschieben? Oder hätte es gar den Weg in meine Gemächer gefunden? Nun, es spielte keine Rolle mehr. Die Götter hatten den tückischen

Plan des Parthers vereitelt. Orodes war seiner eigenen Giftmischerei zum Opfer gefallen.

Ich nahm den Flakon mit und kehrte zu den anderen ins Triclinium zurück. "Atropa", erklärte ich, als ich das kleine Gefäß vor dem Tribun auf den Tisch stellte, "der tödliche Saft der Wolfsbeere."

Marcellus war nicht dabei gewesen, als Layla und ich das Gift in der Villa entdeckt hatten, dennoch nickte er jetzt wissend. Er schien damit vertraut zu sein.

Suavis, die zur Linken des Tribuns saß und sich an seinen Arm klammerte, starrte auf das Fläschchen. Ihre Augen weiteten sich, als habe man ihr soeben selbst den Wolfsbeerensaft ins Auge geträufelt. Dann brach sie erneut in Tränen aus. "Orodes wollte also wirklich –" Weiter kam sie nicht. Ihre Stimme verlor sich in Schluchzern. Sie vergrub ihr Gesicht an der Schulter des Tribuns.

Layla hingegen, die Suavis gegenüber saß, wirkte wie versteinert. Etwas höchst Seltsames schien in ihr vorzugehen. Ich konnte beim besten Willen nicht erraten, was es war.

Chloe wiederum war verschwunden. Dass sie den Mann, den sie – wenn auch hoffnungslos – liebte, nun für alle Zeiten verloren hatte, war wohl zu viel für sie gewesen. Es würde nicht leicht werden, ihr auch noch beizubringen, dass er an seinem eigenen Gift verstorben war. Aber das musste warten. Zunächst brauchte ich Antworten. Von Suavis.

Marcellus schien es genauso zu gehen. Kaum hatte ich mich am Tisch niedergelassen, löste er Suavis behutsam von seinem Ärmel, hob ihr Kinn mit seiner Hand an und drang mit Fragen in sie. "Warum bei allen Göttern wollte Orodes dich umbringen?", begann er.

Suavis heulte erneut auf, da riss dem Tribun die Geduld. "Beruhige dich, Mädchen", sagte er, doch sein Tonfall war jetzt befehlend, nicht mehr tröstend. "Erzähl uns, was du weißt."

Zu meiner Verwunderung wirkte es. Suavis wischte sich mit dem Handrücken die Tränen aus dem Gesicht, schniefte noch einmal, doch dann hatte sie sich genug gefasst, um zu sprechen. "Orodes wollte mich fortbringen, in seine Heimat. Wo ich seine Frau werden sollte, und nie wieder ... nie wieder –" Sie japste nach Luft.

"Nie wieder was?", fragte Marcellus.

"Ich wollte nicht erneut Sklavin sein!", rief Suavis voller Inbrunst. "Für den Rest meines Lebens eingesperrt und ihm zu Willen, was immer er mir befahl. Seit ich denken kann, habe ich die Götter angefleht, mir die Freiheit zu schenken, und jetzt war sie so nahe! Ich –"

"Warte", fiel ich ihr ins Wort. "Ich verstehe nicht. Orodes wollte dich doch heiraten, nicht dich versklaven. Ihr habt euch geliebt, du und er."

Sie schüttelte heftig den Kopf, die blauen Augen weit aufgerissen. "Ich habe ihn geliebt, das ist wahr. Aber er wollte immer mehr, ganz besonders seit wir frei gelassen wurden. Ich sollte nur noch ihm gehören, mit Leib und Seele, für immer! Bis es sich anfühlte wie ... wie früher in der Villa. Er war so gut zu mir, anfangs. Zu Zeiten, als der alte Herr noch lebte. Da sorgte er sich um mich, und ich fühlte mich sicher, wenn er in meiner Nähe war. Orodes war der oberste Wächter in der Villa, er konnte kommen und gehen, wie er wollte, tun und lassen, was ihm beliebte. Er holte mich immer nachts, nachdem der letzte Gast gegangen war, und nahm mich mit in seine Kammer. Ich kam kaum zum Schlafen und lebte in ständiger Angst, der Herr könne etwas bemerken. Aber das hat er nie. Er vertraute Orodes, während er in mir nur –" Sie schniefte erneut. "Ich war ein Nichts, nur eine Ware für ihn. Wenn ich dem Herrn im Haus begegnete, sah er mich nicht einmal."

"Und danach? Als ihr freigelassen wurdet?", fragte ich. "Da hättest du doch nicht einwilligen müssen, Orodes zu heiraten, wenn du das nicht wirklich wolltest."

Suavis schwieg, dann sah sie erst mich und danach Layla an – die ihren Blick nicht erwiderte.

Ich jedoch verstand mit einem Mal. "Du hattest Angst vor ihm?", fragte ich.

Suavis nickte kaum merklich. "Er hat all diese Menschen ermordet, nicht wahr? Ich habe mich solange dagegen gewehrt, es zu glauben, habe mir die ganze Zeit eingeredet, dass er doch ein guter Mann ist, der so etwas niemals tun würde. Aber als dann auch noch der Lupanarius starb, da ... da hielt ich es einfach nicht mehr aus. Deswegen entschied ich mich zu fliehen. Gestern Nacht."

Ich war sprachlos angesichts dessen, was Suavis da von sich gab – und Marcellus schien es nicht besser zu ergehen. Sein Mund stand offen, mit fragendem Blick sah er zu mir herüber. "Du wolltest davonlaufen?", wiederholte er ungläubig. "Alleine, mitten in der Nacht? Bist du des Lebens müde, Mädchen? Was denkst du denn, wie weit du gekommen wärst?"

Suavis zuckte ihre zarten Schultern. "Ich weiß es nicht. Alles war besser als ... als mit Orodes nach Parthien aufzubrechen. Ich wollte lieber sterben, als mein ganzes restliches Leben –" Sie brach ab, schluckte, doch ihre Augen blieben jetzt trocken.

Es gab einen Punkt, an dem keine Tränen mehr kamen, das wusste ich nur zu gut. Und Suavis hatte ihn nun erreicht. Ihre Augen waren nur noch leer. All der Glanz, die Lebendigkeit, die sonst in ihnen lag, war jetzt verschwunden.

"Er hätte mich schon gestern Nacht getötet", sagte sie tonlos und so nüchtern, als gäbe sie nur irgendeine alte Geschichte wieder, "wenn du mir nicht zu Hilfe gekommen wärst, Thanar. Das sehe ich jetzt. Ich hörte deine Schritte, wollte um Hilfe rufen – da ließ Orodes von mir ab, stieß mich ins Wasser und floh zurück ins Haus."

"Du hättest dich mir anvertrauen müssen", sagte ich. "Ich wäre schon fertig geworden, mit dem Schuft!"

Wie sicher sich dieser Schurke seiner Sache gewesen war, mit welcher Unverfrorenheit er in sein Bett zurückgekehrt war! Er hatte sich schlafend gestellt und wohl nicht einen Moment lang gefürchtet, Suavis könne ihn verraten.

Ich schüttelte den Kopf, musste mir aber im Stillen eingestehen, dass das Mädchen die wahren Kräfteverhältnisse wohl realistischer eingeschätzt hatte als ich selbst. Im Kampf Mann gegen Mann hätte ich gegen den Parther niemals eine Chance gehabt.

"Und den Lupanarius?", hörte ich Marcellus fragen. "Den hat dann wohl auch dein Parther auf dem Gewissen? Aber was um alles in der Welt trieb ihn zu diesem Mord an?"

Suavis schwieg, sank auf ihrem Stuhl noch weiter in sich zusammen. "Nicht nur den Lupanarius", sagte sie, so leise, dass ich sie kaum verstehen konnte.

Marcellus blickte sie verständnislos an. Doch ich begriff mit einem Mal. "All die Männer davor, der Primus Pilus, Rufus, Belius – es war Orodes, der sie getötet hat, nicht wahr?", sagte ich. "Und auch mir hat er mit einem gut gezielten Pfeil nach dem Leben getrachtet."

"Unsinn", warf der Tribun ein. "Philippos und Juba waren es, die diese Schandtaten beginnen. Und sie haben sich selbst dafür gerichtet. Sie –" Er brach ab. Seine dunklen Augen traten aus ihren Höhlen, als er plötzlich begriff. Als sich ihm die Wahrheit erschloss, wie sie sich gerade auch mir offenbart hatte.

"Sie haben sich gar nicht selbst gerichtet?", sagte er langsam, wie betäubt. "Sag mir, dass das nicht wahr ist!"

Aber Suavis sagte nichts. Sie saß nur da und starrte auf ihre Hände hinunter. Erst als Marcellus ihr Kinn recht grob mit seiner Hand packte und es anhob, nickte sie. "Orodes hat sie alle getötet. Auch Philippos und Juba. Ich wusste es nicht! Ich ahnte es erst nach dem Tod des Lupanarius. Als er mir befahl, für ihn zu lügen. Ich musste sagen, dass wir zusammen gewesen sind, den ganzen Abend. Da wusste ich es, auch wenn ich es noch immer nicht –"

Sie schlug die Hände vors Gesicht. "Ich wollte es nicht sehen!", stöhnte sie, "es war zu schrecklich! Und ich liebte ihn doch trotz allem!"

"Aber warum, bei Jupiter?", rief Marcellus ungläubig. "Was trieb ihn zu diesen Wahnsinnstaten? Was hatten ihm all diese Männer denn getan?"

Was das anbelangte, war ich genauso ahnungslos wie Marcellus. Kein Mensch konnte einen Grund haben, Belius zu töten. Oder mich. Dessen war ich mir einfach sicher.

Ich sah, dass Suavis am ganzen Leib zitterte. Doch sie war tapfer genug, uns die schreckliche Wahrheit zu enthüllen. "Er tötete sie meinetwegen", flüsterte sie. "Heute Abend hat er mir alles erzählt. Nun, wo auch meine Stunde gekommen war. Wo er sich entschied, dass ich sein letztes Opfer werden sollte. Oh, warum habe ich es nicht begriffen? Nachdem er mich gestern Nacht am Fluss fast getötet hat, da hätte ich wissen müssen, dass meine Zeit gekommen war. Dass ich ihm niemals würde entfliehen können. Aber auf die Idee, dass er mich vergiften –"

"Die Männer", fiel ihr Marcellus ins Wort. "Warum hat er sie ermordet? Was trieb ihn dazu?"

Suavis schluckte. Dann sagte sie: "Er wollte mich rächen. Er hat sich geschworen, jeden Mann zu töten, der mir je ein Leid zugefügt hat. *Jeden einzelnen, der mich je geschändet hat*. Das waren seine Worte."

"Dich geschändet?"

"Mich gemietet, in der Villa des Lycortas. Orodes schwor jedem von ihnen tödliche Rache."

"Und du hast ihm diese Männer genannt", sagte Marcellus.

"Nein!", rief Suavis erschrocken. "Er wusste doch, wer mich wann nahm, in der Villa. Er wachte doch über das Haus. Aber ich –" Erneut schlug sie die Hände vors Gesicht und verstummte.

Marcellus konnte nicht mehr an sich halten. Er gebärdete sich, als verhöre er einen seiner Legionäre, ließ seine Faust auf den Tisch donnern und stieß einen Fluch aus.

"Tribun", sagte ich, "darf ich die Fragen stellen? Du ängstigt sie."

Marcellus machte eine unwillige Handbewegung. "Du hast einen Mörder unter deinem Dach beherbergt, Thanar", rief er. "Und ich selbst hielt ihn für einen guten Mann! Ich Narr! *Wir* Narren! Wie blind sind wir gewesen!"

Ich wandte mich Suavis zu. Sprach sie mit behutsamer Stimme an: "Was wolltest du sagen? Du kannst frei sprechen, niemand wirft dir etwas vor."

Suavis versuchte sich an etwas, das wohl ein dankbares Lächeln darstellen sollte. Es misslang ihr. "Ich ... habe mich gelegentlich beklagt", wisperte sie. "Bei Orodes. Wenn der alte Herr wieder besonders grausam war, oder einer der Gäste ... Aber das taten wir doch alle! Wenn wir untereinander darüber redeten, unseren Kummer teilten, dann war es leichter zu ertragen. Ich konnte ja nicht ahnen, dass Orodes all die Männer deswegen töten würde! Das müsst ihr mir glauben!"

"Schon gut", sagte ich, "natürlich glauben wir dir. Und mir ist begreiflich, welche Angst dir Orodes eingeflößt haben muss."

Suavis fuhr fort: "Vorhin, als wir in meinem Zimmer aßen, da hat er mir seine gesamten Taten offenbart. Er rühmte sich damit, was er alles für mich getan hat. Welch unermesslichen Beweis seiner Liebe er mir damit erbracht hat. Er hieß mich ein undankbares Weib, weil ich das nicht zu schätzen wusste. Dass ich ihm nicht ewig dankbar war, dafür dass er mich befreit hat. Dafür dass er mich liebte und beschützte. Dass ich allen Ernstes dachte, vor ihm davonlaufen zu können."

"Er hat dir alles offenbart, weil er glaubte, deinen Tod bereits besiegelt zu haben", sagte Marcellus, der sich wieder einigermaßen im Griff zu haben schien. "Mit dem Gift."

Suavis nickte kaum merklich. "Ja ... Das sehe ich jetzt."

"Erzähl uns alles, ganz von Anfang an", sagte ich. "Jedes Wort, jede Tat, die Orodes dir gestand."

XXXVIII.

"Jeder in der Villa litt unter der Grausamkeit des alten Herrn – sogar Philippos, sein eigener Sohn", begann Suavis. "Doch niemand fand den Mut, gegen ihn aufzubegehren. Wir alle fürchteten, das nächste Opfer für seine Bärenarena zu werden. Orodes hegte wohl schon länger den Plan, uns von dem Tyrannen zu befreien, aber er wollte dafür nicht sein eigenes Leben hingeben. Doch dann, als Lycortas herausfand, dass meine Mutter, seine Leibsklavin, ihn mit seinem eigenen Sohn betrog, und er damit drohte, sie der Legion als Lagerhure zu schenken –"

"Da sah Orodes die Gelegenheit gekommen", vollendete ich den Satz für Suavis.

Sie nickte. Sie wirkte jetzt ruhig und beherrscht, als erzähle sie nur eine Geschichte, die einem Fremden widerfahren war. "Orodes schlug Philippos vor, seinen Vater dem eigenen Untier zum Fraß vorzuwerfen und den Toten dann auf dem Waldpfad abzulegen – damit es nach einem Unglücksfall aussah. Und Juba sollte Zeuge sein, um es glaubwürdig zu machen. Denn der alte Herr ging niemals allein vor die Tür. Die drei verschworen sich also. Philippos gelobte, alle Sklaven freizulassen, sobald er die Erbschaft des Vaters antrat, und so zögerte Orodes nicht lange. Er hat mir nicht erzählt, wie genau er es tat. Ich glaube, er verabreichte dem alten Herrn einen Schlaftrunk, schleppte ihn in die Arena und ließ das Untier auf ihn los."

"Ein wahrhaft infamer Plan", sagte Marcellus, "auch wenn man seine Schlauheit bewundern muss. Doch Philippos brach sein Wort, kaum dass er sich des verhassten Vaters entledigt hatte, nicht wahr?"

Suavis sog hörbar die Luft ein. "Ja. Er hatte Orodes versprochen, uns alle freizulassen, doch nun sagte er plötzlich, er könne es nicht sofort tun und schenkte nur Juba die Freiheit. Er behauptete, der Vater sei praktisch mittellos gestorben und dass er erst einen Weg finden müsse, seinen eigenen Lebensunterhalt zu verdienen, bevor er die Villa aufgab. Natürlich glaubte Orodes ihm das nicht."

"Und doch sprach Philippos die Wahrheit", sagte ich. "Die Geldtruhe des Vaters war völlig leer, ich habe es selbst gesehen. Seine grausamen Arenaspiele kosteten ihn wohl sein Vermögen."

Suavis schloss die Augen. Öffnete sie wieder, doch noch immer war ihr Blick kalt und leer.

Marcellus ergriff das Wort. "Orodes dachte, der neue Herr wäre wortbrüchig geworden - deswegen brachte er Philippos ebenfalls um. Wiederum auf so durchtriebene Weise, dass kein Verdacht auf ihn selbst fiel. Er täuschte Selbstmord vor, aber dann ging wohl etwas schief? Wollte Juba nicht länger schweigen, oder warum musste er ebenfalls sterben?"

Suavis nickte. "Juba sagte, es wäre ein Unrecht, den jungen Herrn zu töten. Er hielt ihn für einen guten Mann, und er selbst hatte seine Freiheit ja bereits erlangt. So vergiftete Orodes ihn noch am gleichen Abend."

"Unter den Augen meiner Soldaten", sagte Marcellus. "Was für eine Unverfrorenheit!"

"Er hat Atropa verwendet, das Gift der schönen Frauen. Das war im Haus frei verfügbar."

"Und dir hat er von alledem damals nichts erzählt?", fragte ich.

"Nein, Herr!", beteuerte Suavis. "Ich glaubte das, was man uns allen sagte. Zuerst, dass der alte Herr im Wald einer Bestie zum Opfer gefallen war, und dann später, dass Philippos und Juba hinter allem steckten. Niemals hätte ich mir träumen lassen, dass Orodes ein Mörder war!"

"Und es reichte ihm nicht, den Pater familias zu töten - gleich zweimal hintereinander?", sagte Marcellus. "All die anderen Morde, Falco, Rufus, Belius, der Lupanarius - das will mir einfach nicht in den Kopf. Warum mussten diese Männer sterben? Nur weil sie bei dir gelegen hatten? Das ist doch Wahnsinn! Was hatte Orodes denn vor? Dutzenden Männern in ganz Vindobona das Leben zu nehmen, nur weil sie ein bisschen Spaß haben wollten?"

Suavis warf ihm einen Blick zu, den ich nicht deuten konnte. "Nun, für mich war es kein Spaß, das kannst du mir glauben, Tribun", sagte sie kalt.

Marcellus verzog das Gesicht. "Ja, schon gut. So habe ich es doch nicht gemeint."

"Orodes wollte mich rächen", wiederholte Suavis. "Jeder Mann, der mich je geschändet hat, der mir je ein Leid zugefügt hat, war des Todes. Das war zumindest sein Plan – bis er mich auf der Flucht erwischte."

"Und da wohl endlich begriff, dass du nicht seine Frau werden wolltest", sagte Marcellus.

"Ja, Tribun. So war es wohl. "Heute Morgen verkündete er mir, dass wir umgehend in seine Heimat aufbrechen würden. Wo ich ganz ihm gehören würde. Und als ich es wagte, zu widersprechen, als ich sagte, ich würde lieber hier in Vindobona bleiben, bei meinen Freunden –"

"Da hat er auch deinen Tod beschlossen", sagte Marcellus. "Wenn er dich nicht ganz für sich haben konnte, dann auch niemand anders. Etwas in der Art vermutlich."

"Er konnte mich ja haben. Er hatte mich doch schon – aber er wollte einfach immer mehr. Er schimpfte mich ein undankbares Weib und dass ich seiner Liebe nicht würdig wäre ... Ich glaube, deswegen wollte er mich am Ende töten."

"Nun, es ist ihm nicht gelungen", sagte Marcellus. "Die Götter haben über dich gewacht und ihn gerichtet."

"Aber Rufus, der Rinderfürst – der war doch gar nicht Gast der Villa", schaltete ich mich ein. "Er hatte seine Mädchen daheim und ging angeblich an der Gräberstraße irgendwelchen dunklen Neigungen nach – zumindest habe ich das gehört." Ich blickte aus dem Augenwinkel zu Layla hinüber, doch die saß noch immer wie versteinert da und starrte Suavis an.

Suavis schluckte ein paar Mal schwer. "Rufus hat mich nur ein einziges Mal genommen, aber das –" Sie stockte. Dann fuhr sie mit klangloser Stimme fort: "Rufus war der erste Mann, an den Lycortas mich vermietete. Es ist schon eine Weile her, ich war damals zehn oder elf Jahre alt. Gewöhnlicher Sex interessierte Rufus nicht, er suchte das Besondere. So hat er es ausgedrückt, als er dann bei mir lag. Er sagte, er habe ein Vermögen für meine Jungfräulichkeit bezahlt, und dass er alles tun würde, damit mir diese Nacht für den Rest meines Lebens unvergesslich bliebe. Was ihm gelungen ist."

Mit einer fahrigen Bewegung wischte sie sich eine Haarsträhne aus der Stirn. "Ich kann mich nicht mehr an alles erinnern, ich suchte zu vergessen – dennoch verfolgt mich diese Nacht noch heute in meinen schlimmsten Träumen. Als Rufus mich im Morgengrauen verließ, wollte ich nur noch sterben."

Marcellus senkte wortlos den Kopf, und auch ich brauchte eine Weile, bis ich meine Sprache wiederfand. "Warum wollte Orodes seine Taten ausgerechnet mir anhängen?", fragte ich dann. "Ich habe dich nie auch nur angerührt!"

Suavis blickte mich an. Ihre Augen waren noch immer leer. "Du konntest es nicht wissen, Herr, aber in gewisser Weise hast du mir Schlimmeres angetan als all die anderen Männer."

"Was?", rief ich erzürnt. "Was soll das heißen?"

"Du hast mir das Liebste genommen, das ich je hatte – und Orodes sah, wie sehr ich darunter litt. So erkor er dich wohl als denjenigen aus, der an seiner statt hingerichtet werden sollte – für seinen Mord an dem römischen Offizier. Und als das nicht funktionierte, lauerte er dir mit seinem Bogen auf."

"Und warf dich schließlich dem Bären vor", ergänzte Marcellus. "Nachdem er dir auch noch den Mord an Belius anhängen wollte."

"Ich verstehe nicht", beharrte ich. "Was soll ich dir genommen haben, Suavis? Dein Liebstes?"

"Layla", sagte Suavis und blickte zärtlich meine Sklavin an. "Sie war die einzige Mutter, die ich je hatte. Nein, sie war noch mehr. Mutter, Schwester, Freundin. Alles in einer Person. In den paar Monaten, die sie bei uns lebte, nahm sie sich meiner an, wie es nie zuvor jemand getan hatte. Sie sorgte sich um mich, tröstete mich, war immer für mich da. Mit einem Mal war das Leben in der Villa erträglich – und dann kamst du und hast sie gekauft. Ich dachte, ich würde sie niemals wiedersehen."

Ich verstummte. Wie hatte ich das wissen können? Natürlich hatte ich Layla nicht gefragt, ob sie die Villa verlassen wollte – wer würde schon auf solch eine Idee kommen, wenn er eine Sklavin kaufte? Nein, mich traf keine Schuld an Suavis´ Leid, nach keinem Gesetz der Götter oder Menschen. Und dennoch fühlte ich mich in diesem Augenblick schändlich.

"Orodes meinte außerdem, du hättest einen guten Schuldigen abgegeben", fuhr Suavis fort. "Er nannte dich einen Außenseiter, einen Sonderling, einen *Barbaren, der keiner sein will*. Er dachte, die Römer würden dich auf der Stelle hinrichten, für den Tod des Primus Pilus. Das war die einzige seiner Taten, die er schwierig nannte. Einen römischen Offizier zu ermorden, dazu brauche es schon einen besonders kühnen Mann! Damit hat er sich gerühmt – dabei muss er ihm auch irgendeinen Schlaftrunk verabreicht haben. Falco war bei mir in jener Nacht, in der er starb, und ich weiß noch, dass er über große Müdigkeit klagte. Nachdem er mich genommen hatte, schlief er einfach ein. Ich ließ ihn im Gästezimmer zurück. Orodes brauchte ihn nur aus dem Haus zu schleppen. Er schaffte ihn dann wohl über den Fluss in deinen Hafen und schlug ihm dort die Axt in die Brust."

"Wahrlich keine Heldentat", ereiferte sich Marcellus. "Nur ein Feigling tötet einen Feind im Schlaf!"

Ich stimmte dem Tribun zu, dann gab ich mich meinen eigenen Gedanken hin. Was für ein Narr war ich doch gewesen! Ich hatte einen ruchlosen Mörder unter meinem Dach beherbergt und ihn sogar noch für einen guten Mann gehalten. Dabei hätte es doch spätestens nach dem Tod des Lupanarius offensichtlich sein müssen. Unter zwei jungen Frauen, fast noch Kindern, und einem Partherkrieger, die als Gäste in meinem Haus weilten – wie schwer war es da gewesen, den Täter ausfindig zu machen? Wie konnte ich mir diese Blindheit jemals verzeihen? Mir blieb nichts übrig, als den Göttern zu opfern, dafür, dass sie wenigstens Suavis′ Leben verschont und den Mörder seiner gerechten Strafe zugeführt hatten.

XXXIX.

Nach all den Scheußlichkeiten, die Suavis uns offenbart hatte, lagen wir stumm und reglos um den Tisch. Jeder von uns hing wohl seinen eigenen Gedanken nach, mühte sich auf seine Art, mit all den Enthüllungen fertig zu werden, deren Zeuge wir geworden waren. Suavis starrte mit ausdruckslosem Blick ins Nirgendwo.

"Wir sollten zu Bett gehen, versuchen ein wenig zu schlafen", begann ich, doch in diesem Moment ging es wie ein Ruck durch Layla. Sie setzte sich auf und straffte die Schultern. Während Suavis´ gesamten Berichts war sie so stumm und reglos geblieben, dass ich ihre Anwesenheit beinahe vergessen hätte.

Jetzt jedoch erhob sie sich und sagte: "Ich werde uns etwas Honigwein holen. Ich glaube, das wird uns gut tun, nach all dem, was wir gerade gehört haben." Sie wartete keine Antwort ab, sondern schickte sich an, den Raum zu verlassen.

Ich hielt sie nicht zurück. Ein Schlaftrunk war eine gute Idee. Unsere Becher waren schon lange leer, aber ich hatte die Diener beauftragt, uns nicht zu stören, während wir Suavis´ Offenbarungen lauschten, und so waren wir nicht bewirtet worden.

Layla blieb so lange weg, dass ich schon aufstehen wollte, um nach ihr zu sehen. Gerade in diesem Moment jedoch kehrte sie zurück – in der einen Hand eine Amphore Honigwein, in der anderen ein kleines dunkles Glasfläschchen.

Sie schenkte erst dem Tribun, dann mir von dem Honigwein ein, danach kippte sie wortlos den Inhalt des kleinen Flakons in Suavis´ Becher und goss ebenfalls Honigwein darauf.

Suavis zuckte erschrocken zurück. "Was ist das?", fragte sie mit tonloser Stimme und musterte Layla dabei mit einem höchst seltsamen Blick.

"Nur ein Stärkungstrank, meine Liebe. Du bist weiß wie Schnee."

Suavis rührte den Becher nicht an.

Layla lachte auf. "Traust du mir nicht? Trink – es wird dir gut tun!" Und als Suavis noch immer reglos verharrte: "Der Mörder, der dir nach dem Leben trachtete, ist doch tot, nicht wahr? Warum also so ängstlich? Was hast du von mir schon zu befürchten?"

"Nichts", sagte Suavis, "und wenn doch, so würdest du mich bestimmt nicht hier vor aller Augen vergiften!" Sie lächelte bemüht, dann setzte sie den Becher an die Lippen und trank mit durstigen Schlucken.

"So ist es gut", sagte Layla. Ihre Stimme klang so seltsam, noch tiefer als gewöhnlich, aber jetzt lag nichts mehr von der Wärme darin, die mein Herz sonst höher schlagen ließ. Und ihre Gesichtszüge waren so hart, dass sie um Jahre älter wirkte.

"Was ich nicht verstehe, Suavis", begann sie, als diese den Becher abgestellt hatte, "warum hast du dich nicht wenigstens gestern Nacht Thanar anvertraut? Nachdem Orodes dich am Flussufer angriff, wie du sagst. Ich meine, was hattest du da denn noch zu verlieren? Und heute, da hast du mit ihm zu Abend gegessen, als wäre nichts gewesen, und wolltest noch, dass er das fettere Stück Fleisch bekommt? Kannst du mir das erklären?"

Suavis erwiderte nichts, musterte Layla nur still aus ihren leergeweinten Augen.

"Die Ärmste hat Todesängste ausgestanden!", mischte sich Marcellus ein. "Da handelt man eben nicht rational. Das ist doch nur allzu verständlich." Den Tribun verwunderte Laylas Verhalten anscheinend genauso sehr wie mich. Was war nur in meine Nubierin gefahren, die sich sonst stets so liebevoll und mitfühlend verhielt? War es wirklich nötig, dass sie jetzt mit diesen seltsamen Fragen in Suavis drang? Das Mädchen brauchte endlich Ruhe – und eine gute Portion Schlaf. Unser aller Neugier auf weitere Einzelheiten konnte doch wahrlich bis morgen warten.

"Natürlich", sagte Layla, lächelte dünn und verstummte. Doch gleich darauf begann sie erneut: "Ich frage mich, wer wohl die zweite Gestalt in der Arena war, die dabei zusah, wie der Bär auf Thanar losging. Wenn wir nun davon ausgehen, dass es sich bei der ersteren um Orodes handelte." Sie legte den Kopf schief und sah Suavis direkt in die Augen.

Suavis erwiderte auch darauf nichts. Bestimmt war ihr Laylas anhaltende Neugier ebenso unbegreiflich wie Marcellus und mir.

"Was ich ebenso wenig verstehe", fuhr Layla unbeirrt fort, "ist der Mord an Rufus, dem Rinderfürsten. Orodes war ein meisterhafter Bogenschütze, das hat er bei dem Überfall auf Thanar unter Beweis gestellt. Und bei Rufus, der noch nicht einmal zu Pferde unterwegs war, brauchte er fünf Pfeile, um ihn niederzustrecken?" Wieder blickte sie Suavis fragend an, doch auch diesmal erhielt sie keine Antwort.

Suavis sah aus, als würde sie jeden Moment einschlafen, gleich hier am Tisch. Ihre Lider flimmerten und sie schien Mühe zu haben, den Kopf noch aufrecht zu halten.

"Außerdem kommt es mir doch recht seltsam vor, dass der Lupanarius einem furchteinflößenden Parther in den Keller gefolgt sein soll", sagte Layla. "Hätte ihn hingegen ein verführerisches junges Mädchen zu einem geheimen Stelldichein aufgefordert, so wäre sein Verhalten nur natürlich gewesen. Er war ja sowas von hungrig nach Sinnesfreuden, nicht wahr, Suavis?"

"Sah so aus", sagte diese, jetzt sichtlich irritiert. "Dich wollte er jedenfalls."

Layla straffte ihre Schultern und beugte sich vor. Dabei ließ sie Suavis nicht aus den Augen. "Ich hätte außerdem schwören können, dass es nicht Orodes war, den ich gestern Nacht aus dem Haus schleichen sah. Die Gestalt, der ich folgte, war wesentlich kleiner und zarter. Und als ich sie ansprach und zur Rede stellte, was sie des Nachts so heimlich aus dem Haus trieb, da ging sie mit dem Messer auf mich los. Sie war gut bewaffnet, die Gestalt. Zweifellos wollte sie den Weg nach Vindobona einschlagen und dort ihrem nächsten Opfer auflauern. Die Auswahl war ja noch immer groß, auch wenn schon so viele der verhassten Männer den Tod gefunden hatten."

"Layla, was ist dir?", unterbrach sie Marcellus, "was redest du da?"

"Du warst gestern Nacht auch am Fluss?", rief ich. "Was um alles in der Welt wolltest du denn dort? Und warum hast du mir nichts gesagt?"

"Was ich wollte, Herr? Das werde ich dir verraten. Ich schlich mich nachts ins Gästequartier, weil ich befürchtete, der Mörder könne wieder zuschlagen. Ich legte mich auf die Lauer, weil ich nicht glauben konnte, was Orodes mir an diesem Nachmittag offenbart hatte. Ich wollte sehen, ob sich jemand nachts aus dem Haus schleichen würde, um sich sein nächstes Opfer in Vindobona zu holen – und wer es sein würde. Ich wollte den Mörder zum Aufgeben bewegen, ich wollte verhindern, dass noch ein weiterer ehemaliger Gast der Villa den Tod fand. Ich konnte die Gestalt am Ufer stellen, doch sie dachte nicht daran, aufzugeben. Stattdessen ging sie mit einem Sax auf mich los, den sie in ihrem Gewand verborgen hatte. Es kam zum Kampf zwischen uns, ich konnte ihr das Messer aus der Hand schlagen, und als sie versuchte, mich ins Wasser zu stoßen, fiel sie selbst. Das Wasser ist nur seicht am Ufer und die Strömung schwach. Ich wusste, sie würde nicht ertrinken."

Layla machte eine Pause, blickte kurz zu mir herüber, dann wandte sie sich wieder Suavis zu: "Es war kein mächtiger Parther, mit dem ich rang, denn gegen den hätte ich nicht die geringste Chance gehabt. Außerdem rutschte der Gestalt die Kapuze vom Kopf, und da sah ich – Nun, du weißt nur allzu gut, was ich sah, Suavis. Dich! Deswegen beschloss Orodes heute Morgen, dich von hier fortzubringen, so rasch wie nur irgend möglich. Ich war es, die ihn dazu zwang. Das –oder ich würde nicht länger schweigen. Nicht länger zusehen, wie ein Mann nach dem anderen hingerichtet wurde. In Orodes′ Heimat würdest du das Morden endlich aufgeben, dessen war er sich sicher. Du würdest deinen Hass hinter dir lassen, all die Männer vergessen, die in dir nichts als ein Objekt ihrer Begierde gesehen hatten. Die sich mit dir vergnügten, während du in deiner Brust tödlichen Hass auf sie nährtest."

Suavis wollte aufspringen, taumelte jedoch und sank zurück auf ihr Sofa. "Was redest du da!", rief sie, "bist du völlig wahnsinnig?" Ihr Kopf kippte zur Seite, als fordere ihr zarter Körper nun mit allen Mitteln den dringend benötigten Schlaf ein.

"Fühlst du dich müde, Suavis?", fragte Layla mit kalter Stimme.

"Ja, ich – oh, du verfluchte Hexe, was hast du in meinen Becher getan?"

"Das gleiche, was du Orodes ins Essen gemischt hast. Atropa. Dein Geliebter war dein letztes Opfer, Suavis. Ich habe ihn gewarnt, aber er wollte nicht auf mich hören. Er dachte bis zum Ende, dass du ihn liebst. Dass du *ihm* niemals etwas antun würdest. Wie blind er doch war. Wie blind wir alle waren!"

Suavis riss den Kopf hoch, starrte erst mich an, dann Marcellus. "Helft mir!", rief sie. "Layla hat den Verstand verloren. Sie lügt – Oh bei den Göttern, sie muss Orodes′ Komplizin sein! Er war es, der mich töten wollte! Und jetzt will sie sein Werk vollenden!"

Marcellus saß wie gelähmt da, und mir ging es nicht besser.

Suavis versuchte, aus eigener Kraft auf die Beine zu kommen. Sie musste sich auf der Sofalehne aufstützen, doch diesmal schaffte sie es. "So helft mir doch!", rief sie erneut. "Layla hat mir Gift in den Becher getan! Ich werde sterben!"

"Ja, das wirst du", sagte Layla ungerührt. "Und niemand kann dir helfen, das weißt du nur allzu gut. Es gibt keine Rettung gegen das Gift der Wolfsbeere."

"Du Viper", fauchte Suavis. Sie spuckte Layla ins Gesicht, schien plötzlich alle Benommenheit von sich abzuschütteln, stürzte sich auf sie und versuchte, ihr die Augen auszukratzen.

XL.

Das genügte, um endlich auch mich und Marcellus aufzurütteln. Fast gleichzeitig sprangen wir hoch, packten Suavis und rissen sie von Layla weg. Sie taumelte, ging zu Boden. "Du Mörderin!", schrie sie aus voller Kehle. Auf allen vieren robbte sie in die Zimmerecke und ließ sich dort stöhnend nieder.

Sie presste die Fäuste in die Schläfen, schüttelte sich, wohl bemüht, wieder einen klaren Kopf zu bekommen. "So helft mir doch!", heulte sie, "ich bin unschuldig!"

Layla betastete sich das Gesicht. Aus einem Kratzer sickerte Blut, doch sie schien es nicht zu bemerken. "Niemand kann dir mehr helfen, Suavis", sagte sie. "Es ist vorbei. Endlich vorbei! All das sinnlose Morden, die Launen eines bösartigen, dummen Kindes, nichts weiter!"

Bei diesen Worten ging eine Veränderung in Suavis vor. Sie rappelte sich hoch, auch wenn sie sich dabei an die Wand hinter ihr stützen musste, straffte die Schultern und reckte das Kinn vor. Wie eine Furie stierte sie uns aus ihren blauen Augen an, die plötzlich nicht mehr an den Sommerhimmel erinnerten. Vielmehr an einen Gletscher, gefroren in alle Ewigkeit.

"Ein dummes Kind?", wiederholte sie. Ihre Stimme war nur noch ein Fauchen. "Ein dummes Kind?! Ich war die einzige in der ganzen verfluchten Villa, die Geist besaß. Und Mut! Ohne mich würden dort noch heute alle vor dem Alten buckeln! Du denkst, Orodes war so tapfer und schlau? Ein ach so großer Krieger? Du hast ja keine Ahnung!"

Sie wollte sich erneut auf Layla stürzen, doch ihre Beine trugen sie nicht. Beinahe wäre sie zu Fall gekommen, als sie die Hände von der stützenden Wand nahm. So verharrte sie, wo sie war und beschränkte sich darauf, Layla einen Blick voll tödlichem Hass zuzuwerfen.

Es war, als stünde plötzlich eine völlig Fremde vor mir. Sie hatte aber auch gar nichts gemein mit der süßen, etwas schüchternen Suavis, die ich zu kennen geglaubt hatte. "Ich war es", rief sie voll Stolz. "Jawohl, ich! Ich musste Orodes erst anstiften, den ach so großen Krieger. Er begehrte nicht auf. Er fügte sich genauso in sein Schicksal wie all die anderen Schafe. Er ließ sich knechten, obwohl er es ja besser hatte als die meisten von uns. Er musste sich wenigstens nicht Nacht für Nacht bespringen lassen, von irgendeinem widerwärtigen alten Bock. Ich ganz alleine musste den Plan ersinnen, den Alten zu ermorden, und ihn Philippos einflüstern. Ohne mich hätte der einfach nur zugesehen, wie die Frau, die er angeblich liebte, als Lagerhure verendet wäre. So sind sie, die ach so tapferen und geistvollen Männer! Die glauben, sie regieren die Welt, und dass sie sich uns Frauen einfach nehmen können, wie es ihnen beliebt. Wir sind nur ein Spielzeug für sie, zur Befriedigung ihre Lüste – aber ich nicht! Ich habe mich gewehrt! Und ich würde es wieder tun! Oh, ich hätte jede Frau in Vindobona gerächt, die man zur Hure gemacht hat! Jedes Mädchen, deren Körper und Seele diese Scheusale zerstört haben. Heilige Rache, nicht nur für mich, sondern für uns alle!"

Es wollte einfach nicht in meinen Kopf, was ich da hörte. Doch Suavis ließ mir keine Zeit zum Nachsinnen. Sie redete jetzt wie eine Besessene, rühmte sich ihrer Schlauheit, ihrer Furchtlosigkeit, brüstete sich jetzt unverhohlen damit, wie sie sowohl Orodes als auch Philippos zum Mord an Lycortas angestiftet hatte. Wie sie ihnen die Idee mit der Bärenattacke eingeflüstert hatte. Im Angesichts des Todes schien sie nur noch eines zu wollen: Ruhm und Anerkennung für ihre Taten.

"Wie feige Orodes und Philippos waren!", rief sie erneut und verzog dabei voller Abscheu den Mund. "Und auch Juba! Wie sie sich fürchteten vor dem Tod am Kreuz, falls die Tat scheitern sollte. Vor den wilden Bestien, denen man uns vorwerfen würde, im Sand der Arena. Sie sahen nicht, dass unser Leben schlimmer war als jede Arena. Denn dort geht es wenigstens schnell, die Bestien zerfleischen dich, und dann ist es vorüber. Während wir Lustsklavinnen ein Leben lang den wilden Tieren vorgeworfen werden. Jede Nacht aufs Neue! Wie sie zitterten, alle drei gleichermaßen, diese sogenannten Männer. Sie fürchteten, der Zorn der Götter würde sie treffen, wenn sie dem Pater familias auch nur ein Haar krümmten. Der alte Tyrann hatte Macht über sie, als wäre er Jupiter persönlich! Doch kein Blitz zuckte vom Himmel, um uns niederzustrecken nach getaner Tat. Ich habe die Bewohner der Villa, uns alle, vom Tyrannen befreit! Und ich war es auch, die Orodes dazu brachte, mich zu rächen. Also anfangs, nur so lange, bis ich es selbst konnte! Ich ließ mich von ihm unterweisen, in der Kampfkunst. Dazu taugte er wenigstens. Er begehrte mich schon seit langem, hechelte stets hinter mir her – bis ich ihm gab, was er wollte. Zu meinem Preis!"

"Dann hast *du* ihn angestiftet, all die Männer zu ermorden?", sagte ich. Mir war, als hörte ich meine eigene Stimme von weit her.

"Orodes tötete den Alten", gab Suavis zurück. "Und den Primus Pilus. Falco, dieses sadistische Schwein. Ich goss ihm Schlafmohnsaft in seinen Becher, und Orodes erledigte ihn dann! Aber ich wollte mehr, ich wollte Rache von eigener Hand. Ich wollte die Macht spüren, ich wollte sie sterben sehen, diesen Abschaum, zu meinen eigenen Füßen! Oh wie Rufus sich wand, im Todeskampf, wie er um sein Leben bettelte! Wie ich es genoss, ihn verbluten zu lassen, im Gestrüpp zwischen den Gräbern. Genau wie er mich hatte bluten lassen, in jener Nacht, in der er sich auf mich warf. Ich war elf, bei allen Göttern, und er nahm mich so hart, dass ich noch Tage danach nicht einmal laufen konnte!"

Sie rang nach Luft. Erneut schien die Müdigkeit sie zu übermannen, doch sie hielt sich aufrecht. Ihre eisblauen

Augen funkelten uns an, als wolle sie uns mit ihren Blicken töten. Sie murmelte einen abscheulichen Fluch.

"Dann warst es auch du selbst, die Belius getötet hat?", rief ich. "Und den Lupanarius? Nur weil sie bei dir gelegen hatten?"

"Nur? *Nur*?", fuhr Suavis mich an. "Hast du eine Ahnung, was es heißt, jede Nacht geschändet zu werden? Manchmal mehrfach? Von diesen widerwärtigen Kerlen, die sich auf dich werfen wie die wilden Tiere? Kannst du dir auch nur vorstellen, wie sich das anfühlt? Und wenn die zahlenden Gäste endlich mit dir fertig sind, dann kommt noch so einer wie Juba, der sich für den Gott unter den Sklaven hält, und du musst auch ihm noch zu Willen sein. Oh, sie hatten den Tod verdient! Jeder einzelne von ihnen. Selbst Orodes, der mich angeblich so liebte, wollte nichts als meinen Körper. Er nannte es Heirat, doch was wäre es anders gewesen als neue Sklaverei? Die Götter waren auf meiner Seite, und das sind sie noch! Ich verfluche euch alle!"

"Und Philippos? Juba? Warum mussten sie sterben?", donnerte Marcellus dazwischen.

Suavis bedachte ihn mit einem verächtlichen Blick. "Philippos hatte gelobt, uns alle freizulassen, nach dem Tod des verhassten Vaters. Und was hat er getan? Sich als der neue Herr aufgespielt. Uns weiterhin behandelt wie Vieh."

"Du warst die zweite Gestalt auf der Tribüne, nicht wahr?", warf ich ein. "Du hast so getan, als wolltest du mir zur Flucht verhelfen, in jener Nacht – in Wahrheit lauerte mir Orodes im Garten bereits auf. Ihr habt mich in die Arena geschleift, und du wolltest dabei zusehen, wie der Bär mich in Stücke reißt."

"Was für eine abscheuliche, blutrünstige Hexe", rief Marcellus angewidert.

"Und dann hättest du den Mord an mir auch noch Philippos untergeschoben", fuhr ich fort. Die Worte kamen aus meinem Mund, und dennoch konnte ich sie selbst noch immer nicht glauben. "Die römischen Soldaten zwangen dich nur dazu, den Plan sofort in die Tat umzusetzen. Ihr habt euch aus der Arena geschlichen, du und Orodes, während wir gegen den Bären kämpften. Orodes ermordete Philippos, und du hast währenddessen den Abschiedsbrief gefälscht, nehme ich an?"

Ich erhielt keine Antwort, nur einen stolzen, hasserfüllten Blick.

"Und Juba?", fragte Marcellus.

Suavis zog die Stirn kraus. "Er konfrontierte uns nach dem Tod von Philippos. Sagte, wir wären zu weit gegangen. Dass er den Legionären die Wahrheit eröffnen wolle."

"Also hast du ihn noch am gleichen Abend vergiftet", sagte ich.

Suavis strauchelte plötzlich, rang mit bebender Brust nach Luft. Sie wandte sich von mir ab und Layla zu. "Von dir wenigstens hätte ich gedacht, dass du zu mir stehst", fauchte sie meine Sklavin an. "Ich habe dich geliebt, du Viper! Du hättest mich fliehen lassen können, letzte Nacht. Ihr hättet mich nie wieder gesehen, du und dein ach so teurer Herr – und er hier, dein Römer." Sie ließ das Wort *Römer* klingen, als handle es sich dabei um die Lepra oder die Pest. "Und Chloe hätte sich endlich ihren angebeteten Orodes krallen können. Oh, sie hätte eine brave kleine Ehesklavin abgegeben, dessen bin ich mir sicher!"

Suavis lehnte sich schwer atmend gegen die Wand, und es schien, als würden nun alle Lebensgeister aus ihr weichen. Mit ihrer stolzen Hassrede hatte sie ihre letzten Kräfte verausgabt, doch damit schien sie befriedigt.

Layla wischte sich etwas aus dem Augenwinkel, das nach einer Träne aussah. "Ich denke, wir können Suavis jetzt schlafen lassen", sagte sie. Ihre Stimme war nun nicht mehr kalt, sondern warm und schwer von unterdrückter Emotion.

"Schlafen?", wiederholte Suavis wie in Trance.

Layla nickte. "Ich bin keine Mörderin. Ich habe dir bloß eine starke Dosis Schlafmohnsaft in den Becher geleert, um es dich glauben zu machen. Ich hoffte, du würdest dich deiner Taten brüsten wollen, im Angesicht des Todes. Denn beweisen konnte ich dir nichts. Du bist die beste Lügnerin, die ich je traf, so viel muss ich dir eingestehen. Du hast uns alle getäuscht."

Suavis unternahm einen letzten Versuch, sich auf Layla zu stürzen. Doch das Schlafmittel war jetzt schon zu weit fortgeschritten in seiner Wirkung. Sie taumelte einen Schritt, aber bevor sie auch nur in Laylas Nähe kam, war Marcellus bei ihr und packte sie am Arm. Er riss sie von Layla fort, drückte sie auf eines der Sofas, wo sie reglos sitzen blieb. "Viper", hörte ich sie noch flüstern, dann verstummte sie.

Irgendwo im Raum stöhnte jemand. Ich brauchte einen langen Moment, bis ich begriff, dass ich selbst es war.

Layla sah Marcellus fragend an. "Was geschieht jetzt mit ihr, Tribun?"

Marcellus begann, im Raum auf und ab zu laufen. Dabei verschränkte er die Hände im Rücken, als wäre er ein alter Mann. "Sie wird vor Gericht gestellt – wo sie zweifellos zum Tode verurteilt wird. Da wir in Vindobona mit öffentlichen Spektakeln nicht gerade verwöhnt sind, wird es wohl auf eine Hinrichtung im Amphitheater hinauslaufen. Man wird Suavis in der Arena von wilden Tieren zerreißen lassen, zur Belustigung der gesamten Bevölkerung. Wenn sie Glück hat, wird sie in den paar Tagen oder Wochen, die sie bis dahin im Kerker verbringt, nur von einer Handvoll Wächter geschändet. Männer, die in ihrem ganzen Leben noch nie eine solche Schönheit zu Gesicht bekommen haben. Sie werden die Zeit zu nutzen wissen, in der Suavis ihnen gehört. Und die Bürger von Vindobona werden sich noch Wochen nach der Hinrichtung die Mäuler über die Morde zerreißen. Suavis´ Untaten werden das Stadtgespräch sein, und so mancher Mann wird sich fragen, ob er seinen Sklaven wirklich vertrauen kann. Ob er ihnen nicht vielleicht zu viele Freiheiten oder Privilegien gewährt, sie zu wenig hart arbeiten lässt, damit sie nicht auf dumme Gedanken kommen. Ob sie nicht vielleicht in Suavis ein Vorbild sehen könnten, sich selbst aufzulehnen."

Marcellus blieb stehen. Er blickte auf Suavis hinunter, die kaum noch die Augen offen halten konnte. "So wird es geschehen", fuhr er fort, und seine Stimme klang mit einem Mal verändert. "Es sei denn, Suavis gelänge es im letzten Moment, eine kurze Unachtsamkeit ihrer Häscher zu nutzen, um sich ihres Giftflakons zu bemächtigen – und sich und den Sklaven von Vindobona dies alles zu ersparen."

Während sich die Worte des Tribuns noch den Weg in meinen Kopf bahnten, suchten meine Augen nach dem kleinen Glasfläschchen, das ich vorhin auf den Tisch gestellt hatte. Es war noch zur Hälfte mit dem Atropa Gift gefüllt. Ich beugte mich vor, griff danach und schob es mit einer raschen Handbewegung vor Suavis hin.

Sie blinzelte unter schweren Augenlidern, sah noch einmal zu Layla hinüber, dann schnellte ihre Hand mit einer Geschwindigkeit vor, dich ich ihr in ihrem Zustand gar nicht mehr zugetraut hätte. Ihre Finger umschlossen den Flakon, sie zog ihn zu sich heran, entstöpselte ihn. Dann trank sie, bis nichts mehr übrig war.

Sie sah uns an, als ob sie noch etwas sagen wolle, doch dann sackte ihr der Kopf auf die Brust und sie schlief ein. Zum letzten Mal in ihrem Leben.

"Danke", flüsterte Layla.

XLI.

"Danke, dass ihr Gnade gezeigt habt", wiederholte Layla, jetzt mit etwas kräftigerer Stimme.

"Suavis hat wohl nicht oft in ihrem Leben welche erfahren dürfen", entgegnete ich.

"Doch sie selbst hat auch keine gezeigt", sagte Marcellus. Er schüttelte den Kopf. "Sie war mit solcher Schönheit gesegnet, doch ihr Herz war voller Hass."

"Ihre Schönheit hat ihr nie etwas anderes als Qualen gebracht", sagte Layla. Sie ging hin und strich über Suavis′ seidiges blondes Haar. Starrte mit feuchten Augen auf den zarten, jetzt völlig erschlafften Körper hinab.

Ich trat hinter Layla, umfasste ihre Schultern. "Warum hast du mir nichts gesagt? Dass du sie verdächtigt hast?"

Layla drehte sich um und sah mir in die Augen. "Ich war mir doch selbst nicht sicher, Herr. Und ich konnte nichts beweisen. Sie war einfach schlauer als ich. Sie hat mit uns allen gespielt, den Verdacht auf jeden gelenkt, nur nicht auf sich selbst." Sie unterbrach sich, senkte den Kopf. "Mir sind deine Blicke nicht entgangen, Herr. Selbst mich hast du verdächtigt, die ich dir stets treu ergeben war."

"Nicht doch, Liebes!", rief ich, doch in meinem Herzen musste ich mir eingestehen, dass Layla recht hatte. Ich drückte sie an mich. Küsste ihre Stirn.

"Ich konnte es einfach nicht glauben, wollte es nicht glauben", fuhr sie fort. "Dass die süße kleine Suavis solcher Taten fähig war, solchen Hass in sich trug. Sie war doch noch ein Kind." Layla entwand sich meinen Armen und schüttelte den Kopf.

"Was hat dich Verdacht gegen sie schöpfen lassen?", fragte Marcellus.

Layla wandte sich dem Tribun zu. Ihre Augen suchten die seinen und nahmen einen zärtlichen Ausdruck an, als sie sie fanden. "Mir erging es nicht anders als Thanar, nach dem Tod von Philippos und Juba", sagte sie. "Es ergab einfach keinen Sinn, dass die beiden all die Morde begangen haben sollten. Den an Lycortas, ja – das glaubte ich sofort, aber Falco, Rufus, Belius, die Angriffe auf meinen Herrn? Dazu hatte Philippos doch keinerlei Grund. Und Thanar wies mich darauf hin, dass eine ganze Menge Fragen ungeklärt blieben." Sie blickte zu mir herüber, mit der gleichen Zärtlichkeit, mit der sie eben noch Marcellus betrachtet hatte.

Mein Herz reagierte prompt, tat einen Sprung, doch Layla sprach schon weiter: "Aber natürlich war das nichts weiter als ein vager Verdacht – bis das Morden von neuem losging. Der Lupanarius. Ich habe euch meine Gründe erläutert, warum ich dachte, dass eine Frau die Tat begangen hat. Wie sie ihm mit einer Umarmung das Messer in den Rücken rammen konnte. Und einer Frau wäre der Lupanarius nur allzu willig in den Keller gefolgt. Er begehrte ja nichts mehr als ein erotisches Stelldichein."

Sowohl Marcellus wie auch ich schwiegen beschämt. Wir hatten beide gelacht, als Layla uns nach Blandus´ Ermordung diese Theorie erläutert hatte.

"Und dann die Aussagen deiner Gäste, Herr", fuhr sie fort. "An dem Abend, als der Lupanarius starb. Einer von ihnen musste der Mörder sein, soviel war mir klar. Das hieß aber, dass *zwei* von ihnen logen. Denn Chloe wollte bei Alva gewesen sein und Suavis bei Orodes. Eines dieser Paare sprach die Wahrheit, nur welches? Ich fragte mich, warum Alva für Chloe lügen sollte oder umgekehrt. Die beiden kannten sich nicht näher, waren keine Freundinnen, soweit ich wusste. Aber Orodes und Suavis? Sie würde für ihn lügen und er für sie. Denn die beiden waren ja ein Liebespaar. Und obwohl ich eigentlich angenommen hatte, eine Frau habe den Lupanarius getötet, glaubte ich nun doch, Orodes müsse der Mörder sein. Er war ein kluger und starker Mann. Vielleicht hatte er einen Weg gefunden, Blandus in den Keller zu locken und dort zu töten. Einen Vorwand, den ich mir nicht einmal ausmalen konnte. Ich wollte einfach nicht glauben, dass Suavis eine ruchlose Mörderin sein könnte. So ein liebes, unschuldiges Mädchen. Sie hat die Wahrheit gesprochen, vorhin: Ich war tatsächlich wie eine Mutter für sie, auch wenn ich nicht alt genug dazu bin. Ich liebte sie wie ein eigenes Kind. Sie war so lebendig, so leidenschaftlich, so klug."

"Spätestens da hättest du mich in deine Gedanken einweihen sollen!", sagte ich vorwurfsvoll. "Nach dem Tod des Lupanarius."

"Und Verdacht streuen, wo ich mir selbst nicht sicher war? Womöglich einen Unschuldigen ans Kreuz bringen?" Layla schüttelte den Kopf. "Diese Menschen hatten in ihrem Leben wahrlich schon genug Unrecht erfahren. Aber ich entschloss mich, Orodes zur Rede zu stellen. Ich sagte ihm auf den Kopf zu, dass er gelogen hatte, dass er und Suavis nicht den Freuden der Venus frönten, zu dem Zeitpunkt als der Lupanarius ermordet wurde. Erst leugnete er alles, doch dann brach er zusammen. Er vertraute sich mir an, sagte, ihm wäre alles entglitten, dass Suavis hinter all den Morden stecke, und er ihr anfangs geholfen habe. Doch den Lupanarius habe sie selbst getötet, und es sah nicht danach aus, dass es ihr letzter Mord sein sollte. Er liebte Suavis über alles, das glaubte ich ihm. Aber ich war mir nicht sicher, ob er nicht doch log und in Wahrheit selbst der Mörder war."

"Darüber also habt ihr gestritten, gestern Nachmittag im Peristyl-Garten", sagte ich.

Layla nickte. "Orodes versprach mir, dass es keine weiteren Toten geben würde. Dass er Suavis daran hindern würde. Oh, wie ich sie unterschätzt habe. Noch in der gleichen Nacht verabreichte sie ihm einen Schlaftrunk und schlüpfte aus dem Haus. Zum Glück hatte ich gewacht, vor den Gästequartieren. Ich musste einfach sehen, ob Orodes gelogen hatte und womöglich selbst des Nachts den nächsten Mord begehen wollte. Aber es war Suavis, die sich aus dem Haus stahl. Ich folgte ihr und stellte sie am Flussufer zur Rede."

"Das war unverantwortlich von dir!", rief Marcellus. "Du hättest Thanar wecken sollen!"

"Er hat Recht!", stimmte ich ihm bei.

Layla verzog das Gesicht. "Selbst da hatte ich noch keine Gewissheit. Suavis konnte alle möglichen Gründe haben, sich aus dem Haus zu stehlen. Und sie erzählte mir dann ja auch, sie habe vor Orodes fliehen wollen. Dass er hinter all den Morden stecke und sie beherrsche wie eine Sklavin. Dass sie ihn nicht liebe, sondern im Gegenteil Todesangst vor ihm habe. Das Messer, das sie bei sich trug, hatte sie angeblich nur für ihre Sicherheit auf der Flucht gestohlen. Als ich sie nicht gehen ließ, wollte sie mich ins Wasser stoßen und mir so entkommen. Doch als wir miteinander rangen, fiel sie selbst. Da wusste ich mir nicht mehr zu helfen, ich schlüpfte nur rasch durch die Kellerpforte zurück ins Haus. Ich wusste, dass sie am Ufer nicht ertrinken würde."

"Und du hast ihr ihre Geschichte geglaubt?", sagte ich. "Das mit der Flucht vor Orodes?"

"Ich wusste nicht mehr, wem ich glauben sollte, Herr. Nach all den Lügen, die wir in der Sache schon gehört hatten? Und Orodes als Täter – das schien einfach viel wahrscheinlicher. Ein erwachsener Mann, ein Krieger, voller Hass auf seine Feinde, die sein Leben, sein Land zerstörten. Ihn konnte ich mir als Mörder vorstellen, auch wenn ich ihn stets für einen guten Mann gehalten hatte, voller Ehre und Charakter. Ich brauchte Gewissheit, Herr! Und endlich einen Beweis. Aber das schien unmöglich. Gleich am nächsten Morgen – also heute – sprach ich erneut mit Orodes. Ich war es, die ihm vorschlug, in seine Heimat zurückzukehren, nein, ich zwang ihn dazu. Er und Suavis mussten aus dem Haus, dann würde das Morden endlich aufhören, dessen war ich mir sicher. Wer auch immer der beiden nun tatsächlich schuldig war. Orodes stimmte sofort zu, aber dann –" Laylas Stimme versagte.

"Dann war Suavis doch wieder schlauer", sagte ich. "Nicht nur dass sie Orodes vergiftete, es gelang ihr mühelos, ihn als den Mörder dastehen zu lassen. Diese geniale Geschichte mit den vertauschten Tellern." Ich schüttelte den Kopf. "Ich muss gestehen, ich habe ihre Worte in keiner Weise angezweifelt."

"Ich auch nicht", brummte Marcellus, sichtlich indigniert, so von einem Freudenmädchen vorgeführt worden zu sein. "Dabei hat sie Orodes wohl einfach der Soße wegen noch einmal in die Küche geschickt, die Speisen auf seinem Teller vergiftet, und dann - bevor sie heulend bei uns auftauchte - den Giftflakon in seine Truhe gepackt. Was für eine Schlange."

"Mein Zögern hat Orodes das Leben gekostet", sagte Layla bitter. "Meine Zweifel. Das werde ich mir nie verzeihen."

"Rede doch keinen Unsinn", sagte Marcellus, "Suavis war es, die ihn ermordete - und du hast ihn erfolgreich gerächt. Diese Sache mit dem Giftbecher, die du ihr vorgegaukelt hast! Wie du sie provoziertest, mit ihren Taten zu prahlen im Angesicht des Todes! Das war bestimmt die einzige Art, sie zu einem Geständnis zu bewegen. Wirklich schlau von dir."

Ein Lächeln breitete sich auf den attraktiven Zügen des Tribuns aus. "Du bist einfach unglaublich, Rosa mea!" Mit einer unvermittelten Handbewegung zog er Layla an sich und umarmte sie.

Ich konnte nicht begreifen, was ich da sah. Layla in den Armen des Tribuns? Und es wirkte nicht so, als hielte er sie zum ersten Mal.

Marcellus fing meinen bestürzten Blick auf. Er brach in schallendes Gelächter aus. "Bei allen Göttern, Thanar, ich kann nicht länger warten! Lass mich dir Layla abkaufen, bevor wir am Ende noch alle tot umfallen! Ich liebe sie, ich muss sie einfach für mich haben. Nenne mir jeden Preis, ich will ihn bezahlen!"

Ich stand da, wie vom Blitz getroffen.

Marcellus liebte Layla?

Wie Schuppen fiel es mir von den Augen. All die Besuche des Tribuns in meinem Haus, die seltsame Freundschaft, die er plötzlich für mich zu empfinden schien, das teure Gastgeschenk – das alles hatte nicht das Geringste mit mir zu tun! Layla war es, die er wollte. Darüber hatte er schon die ganze Zeit mit mir sprechen wollen. Wie ahnungslos war ich gewesen!

Erwartungsvoll sah er mich an, sein jugendliches Gesicht gerötet vor Leidenschaft. Dabei hielt er Layla noch immer fest an sich gedrückt.

Ich wusste nicht, was ich sagen sollte. Alles was ich wusste, war, dass es unendlich schmerzte, sie in seinen Armen zu sehen. Layla riss sich nicht los, protestierte nicht lautstark, dass sie nicht verkauft werden wollte. Nichts dergleichen.

"Ich werde über dein Angebot schlafen, Tribun", sagte ich matt. Es fühlte sich an, als habe man mir soeben auch den Giftkelch gereicht.

XLII.

Natürlich suchte ich in dieser Nacht erst gar keinen Schlaf. Ich geisterte durch mein Haus, fand mich schließlich vor den Gästezimmern wieder, die jetzt still und leer da lagen. Ich musste an das Lachen, an die Lebensfreude denken, die hier eingekehrt waren, mit Chloe, Suavis und Orodes.

Welch eine Illusion! Denn nicht das Leben war bei mir eingezogen, sondern der Tod.

Die Tür des Zimmers, das Chloe bewohnt hatte, stand offen, und als ich eintrat, um nach ihr zu sehen, fand ich einen an mich gerichteten Brief. Chloe schien ihn in großer Eile – und in noch größerer Erregung – gekritzelt zu haben. Manche der Buchstaben waren in dem Wachs der Schreibtafel kaum auszumachen, andere hatten sich bis fast auf den Holzrücken eingegraben.

Thanar, ich danke dir für deine Gastfreundschaft, las ich. *Ich wollte dir noch sagen, dass du mir unter allen Gästen der Villa stets der liebste warst. Mögen die Götter über dich wachen und dir alles Glück im Leben schenken.*

Die Wachstafel entglitt meinen Händen. Ich sah mich im Zimmer um. Die wenigen Habseligkeiten, die Chloe besaß, waren nicht mehr da.

Chloe war fort, aber wohin war sie gegangen? Ihr Brief verriet darüber kein Wort. Und auch in den folgenden Tagen hörte oder sah ich nichts mehr von der schönen Griechin, der ich einst so zugetan war. Der Mann, den sie geliebt hatte, lebte nicht mehr – war sie in die Wälder gegangen, um dort ebenfalls den Tod zu finden? Um endlich vereint zu sein, mit ihm, der ihre Liebe im Leben nicht erwidert hatte?

Ich sollte es nie erfahren.

Dennoch – wann immer ich später an Chloe dachte, stellte ich mir stets vor, dass sie nicht einsam und verzweifelt den Tod gefunden hatte, sondern dass sie einfach nur fortgegangen war. Dass sie an einem anderen Ort, einem schöneren Ort, eine neue Heimat gefunden hatte. Neue Freunde und einen wunderbaren Ehemann, der ihr seine ganze Liebe schenkte.

***

Ich nahm den Brief mit mir und verließ Chloes Zimmer. Ich sehnte mich danach, hinüberzugehen, zu Layla, sie in die Arme zu schließen, wie ich es so oft getan hatte, wenn ich keinen Schlaf fand.

Doch ich tat es nicht. Ich musste nachdenken. Ich kehrte in mein eigenes Gemach zurück, trat auf die Terrasse hinaus und blickte über den Fluss. Bedrohlich ragten die Mauern und Türme des Legionslagers am Südufer in die Dunkelheit. Kein Anblick, den ich heute Nacht ertragen konnte. Ich wandte mich ab, ging in mein Zimmer zurück und legte mich aufs Bett. Wo ich mit schlaflosen Augen an die Decke starrte.

Ein Teil von mir wartete darauf, dass Layla in mein Zimmer käme. Dass sie mich bitten würde, sie nicht an den Tribun zu verkaufen. Weil sie lieber bei mir bleiben wollte.

Doch sie kam nicht.

Gut, sie hatte mich auch nicht ausdrücklich darum gebeten, sie Marcellus zu überlassen, weil sie ihn mir vorzog. Aber das konnte ich auch nicht von ihr erwarten. So war Layla nicht, sie machte sich niemals stark für ihren eigenen Vorteil. Nur für andere erhob sie je die Stimme.

Ich verdankte Layla mein Leben, daran hatte ich nicht den geringsten Zweifel. Wie sehr hatte ich doch im Dunkeln getappt, die ganze Zeit über. Ich hatte mich als Ödipus, der Rätsellöser aufgespielt, mir eingebildet, dass ich die Morde aufklären könne. Hatte Fragen gestellt, die mir schlau erschienen, war Spuren gefolgt wie ein Jagdhund – und war dabei doch die ganze Zeit an der Nase herumgeführt worden. Von einem Freudenmädchen, das noch kaum zur Frau erblüht war. Einem bösen Dämon in Gestalt einer verführerischen Nymphe. Man hatte sie in der höchsten Kunst des Eros ausgebildet, aber sie war zu einer Meisterin der Intrige geworden.

Suavis hätte nicht geruht, bis sie ihr blutiges Werk vollendet hätte – bis jeder Mann, der je bei ihr gelegen hatte, dafür mit seinem Leben bezahlte. Und ich sollte dafür büßen, dass ich ihr Layla genommen hatte, die Mutter, Schwester und Freundin. Ich gab einen guten Schuldigen ab – *ein Barbar, der keiner sein wollte*.

Welch leichtes Spiel hatte sie mit mir gehabt! Ich hatte ihr jedes Wort geglaubt, all die Lügen – und während ich ihr sanft die Wange tätschelte und sie bedauerte ob ihres grausamen Schicksals, hätte sie auch mir irgendwann Gift in den Becher gemischt. Oder mir ein Messer in den Rücken gerammt, wie sie es beim Lupanarius getan hatte. Und dabei hätte sie sich noch im Recht gefühlt.

Niemals zuvor hatte ich meinen Platz in der Welt hinterfragt. Manche Menschen waren zu Sklaven geboren, andere zu Königen. Manchen war Freude im Leben beschieden, anderen nichts als Qual und Kummer. Die Götter waren es, die den Menschen ihr Schicksal zuwiesen. Auf all meinen Reisen war ich nie an einen Ort gelangt, wo das nicht zutraf.

Suavis jedoch hatte sich nicht fügen wollen, in den Lauf der Welt.

***

Als der Morgen graute, hatte ich eine Entscheidung gefällt. Ich ging in die Küche, ließ mir vom Koch ein Tablett mit all jenen Leckereien richten, die Layla am liebsten mochte, und ging dann in ihr Zimmer.

Sie lag mit offenen Augen auf dem Bett, fuhr hoch, als ich eintrat. Ob sie wohl Schlaf gefunden hatte, in dieser Nacht?

Ich stellte das Tablett ab und setzte mich zu ihr.

"Thanar", begann sie und strich mit ihrer Hand über meine Wange, doch dann wusste sie auch nicht so recht, was sie sagen sollte.

Wie schön sie war, wie voller Leben ihre nachtschwarzen Augen, wie sanft der Schwung ihrer Lippen. Wie konnte ich je hoffen, ohne sie mein Glück zu finden?

Ich schluckte. Dann verkündete ich ihr, was ich gekommen war, zu verkünden, bevor ich schwach wurde und es mir noch einmal anders überlegte. "Ich werde das Angebot des Tribuns nicht annehmen", sagte ich. "Ich werde dich nicht an ihn verkaufen. Ich schenke dir die Freiheit, Layla, und du kannst selbst entscheiden, was du tun möchtest. Du sollst Herrin über dein eigenes Schicksal sein, und die Götter mögen dir ein langes glückliches Leben in Freiheit schenken."

Ich konnte nicht anders, ich musste sie noch ein letztes Mal in meine Arme ziehen. Ich küsste sie mit all der Zärtlichkeit und Sehnsucht, die mein Herz für sie empfand. "Dir ist bestimmt bewusst, dass ein römischer Ritter dich nicht heiraten kann", sagte ich dann, "aber ich glaube, dass Marcellus dich aufrichtig liebt. Er wird dir bestimmt ein schönes Leben ermöglichen, als seine Konkubine. Zuerst hier in Vindobona, die paar Jahre, die er hier sein wird, dann wo auch immer ihn seine politische Karriere hinführen mag. Und ihn erwartet bestimmt eine große Karriere, er ist ein guter Mann."

Ich atmete tief ein. Das waren alle Worte, die ich mir zurechtgelegt hatte. Jetzt waren sie gesprochen, und Layla sah mich mit einem ihrer seltsamen Blicke an. Einem, den ich erst gar nicht zu deuten versuchte.

Meine geliebte schwarze Sphinx. "Es ist wahr", sagte sie schließlich. "Marcellus ist ein guter Mann. Aber ich liebe auch dich, Thanar."

Mein Herz tat einen Sprung.

"Wie einen Vater. In meinem ganzen Leben war noch nie jemand so gut zu mir wie du."

Wie einen Vater? Der Sprung meines Herzens ging ins Leere, wurde zu einem Fall, in einen Abgrund ohne Boden. Ich war gerade alt genug, Laylas Vater zu sein – doch nie hatte ich sie anders als mit den Augen eines Geliebten betrachtet.

"Ich danke dir von Herzen, dass du mich freilässt", hörte ich sie sagen. Ihre warme, dunkle Stimme schien von sehr weit her zu kommen, drang wie durch einen dichten Nebel an mein Ohr. "Aber ich habe noch eine Bitte an dich."

"Was denn?", brachte ich hervor.

"Darf ich Teil deiner Familia bleiben, wie es für Freigelassene üblich ist? Ich kann mich nützlich machen, in welcher Form du es wünscht. Wenn du es erlaubst, könnte ich dich bei deinen Handelsgeschäften unterstützen. Mit dir reisen. Davon habe ich schon immer geträumt." Ihre schwarzen Augen glänzten.

"Was?", entfuhr es mir. "Und Marcellus?"

"Er ist mir lieb und teuer. Aber ich möchte nicht unter seinem Dach wohnen, wo er nach Belieben über mich verfügen kann. Ich will die Freiheit, die du mir schenkst, nie wieder verlieren."

Für einen Augenblick war mir, als habe Suavis diese Worte gesprochen. Sie waren wie ein unheimliches Echo. Rasch schüttelte ich den Gedanken ab. "Du wirst in meinem Haus willkommen sein, so lange ich lebe", sagte ich zu Layla.

Dramatis personae

Thanar: germanischer Händler
Layla: Thanars Lieblingssklavin, Nubierin

Titus Granius **Marcellus**: Tribun der römischen Legion
Lucius Pompeius **Falco**: Primus Pilus der römischen Legion

Septimus Moltinus **Belius**: Thanars Freund, Ziegelfabrikant

Lycortas: der alte Grieche, Begründer der Villa
Philippos: der junge Grieche, Lycortas′ Sohn
Orodes: oberster Wächter der Villa, Parther
Juba: Leibdiener des Lycortas, Africaner
Alva: Leibsklavin des Lycortas, Nordgermanin
Suavis: Lustsklavin in der Villa, Tochter von Alva
Chloe: Lustsklavin in der Villa, Griechin

Bricius Iodocus **Rufus**: der "Rinderfürst", Großgrundbesitzer

Servius Asinius **Blandus**: der "Lupanarius", Bordellbetreiber

Hat es Ihnen gefallen?

Unterstützen Sie die Autorin und helfen Sie mit, dass auch andere LeserInnen von diesem Buch erfahren, indem Sie eine kurze Rezension auf **amazon.de** hinterlassen.

Herzlichen Dank!

Mehr von Thanar & Layla?

Über der römischen Provinzstadt Vindobona braut sich neues Unheil zusammen. Inmitten eines verheerenden Schneesturms treffen im Haus des germanischen Händlers Thanar die Anhänger zweier geächteter Kulte aufeinander – Druiden und Christen. Sie hoffen auf Gastfreundschaft und ein sicheres Dach über ihrem Kopf. Doch es ist der Tod, der sie erwartet.

Haben sich die Götter höchstselbst gegen die Einwohner Vindobonas verschworen? Oder verbirgt sich unter Thanars Gästen ein Dämon in Menschengestalt? Ein heimtückischer Mörder, der scheinbar wahllos zu töten scheint?

Mehr von Alex Wagner?

SPANNUNG

Antike Morde:
Die Toten von Vindobona
Apostelmord

Penny Küfer ermittelt:
Mord im Okzident Express
Tod einer Schnüfflerin
20.000 Morde unter dem Meer
Arsen und Spitzenhöschen (ab Januar 2020)

Clara Annerson ermittelt:
Das doppelte Spiel des Jaguars
Die edle Kunst des Mordens
Das süße Lied des Todes

Tödliche Freuden

ROMANTIK

Die Bibliothek der Liebe
Die dunklen Wellen der Liebe

SACHBUCH

L(i)eben wie im Roman – Wie du dir Romantik, Magie und Leidenschaft der schönsten Liebesromane ins wahre Leben holst

Schmuck – Dein (Ver)Führer in die Welt der Diamanten, Perlen und Farbedelsteine
mit Bernhard Weninger (ab Dezember 2019)

Printed in Poland
by Amazon Fulfillment
Poland Sp. z o.o., Wrocław

81055686R00169